歌われなかった海賊へ

逢坂冬馬
AISAKA TOUMA

早川書房

歌われなかった海賊へ

装画／雪下まゆ
装幀／早川書房デザイン室

登場人物

現代

クリスティアン・ホルンガッハー……総合学校の歴史教師
リナ・ヴェーバー…………………総合学校のドイツ語教師
ムスタファ・デミレル……………総合学校の生徒。トルコ系移民の息子
フランツ・アランベルガー………偏屈者として知られる老人

戦時中

ヴェルナー・シュトックハウゼン……労働者の息子
レオンハルト・メルダース…………ギムナジウム生徒。町の名士の息子。愛称レオ

エルフリーデ・ローテンベルガー……武装親衛隊将校の娘。愛称フリーデ
「ドクトル」……………………………爆弾を愛好する少年
フランツ・アランベルガー…………一九三三年生まれの少年
ペーター・ライネッケ………………ヒトラー・ユーゲントの一員。ボクシングヘビー級チャンピオン
エリザベト・ライネッケ……………ペーターの妹
アマーリエ・ホルンガッハー………教師
カール・ホフマン……………………街区指導者
ルドルフ・シェーラー………………ドイツ国防軍の少尉
ハイム・キンスキー…………………連合軍兵士

終業のベルが鳴った。

「では、課題の提出を」と言い終えたその言葉の余韻に、甲高いベルの鳴り始めが重なる、我ながら、ベテラン教師ならではの会心の終幕、とクリスティアン・ホルンガッハーは思った。生徒たちはクリスティアンの感慨を気にすることもなく、ベルが鳴り終わるよりも早く席を立ち、レポート用紙を手渡して、そのまま下校してゆく。彼ら生徒たちの服装を、クリスティアンは見るともなく見ていた。

五月一日、十六時十五分。窓から差し込む日差しが、心地よい春の陽気をうららかに伝えるこの季節は、元々が多様である彼らのファッションを最も自由にする時期でもある。長袖シャツの上に袖なしのジャンパーを羽織ってニット帽を被る者もいれば、パーカーとデニム姿の者も目につくし、気の早い者は夏を待ちわびるようにTシャツ一枚にダメージジーンズという出で立ちになり、最近は、半袖の下に見える二の腕に、タトゥーを覗かせる者もいる。

時代は変わるもんだな、とクリスティアンは浅くため息をついた。

初めてこの課題レポートを受け取ったのは、今から三十年も前になるが、あの頃は多くの者が手書きだった。今は大抵の生徒が自宅か学校のパソコンで作成するし、印刷するのは半分程度で、残りの者はデータ提出をしている。変わらないのは、この課題だけか。

去って行く生徒たちをぼんやりと眺め、机の上に山と積まれてゆくレポート用紙を眺めていたクリスティアンは、一人の生徒が、その山の間に一枚の紙を挟んで去って行こうとしたのを見過ごさなかった。そそくさと廊下へ出た彼を追って、クリスティアンも教室を出る。

「デミレル」

ムスタファ・デミレルは緩慢《かんまん》に振り向いた。身長百八十五センチ超の長身に、均整の取れた体格の上からパーカーを羽織った生徒。精悍《せいかん》な顔つきとしっかりとした眉が印象的な彼は、トルコ系移民の息子であり、最近クリスティアンを悩ませる生徒でもある。

「なんですか」

「課題はA４のレポート用紙で五枚程度、という条件だったはずだ。君のものは一枚しかなかっただろう」

「そうですね」悪びれもせずデミレルは答えた。「でも、それしか書けなかったんで」

以前はこうではなかった。クリスティアンはそう思った。数年前までデミレルは意欲的であり、レポートも自主学習も率先してこなしていた。だが去年あたりからだろうか、急に内向的になり、討論の授業でも発言をしなくなって、今はただ受動的に勉強をこなしている。周囲に溶け込もうとせず、学校外のトルコ人コミュニティに入り浸り、挙げ句の果てに先週は、その腕力に任せて近所の若者を叩きのめして、警察沙汰になったと聞く。

クリスティアンは、慎重に言葉を選んでデミレルを諭《さと》した。

「書いた結果が不出来であるならば、そこから君を指導することはできる。だが君に最初から気力が無いのなら、私にしてやれることは何もないのだよ。私の意見としては、君はもっと以前のような意欲を取り戻すべきだ。自分の望む、自らの将来の姿を考えて、そこに向けて努力するときだ」

デミレルが、ふんと鼻で笑った。自分なりに真摯《しんし》な助言をしたはずであるのに、生徒がそういう反応を見せたことに、クリスティアンはショックを受けた。

「何がおかしいんだ」

「いいえ」

クリスティアンの憤《いきどお》りを察したのか、デミレルはばつの悪そうな顔をして答えた。

「すいません、でもそれ、真剣に書いたんです。足りない分は、後日追加で提出します」

そうか、とクリスティアンが答えると、デミレルはきびすを返して歩いて行った。他の生徒たちの中に、彼に声をかける者はいない。思い思いに雑談し、持ち寄ったお菓子を交換したり、ネット配信の映画について語り合う生徒たちの間を縫《ぬ》うようにして、彼は孤独に去って行った。

彼は近いうちに自主退学するのだろうか、とクリスティアンは思った。本音を言えば、そうであれば助かる。無気力な生徒の存在は、他の生徒に悪影響をもたらす。大体、暴力をふるったというのに無罪放免で済ませる警察も警察だ。こちらが退学にできないじゃないか。

職員室につくと、クリスティアンは自分の机にレポートを置いた。教員の半分以上は既に帰宅している。Sの字を太くしたようなデザインの共有机で、彼はため息をついた。ここにはなるべく紙を置くなというのが教員同士の暗黙の了解なので、今受け取ったレポートも、データとしてスキャンし、記録用に保存したら、なるべく早く返さなければならない。紙での提出を受け付けるのは、自由に使えるパソコンがない家庭への配慮であり、赤入れされた原稿を紙で返送してほしい生徒がいるためでもあるが、今時分はそれどころか自分専用のPCやタブレットを持っている生徒が多いし、データでの添削にも皆慣れてきた。いずれはこの課題もデータ提出のみに移行するのかもしれない。それも世の趨勢だろう。

大体自分は、この課題をいつまで続けるつもりなのだろう。

生徒たちが提出したレポートのひとつを手に取ると、「この市と戦争」という共通の課題が少し大きめのフォントで印字されていた。さすがにというべきか、作成者の名前、表題、作成日時、学籍番号、と様式は皆整っている。しかし問題は中身であった。

一人目、市の歴史――すなわち一九四〇年代までは小規模な村と、町、市街地の三つに分かれていた市内が鉄道の開通を経て発展し一つとなるまで――がやたらと丁寧に書かれたあと、戦争時の連合軍の進撃経路、ドイツ国内での戦況の推移などがびっしりと書かれている。問題はそのすべてに既視感があり、市内での戦闘に関する記載がほとんどなく、所々で消し忘れと思われる脚注番号が入っていて、それに対応する注がないことだ。添削は脳内で決定。「前から言っているように、ウィキペディアからコピーアンドペーストしてつぎはぎにするのはやめなさい」。

二人目、「おじいさんに聞き取りをおこなったところ『自分は戦争が終わった直後の生まれなので戦争の記憶はないが、昔同じような授業を受けて、私の父にこんな話を聞いたことがある』と言っていました」という書き出しから始まり、又聞きの戦時体験——そのほとんどが終戦直前の空襲が恐ろしかったという程度のもの——が書かれて終わり。添削決定。「努力の形跡は認められるが、君自身の分析的視点をもっと書きなさい」。三人目も以下同文。四人目、今年、ドイツの他都市でロマ人の夫婦と彼らの赤ちゃんが乗った車を若者グループが襲撃した、というニュースの引用。ロマ人なのに赤子が金髪なので誘拐だと思い込んだのだという。生徒はナチズムの復活を危惧《きぐ》しているが、この市の話ではないし論理の飛躍がひどい。五人目は頑張って参考資料にあたっているがこの市については言及がなく、六人目は書き出しこそ良かったものの、繰り返しおこなわれた空襲により市の全域が徹底的に破壊されたとか、戦後にはドイツ人抵抗組織「人狼」が現れたなどの、史実に存在しない事態がもっともらしい文体で綴られていた。レポート作成にあたってAIを利用するときは、決してそのまま丸写ししてはならない、と教えたばかりであるというのに。

「こんなのばかりなのか」

思わず独りごつと、机の向かいで事務仕事に没頭していた女性教師が顔を上げた。

「あ、戦争の課題ですか。出来はどうです」

まだ二十代のドイツ語教師、リナ・ヴェーバーは興味深そうに尋ねた。

「壊滅的ですな」クリスティアンは簡潔に答える。「昔は違ったんだけどな」

　春のこの時期、「この市と戦争」という課題を生徒に課すのは、地元の学校の歴史教師にとっての恒例行事である。クリスティアンの勤める学校は九〇年代に新設されたものだが、彼は従来のギムナジウム（大学進学を念頭とする中等教育学校）から、より実学性の高いこの総合学校《ゲザムトシューレ》（自らの進路を学習の過程で選択する中等教育学校）に赴任する際に、この課題を持ち込んだ張本人でもある。九〇年代前半当時、当然ながら、生徒たちにとって既に戦争とは遠い過去の話であったが、ネットに頼るという発想が存在しない当時は、同時に、まだしも祖父母の世代が戦争についてなにがしかの記憶を持っていた。したがって、多くの生徒たちは祖父母から戦争体験を聞き出そうと試みた。何人かは、実際に防空壕に身を隠した幼い頃の記憶をありありと語る祖父母の言葉を綴り、出征したかつての兵士から過酷な戦場体験を聞き出す者もいたし、また幾人かは固い沈黙の壁にぶつかることで、戦争というものの過酷さに思いを馳せたと綴った。そのどれもが貴重なレポートだった。

　近年になって課題の質が落ちたのは、生徒たちの能力や学習意欲が減衰したからではない。実際、生徒たちは、この恒例の課題以外については、皆意欲的なレポートを書いて提出する。そのなかには、たとえば「人と猿を分かつものは何か」とか、「現代における宗教の意義」といった大人でも難しいようなものも含まれているが、彼らは真剣に文献を調べ、自分の考えを述べていた。

　しかし、と先ほど自分が受け取ったレポートの山を指さして、クリスティアンはヴェーバーに続ける。

「問題は、この課題が体験の聞き取りを想定してつくられたものだということです。この田舎が戦争にどうかかわっていたかを記述した本はほとんどありませんからね。しかし生徒たちには、もう戦争体験を聞き出そうにも聞く相手がまずいないんですよ。一方でネットに頼ればそれらしい文章が書けるから、こうなる。まあ二十一世紀も四半に差しかかろうというときに、一九四五年に終わった戦争について郷土史を書け、と十代に課すのも酷な話ですね。もう潮時かもしれません」

言った途端に、よし、という気持ちになった。今しゃべった通りに考えてみれば、この課題も歴史的使命を終えたのだろう。もとより教育当局に義務づけられたものでもなし、自分が始めた課題だからこそ、自分の手で終わらせることも自分の責任かもしれない。

だが、ヴェーバーは不服そうだった。

「私には、とても意義のある課題に思えます。本当に誰一人としていませんか？　たとえばエリアス・メルダースはどうです？」

この市においてほとんど唯一、ドイツ全国にその名をとどろかす存在がある。世界的スポーツ用品のメルダースブランド。その本社所在地がこの市なのだ。同社を一代で大企業に発展させ、郷土の名士として名を残したメルダース社中興の祖、トーマス・メルダース。そのひ孫。そして優等生のエリアス・メルダースのレポートの束をめくった。

あった。きっちりとA４で五枚。内容にさっと目を通す。

見事なものであった。市中心部から車で三時間ほど走ったところに、今は記念館として残っている強制収容所の跡地があるのだが、メルダースはそこへ実地調査に赴《おもむ》いていた。

「周囲から隔絶された立地にたたずむその寒々しい外観と、『労働は自由をもたらす』という当時掲げられていたスローガンのグロテスクな対比におののきました。記念館の内部では、忠実に再現されたという工場の作業現場と、そこに掲示されたあまりにも劣悪な労働条件に打ちのめされます。そして再建された焼却炉に入ることができましたが、それだけで自分は目に涙を浮かべました。一体どれだけの数の人が、ここで燃やされたのでしょうか。その一人一人に親があり、友人もいて、それぞれの想いがあったというのに……」

エリアス・メルダースの記述を読み上げる。文章もよく推敲されており、特に直すべき点はない。

ヴェーバーも興味深そうに聞いていた。メルダースの記述は祖母の聞き取りにうつった。終戦当時十歳の祖母は介護施設に入居しているが、未だ健在であり、彼の聞き取りにこう答えていた。

「私たちは、気付けば圧倒的な独裁者とその手下たちに支配されていました。気付いたときには手遅れだったのです。人里はなれた場所に強制収容所があったことについて、よく若い人に聞かれるのですが、当時は誰もその存在を知りませんでした。それに強制収容所といっても、あの場所はアウシュヴィッツのようなところではなく、捕虜や囚人が働く工場のようなものだったと聞いていいます。『強制収容所』という言葉で全てを一緒くたにするべきではありません。市にはゲットーもありませんでしたし、当然、ユダヤ人の大量殺戮などという話は誰も知らなかったのです。ナチスの戦争によって被害を受けた自分たちもまた、立場は違えどナチ政権の被害者であると言えます。特に空襲と戦後の食糧難は大変でした……。恐ろしいのは、市民の多くが変わってしまったことです。泥棒も大勢いたし、裕福な身内からまで狼藉者が出たことはとても恥ずかしいと思います。ともあれドイツは東西分割をはじめとして充分な苦しみを味わい、戦後ドイツは充分な補償をつくしました。若い皆さんは気をつけてください。私たちに罪があるとすれば、何も知らなかったことにあると言えるのでしょうから」

「なんだか教科書的ですね」

ヴェーバーが苦笑した。だがクリスティアンは笑う気にはなれなかった。多分これが、彼女にとって最も率直な戦争体験なのだろう。そして、メルダースのレポートはこのように続けていた。

「最も驚いたことは、祖母の先生の名が、アマーリエ・ホルンガッハーであったことです。ホルンガッハー。そう、クリスティアン・ホルンガッハー先生と同じ名字です。なんと先生のお祖母さまが私の祖母の教師であったのです。祖母が言うには、アマーリエ・ホルンガッハー先生はとても優しくて、他の先生が鞭を振るっていたときも（昔の先生が鞭を振りまわしていたことにも驚きました）ホルンガッハー先生は生徒一人一人の自主性を重んじてくれたし、戦後食糧難の時期には、クラスに一人でもひもじい思いをしている人がいたら自分の食事を我慢してまでその子たちに分けてあげていたそうです。そういう優しいところもクリスティアン・ホルンガッハー先生と同じですね……」

メルダースのレポートを読んでいたクリスティアンは、最後の部分で恥ずかしくなった。

ヴェーバーが笑いながら「おめでとうございます」と称賛した。

自分に対する評価がどうあれ、メルダースのレポートは満点であり、なるほどこのようなレポートが出るうちは、課題を打ち切らないという手もあるな、と思わせるに充分だった。この課題もまた、祖母が生徒たちに課していたものを自分が引き継いだものだし、そう軽々しく終わりにするわけにもいかないか。

データ提出された中にも、見所のある生徒たちのものはあった。たとえばメルダースと同じく優等生の部類であるヤニス・シェーラーはこう語っていた。

「終戦時に市を守った国防軍兵士の指揮官、ルドルフ・シェーラーは私の遠縁に当たりますが、彼の生き方は我が家の家訓となっています。彼は命令に従って、末期戦を懸命に指揮していましたが、同時に市民に対して、彼のなし得る限りの食糧支援をおこないました。そしていざ連合軍が迫ったときには、素人に銃を握らせた『国民突撃隊』やヒトラー・ユーゲントの若者たちも兵力となっていました。彼は、未成年者が戦う世相を憂《うれ》えると言い残して拳銃で自らの命を絶ちました。その結果として、この市はさしたる戦闘をすることもなく終戦を迎えたのです。自殺して責任を取るという発想に異議を唱える人がいることは予想できますが、事実、それが戦争を終わらせたのです」

末期戦当時において、残存する僅《わず》かな兵力を統合し市の防衛に任《にん》ぜられていたルドルフ・シェーラーは、軍人としては特段有名な人物ではないのだが、当時欠乏《けつぼう》していた地域の食糧配給状況を改善したという経緯もあってか、その存在は戦時中の街の人々にとってよほど印象に残るものであったらしく、九〇年代当時から、よくレポートに登場していた。

「この課題がなくなったら、ルドルフ・シェーラーを語る人もいなくなりそうだな」

ヴェーバーは感慨深そうに頷いた。

「地域にのみ有名な英雄がいる。そういう地域差があるのも郷土史の醍醐味です。まだまだ課題を課す価値はあると思いますよ」

「そうだと良いけど」

曖昧に答えると、彼女はついでのように尋ねた。

「ムスタファ・デミレルはどんなレポートを書きましたか?」

「デミレルは……」

どれだっけ、とホチキス留めされたレポート用紙をめくると、一枚だけのレポートはすぐに見つかった。手書きの内容を迷わず読み上げた。

「近所のフランツ・アランベルガーさんという人に会った。彼は坊主頭の不良三人組とすれ違ったとき、『どういうつもりだ』と食ってかかって、そいつらに殴られていた。俺が止めに行ったら奴らが俺をバカにした。全員叩きのめして警察に呼ばれた。そのあとアランベルガーさんの自宅に呼ばれて言われたのは、『俺はお前に殴り方を教えたい』ということだった。『言っておくが拳の固め方とかそういう意味じゃねえんだぞ』と言って笑った。せっかくだから戦争のことを聞こうとしたら、時間がかかると言われた。なのでレポートは追加提出させてください……」

クリスティアンは読み上げるのを途中でやめた。それと同時に、突然疲労を実感した。文章もよくないが、書かれていることはレポートになっていない。

「デミレルには指導が必要ではないでしょうか」ヴェーバーが生真面目《きまじめ》な口調で尋ねた。「彼は周囲から孤立しつつあります」

「僕には、デミレルがそれを望んでいるように見えるけど」

「そうであっても、指導が必要なことに変わりはないと思います」

姿勢が前のめりだな。クリスティアンは冷ややかに思った。

そしてレポートを漫然《まんぜん》と見返して、その途中で視線が止まった。

フランツ・アランベルガー……？

投げやりに読んだが故《ゆえ》に目の前を滑るようにして通過したその名前に、釘付けになった。

ヴェーバーは、クリスティアンが沈黙したのを、続きを促《うなが》したのと誤解したのか、勢いづいて続けた。

「去年の今頃か、彼は自主学習の時間はドイツ語をもっとたくさん学んだ方がいいと思いカリキュラムを提案しましたが、本人がそれを拒否したんです」

「うん……」

クリスティアンは半分も聞いていなかった。フランツ・アランベルガー。レポートに書かれた人名を何度も見返していた。強く覚えのある名前が誰であるかが、なかなか思い出せなかった。長年顧《かえり》みることもなかった記憶の底から、その名前はゆっくりと浮上した。そしてもう一つの名前と顔が思い浮かんだ。祖母、アマーリエ・ホルンガッハーのしかめ面だ。

エリアス・メルダースがレポートに記した通り、アマーリエは優しい人であった。記憶の中ではいつも笑顔を浮かべていて、手作りのクッキーを焼いたり、優しい声で歌を歌ってくれた、いつも……。

思い出した。

その祖母が顔をしかめる数少ない例が、フランツ・アランベルガーについて語るときだったのだ。幼い頃のクリスティアンは祖母と同じ家で暮らしていた。アランベルガーの家はそう遠くない場所にあったし、CDショップへ行こうとすると彼の家の前を通る道のりだった。あの男は危険だから、家に近づいてはいけないよ、前を通るのさえいけないよ、と注意されたのが、アマーリエがアランベルガーについて語った最初の記憶だ。

その後も、クリスティアンはCDショップへ行こうとするたびアマーリエに呼び止められ、彼女はアランベルガーについて語るときのみに見せる、恐ろしいほどのしかめ面でこう言うのだった。曰《いわ》く、自分は何度もあの男に脅《おど》され、暴力を振るわれそうになった。何度となく学校や教育研究省に自分を誹謗中傷する手紙を書いて悪口を言いふらされた。自宅に危険な鉄条網《てつじょうもう》を置いている。自分を中傷するビラも作られた。町を歩いていたら殴りかかってきたときさえあった。

いったいなぜ？　と幼い頃の自分は思った。そして尋ねた。だが、祖母は突然視線を泳がせ、こう言うのだった。

要するにあの男は、頭がおかしいのよ。

アマーリエがそんな風に人のことを言ったのは後にも先にも初めてだったので、衝撃を受けた。

その後、祖母が齢八十を超え天寿を全うしてから三十年近くが過ぎる。フランツ・アランベルガーについての悪罵《あくば》など長らく思い返すことはなく、ましてや当人が存命とは思いもしなかった。

そしてレポート用紙の、読み上げなかった続きにはこう書かれていた。

「アランベルガーさんは、戦争の課題について話すと『まあ、アマーリエ・ホルンガッハー先生には大人のあり方を教わったよ』と語っていた。家の前にはプレートが埋め込んであった。『歌われなかった海賊へ　歌わなかった住民より』と書いてあった。意味は分からない。けれどあの人は本物だと思う」

あのフランツ・アランベルガーが生きていて、しかも祖母について、今まさに語っている。動悸《どうき》がするように感じた。

ヴェーバーはまだ続けていた。

「それ以来というもの、デミレルはむしろ自主学習の時間はトルコ語にのめりこみ、フィールドワークと称してトルコ人のコミュニティに出入りするようになり、あげくこの間は不良少年と乱闘騒ぎです。大切な時期ですし、私には、彼の行く末が心配なんです……あの、聞いているんですか？」

ヴェーバーに責めるような口調で問いただされ、クリスティアンは紙から顔を上げた。

「うん？　あ、ああ。そうだな。そのまま過激派のリクルーターにスカウトされて、ジハーディストになられても困るしな」

不意に出た言葉だった。しかしヴェーバーの表情は凍り付いた。意図的に、表情で自分を非難していた。クリスティアンは内心で悪態をついた。「政治的正しさ《ポリティカル・コレクトネス》」の信奉者め。自分だって本音では同じように思っていたから心配したのだろうに。

「いや、ともかく本人次第ですよ。我々は自由と機会を提供できますが、その上で彼が自らの進路を閉ざすなら、それをどうにかできるものでもありません」

適当に話を切り上げてクリスティアンは学校を後にした。

帰路を歩くさなか、ムスタファ・デミレルのレポートについて思い続けていた。デミレル本人はさして問題ではない。ヴェーバーは殊更《ことさら》に彼を心配していたが、それは「トルコ系移民」という彼の背景に対して過度に注目しているからだ。十六歳の彼が大切な時期であることに異論は無い。卒業後に高校修了試験《アビトゥーア》を経て大学進学を目指すのか、それとも職業訓練を経てマイスター（手工業職の開業に必要な高難度の国家資格）を目指すのかを選択すべきときが来ている。

マイスターが社会的に高い地位を占め、実際に大卒者に勝るとも劣らない収入を得ることが可能であるドイツでは、進路選択は、どちらが勝者というような単純なものではない。問題は本人の意思であるし、言い換えれば、デミレルが意思を示さない限り教師にできることはない。

クリスティアンは、なぜだ、と自分に問いかけた。

なぜ彼の書いた、レポートとも呼べない一枚の紙切れに、自分はこれほど動揺させられている？

フランツ・アランベルガーは異常なのだ。そう語るのは、アマーリエだけではなかった。近所の人は皆、偏屈《へんくつ》で癇癪《かんしゃく》持ちの老人としてあの男を避けていたし、特に高齢者たちは蛇蝎《だかつ》のように忌《い》み嫌っていた。たしか公共事業を妨害するために役所を訴えようとして裁判所に却下されたことがあるとか、連合軍統治下の昔、隣人たちをナチの手先と決めつけて占領当局に密告した、郷里の裏切り者だとか言った。

そのまま歩を進めていたクリスティアンは、アランベルガー家のある通りを歩いていた。幼年期より、律儀《りちぎ》にも祖母の言いつけを守り続けていた。青年期に、近所の別の賃貸住宅へ引っ越し、我が子を一人前に育て、五年前、父の死と、母の介護施設入居を機に生家に戻ってからも、フランツ・アランベルガーの家の前を通るなという教えは、彼の名を忘れながらも、無意識に守っていた。

異常で偏狭《へんきょう》な老人……。そうとしか考えてこなかったし、実際そうであるとしか思えない。アマーリエは介護施設に入居し、老境著《いちじる》しい身になったそのときまで、彼の名を口にしていた。認知症傾向にあって、あの家に近づくんじゃないよ、と念を押す祖母に何か異様なものを感じたクリスティアンは、大丈夫、と繰り返した。もう僕は引っ越したし、あのCDショップも閉店したんだし、行くことなんてないよ。全部過去のことだから。

そうよ、とアマーリエは答えた。全部過去のことよ。

「それなのにどうして忘れさせてくれないの。私に何ができたというのよ、フランツ……」

アマーリエは涙を流した。その姿は怒りに基づくものとは思えなかった。

アランベルガーの家に近づきながら、ふとクリスティアンは我に返った。

私は、優しかった祖母について唯一残された奇妙な記憶の正体を確かめようとしているのか？内心に浮かんだ疑問を彼は自ら打ち消した。いや、違う。デミレルだ。どう評価するにせよ、民族的少数者の孤立が急進主義に向かう傾向は厳然《げんぜん》たる事実だ。であるならば、その兆候を示すデミレルが、周囲から危険と見なされ続けた人物に接触した以上、自分は彼がいかなる人物であるかを見届けるべきであろう。

フランツ・アランベルガーの家は、小ぶりな戸建て住宅が軒《のき》を連ねる一画の中にあって、一際こぢんまりとした造りの、二階建てだった。建物とほぼ同じ幅の敷地から道路に至るまでの面積に芝生が植えてあり、この僅かな場所が彼の庭であるらしい。

確か、とデミレルのレポートを思い返したクリスティアンは、異形の物体を見つけた。地面から腰のあたりの高さまで、輪になった有刺鉄線が幾重にも張り巡らされていた。一見すれば、アランベルガーは自分の庭に、ただ鉄条網を置いているだけにしか見えないだろう。

だが、その鉄条網の内側には、横五十センチ、縦二十センチほどの金属プレートがある。そして確かに、その一文があった。

歌われなかった海賊へ　歌わなかった住民より

一体なぜ、こんなプレートを自宅に置き、それを自ら鉄条網で覆《おお》う必要があると言うのだろう。

「盗むんじゃねえぞ！」

頭上から出し抜けに怒鳴り声がした。一体何事か、とクリスティアンは視線を上げる。

二階の窓から、一人の老人が顔を突き出していた。総白髪を振り乱し、遠目にも分かるほど目を充血させたその顔は、まるで悪鬼《あっき》のごとき様であった。

「盗むんじゃねえ、若造！　それは当局にも認められた俺の私物だ。盗むなら、ただじゃおかねえ！」

怒鳴っている相手が自分であると理解するのに数秒を要した。そして今まさに自分が、かの悪名高い老人に出会ったのだということにも。クリスティアンは、ひとつ呼吸を置いてから答えた。

「失礼。このプレートを盗もうなどとは思っておりません。ただ私の生徒がご厄介になったそうでして、その件でお話があります」

「生徒だと」

猜疑心《さいぎしん》もあらわに老人は眉をひそめる。

「ムスタファ・デミレルです。先日あなたと若者たちの喧嘩に割って入ったと聞いています」

「おう」

アランベルガーの表情が、僅かに和らいだあと、その顔が引っ込んだ。どすんどすんと階段を降りる音がしてしばらくたち、その男はドアを開けた。

「あの坊やの先生かい。入りな」

アランベルガーは顎《あご》をしゃくると、自分はさっさと家の中へ入っていった。

確か、既に九十代であるはずだが。おそるおそる後に続くクリスティアンを顧みるでもなく、アランベルガーは二階へと上がっていく。常に手すりを頼ってはいるが、杖は持たず、背はほとんど曲がっていない。彼が着るセーターも、穿《は》いているズボンも、古びて質素なものであるが、いずれもしっかりと洗濯がなされている。

入りな、ともう一度言ってから、アランベルガーは自室に入った。

クリスティアンはアランベルガーに続いて部屋に入り、視線を左右にやる。妙な部屋だった。ベッドひとつと机と椅子。それに窓の部分を残して壁面は本棚で埋まっており、多くの書籍と古雑誌、何らかの冊子がそこにぎっしりと入っている。だが、床はほこり一つなく、日常的に掃除がなされていることがうかがえた。

アランベルガーは机の前の椅子に腰掛け、まあ座れよ、とベッドを指さした。

遠慮して、代わりのように質問した。

「お一人で暮らしてらっしゃるんですか」

「女房と二人暮らしだったがね、十年ほど前に死んじまったから」

アランベルガーは卓上の写真を指さした。うら若い男女が微笑を浮かべて写るモノクロ写真。フランツとその妻のものであるらしい。高齢者の独居世帯か、とクリスティアンは思う。それにしては健康状態は良好であるようだし、生活も荒んだ様子が見られない。

座ったアランベルガーを見下ろすような格好で見つめる。怒りを収めた表情は若々しく、その外見のみから年齢を推《お》し量るなら、七十代の後半から八十代の前半といったところに見えた。

「アランベルガーさん、あなたは福祉サービスを受けていらっしゃいますか」

「なんだ、お前役所の人間なのか」

「いいえ、申し上げたように教師です。ただ失礼ながらお年を考えると、今の暮らしは大変でしょう」

へっとアランベルガー老人は笑った。

「俺みたいな老いぼれが施設なんぞに行けるかい、安楽死させられたらたまらねえや」

やはり精神面の健康には大いに問題があるようだな、とクリスティアンは思った。アランベルガーは気にする風でもなく、ふうっと一息ついて質問を返す。

「それで、学校の先生が俺に話というのは何だね」

「ああ……」言葉に詰まった。今の今まで何を質問するのか、考えてもいなかった。「あの、デミレルが喧嘩をした経緯を教えてくれませんか」

アランベルガーは軽く頷いてから答えた。

「喧嘩をしたのは俺とバカな若造。坊やは止めに入って、流れで連中をぶっ飛ばした」

「あなたが、その若者グループを呼び止めたそうですが、なぜですか?」

「タトゥーが見えたんだ」彼はくるくると胸元で指を動かした。「ここから。若いのがどういうつもりだと、そう思って俺は呼び止めた」

その答えにクリスティアンは興《きょう》ざめした。自分自身、タトゥーを苦々しく思っている。だが、それで見ず知らずの若者に食ってかかるほどの偏狭さは理解を超えている。

「質問はそれだけかね」

アランベルガーに問い直され、クリスティアンは思わず言葉を返した。

「デミレルは大切な時期なんです。大学を目指すのか、マイスターを目指すのか、本人が決めかねています。それに彼の場合はトルコ系移民の息子という事情もあって、周囲から孤立する傾向があります。デミレルは課題の一環としてあなたへの聞き取りを再度おこないたいようですが、あなたは殴り方を教えたいと言ったそうですね。多感な時期の難しい生徒に対して、暴力的な人物が悪い影響を与えているのであれば、私は看過《かんか》することができません。もしデミレルに余計なことを吹き込むのなら、接触を絶ってください」

ヴェーバーの受け売りとデミレルへの説教をつぎはぎしたような言葉が、自分の口からすらすら出てくることに若干驚いた。

アランベルガーは、じっとこちらの様子をうかがっているようだった。

「お前……失礼、名前を聞きそびれていたね」

若干の躊躇《ちゅうちょ》を感じてから、クリスティアンは答えた。

「クリスティアン・ホルンガッハーです」

アランベルガーの頬《ほお》がぴくりと震えた。

「ホルンガッハー……」

「そうです。アマーリエ・ホルンガッハーの孫です」

アランベルガーは視線を外さない。

しばらくして、クリスティアンはうろたえた。目の前にいる狷介《けんかい》な老人の両目に涙が浮かんだ。

そして慌てたようにその涙を拭ったアランベルガーは、独りごちた。

「そうか、アマーリエ・ホルンガッハー《フロイライン・ホルンガッハー》先生の孫なのか」

アランベルガーが涙を流し、さらに祖母に対してフロイラインと敬称をつけたことにさらなる当惑を覚えた。

「俺はうれしいよ」

一体どういう意味なのか。言葉の真意を測りかねていると、アランベルガーは壁を埋める本棚のひとつに向かい、冊子を取り出した。

「ムスタファの坊やに待ってもらったのは、これを渡すべきかどうか、迷っていたからだ。あんたが来てくれてよかった。ホルンガッハー先生、つまりこの本が、俺がムスタファに伝えたかった『殴り方』だよ。だからまずあんたがこれを読んで、ムスタファに悪影響を及ぼすと思ったのならば、俺に返してくれ。そうでもないな、と思ったらムスタファに渡してくれればいいから」

アランベルガーが差し出したのは、表紙が黒い、一冊の本であった。製本は市販の小説の類いと同じだが、裏返してみると、バーコードやISBN表記がない。表紙にも、なにも題がなかった。クリスティアンは困惑した。一体、これはなんだというのか。

「ここで読むには、時間がかかりそうですね」

最も無難な質問を口にすると、アランベルガーは笑った。初めて見る彼の笑みだった。

「家に持って帰れ」

そう言うと、彼はベッドにもぐり込んだ。

「俺は昼寝する。最近はどうも、一仕事すると安心が来ていけねえな」

そのまま目を閉じて、寝息を立て始めた。

しばらく立ち尽くしていたクリスティアンはこれ以上の意思疎通が不可能であると察し、手渡されたものを鞄に入れて、家に帰ることにした。すると、ドアを開けようとしたところで声がかかった。

「お前にとってアマーリエ・ホルンガッハーさんとは、優しいおばあさんだったんじゃないのか」

目を閉じて、寝息のような呼吸をしたまま、アランベルガーは尋ねた。

「はい」とクリスティアンは答えた。

「読まなくてもいい」

「はい？」

思わず聞き返すと、アランベルガーが、僅かに顔をしかめた。

「誰にだって、美しい思い出を持つ、権利というものがある。身内についても、郷土についても」

それだけ言って、再びアランベルガーは寝息を立て始めた。今度こそ眠ったようだった。

自宅へ帰り、妻とともに夕食を取ってから、クリスティアンは自室で一人、冊子を開いた。

歌われなかった海賊へ

それが、この本のタイトルであるようだった。
クリスティアンは、慎重にページをめくった。

一九四四年。夏の夕刻に降りしきる雨は、その日の午後まで続いていた狂おしい暑さを打ち消すように村の地面を冷やし、家とそこに住む人々を冷やしていた。しかし狭い路地裏に身を隠す一人の少年は、雨だれに打たれながら、身のうちを焼き焦がすような熱気に燃えていた。彼を焼き焦がすのは、内面から燃えさかる怒りの炎であった。工業用のナイフを構え、獲物を狙う彼の息づかいは荒い。右手とそこに握りしめた柄《つか》へ雨だれがしたたり落ち、滑りそうな気配を感じることにさらなる怒りを覚えた。ナイフを作業ベルトの鞘《さや》に差し、粗末なジャケットで右手のしずくを拭う。

視線の先、今は廃れた工場街の一角で、最近始まった道路工事の現場に、彼の標的が現れた。

「カール・ホフマン……」

少年は仇敵《きゅうてき》の名を呼んだ。

背丈は平均、小太りな体を黒いトレンチコートに包んだ、めがね姿の中年男は、雨に打たれる自分の頭を時折気にして拭いながら、誰かを待つようにあたりを見回していた。

少年は失敗を避けるべく、自分の動きを頭の中に思い浮かべた。

チャンスは、ホフマンが自分に背を向けた時だ。まずは警戒心を抱かせぬように、このまま彼の元へ忍び寄る。気付かれたとしても、なにも言わずに近づき、ナイフを右手で抜いたらその手首を左手で摑んで支え、あとは走りながら体当たりするように、奴の肥満した腹に刃物を突き刺す。そのままひねりを加えれば、まず死は免《まぬが》れず、仮に即死せずとも倒れた相手にとどめを見舞うことはたやすい。

ホフマンがまた視線を周囲にやり、次に自分に背を向けた。

よし、と少年は決意を固めた。右手を再びナイフの柄に置き、呼吸を整える。

そのとき、麗《うるわ》しく豊かな音色があたりを満たした。

楽器の音《ね》が、幾重にも和音を連ねながらまったく乱れることはなく、豊穣と憂愁を湛《たた》えて音楽を奏でている。

少年が音色を認識できたのは、そこまでだった。

それは、音楽を聴いている自分、という自意識そのものを亡失《ぼうしつ》させる音楽だった。

吹きすぎる風が空気そのものに清浄さをもたらすように、その音色は少年の内面を洗い清めた。

少年は雨だれの音を忘れ、皮膚をつたうしずくの不快さを忘れ、寒さを忘れ、また自分の内に巣くう怒りの感情を忘れた。伸びやかな高音にあわせて全身から力が抜け、物憂げな低音の響きを聴いて、目に涙が浮かんだ。重層的で、優しく、それでいて激しい音色に少年は呆然と立ち尽くした。この世界、そしてすべての人々が音楽で清められたのだという思いが彼を満たし、その余のすべての感情を失った。

するとその音楽は途絶え、代わりに、ファン、と変な音がして彼を現実に引き戻した。

少年は振り向いた。音楽を聴いた以上は音源があって、それが背後であったことを突然悟った。

「誰だ」

見知らぬ人物がそこにいた。身の丈は少年より小柄。夕刻の暗がり、建物の陰。顔に影が落ちていて、その顔立ちをうかがい知ることが難しい。口元が皮肉げにゆがんだことが、その影の動きで分かった。

「ご清聴に感謝」

そして声によって女であることが分かった。少年に向かって一歩踏み出した彼女の顔には、やはり見覚えがなかった。

今時分には珍しい、ボブカットの黒髪。端正な顔つき。したたり落ちる水のしずくが、青いコートを濡らしている。迷いなく近づいてくる彼女の右手が動き、そこに銀色に光るものを見て少年は体を硬くした。しかし、少女はその銀色の物を口元に持って行った。ハーモニカか、と気付いたとき、再び音楽があたりに鳴り響いた。ツィゴイネルヴァイゼン。音楽に疎《うと》い少年も知っているその名曲が、否応なしに彼の心を揺さぶった。

少女はそのまま少年の脇を素通りし、路地裏の出口を塞ぐようにしてから、振り返った。ただ無心にこの音色に身を任せたい、という欲求が、彼を人形のようにその場に棒立ちにさせた。のみならず、ハーモニカの上を滑る彼女の唇は、視線を釘付けにさせた。その様子に気付いたように、見知らぬ少女はハーモニカを吹きながら笑った。

しまった、と我に返った少年は、少女の肩越し、建物の陰から仇敵の姿を睨《にら》んだ。

カール・ホフマンは突然鳴り響いた音楽に動揺し、あたりを見回している。音が周囲の建物に反響し続けていることが幸いして、まだ方向をつかめていない。だが、彼が周囲を見回していること自体が少年にとっては致命的であった。

「おい、それ吹くのやめろよ」

少女は何も答えない。ただツィゴイネルヴァイゼンの激しい音楽をその呼気《こき》とともに放ち続ける。

「やめろ。そこでハーモニカなんか吹かれたら台無しなんだ」

音色が突如途絶えた。少女はハーモニカから唇を離して答えた。

「うん、そのために来たから」

「なに?」

「君は人を殺そうとしている。私は、それを止めようとしているということ」

少年の身のうちに怒りがたぎった。ナイフを構える姿を見て事態を察したということか。それでやめろというわけか。この女も、自分が善良と疑いもしない輩《やから》か。

「どけよ、お前には関係ないだろ。はやく殺させろ」

「もう遅いよ、ほら」

視線で促されてホフマンを見る。彼は、五名ほどの男たちと会話していた。待ち人が来たようだ。そしてその男たちは、ドイツ国防軍と武装親衛隊の軍服を着ていた。少女が肩をすくめる。

「今から行ったとして、まあ九割失敗するよ」

少年の身のうちに怒りが再び渦巻いた。その怒りは、即座に行動に反映された。

ナイフを握りしめた右手を伸ばし、切《き》っ先《さき》を彼女の鼻先の数センチ手前に突きつける。

「一割だろうが九割だろうが、俺はあいつを殺してみせる。そのためなら、お前も殺す」

少女は動じるそぶりさえ見せなかった。

「それでその後、君は十割死ぬ」

「黙っていろ、何も知らないくせに」

「知っているよ、ヴェルナー・シュトックハウゼン」

突然名前を呼ばれ、少年は表情をこわばらせた。

「君はヴェルナー・シュトックハウゼン。この村に住む労働者、マルティン・シュトックハウゼンの息子であり、十六歳の失業者だ。母は幼い頃に病没。父親のマルティンは先日ゲシュタポに逮捕され、民族裁判所（政治犯を恣意的に裁くためナチ党が設置した裁判所。著しく不当な裁判により数千人が処刑された）から死刑判決を受けて、つい先日ギロチンで執行された。罪状、『公然たる防衛力の破壊』」

ヴェルナーは自分の息が荒くなっていることに気付いた。そして衝撃を受けている自分に言い聞かせた。落ち着け。よく考えれば村じゅうの誰でも知っていることだ。呼吸を整え、切り返す。

「それなら、親父が死んだ理由と、なぜカール・ホフマンを殺したいかも知っているのか」

「君の父親が死刑に処せられた理由というのは、マルティンとホフマンがこういう会話をしたからだ。『こういう夢を見たんだ。再臨した救世主が十字架に架けられることになったとき、彼は神に向かってこう言った。神よ、イエスが磔刑《たっけい》に処せられたときは、二人の極悪人と共に死んだはずです。ついては私もそうしてください。すると天から答えが来た。よろしい、今のドイツで最大の極悪人を与えてやろう。彼の右には十字架が現れ、そこには口ひげの生えた男がいた。左の十字架にはめがねの男がいた。救世主は安心して言った。神よ、安心でございます』と。そしてこの会話をカール・ホフマンが密告したためだ」

その通りだった。つまり隣の十字架に現れたのはヒトラーとヒムラーであり、マルティンはジョークを通じてその二人を「最大の極悪人」と言い表していた。そういう冗談を言う行為はドイツの士気をくじくものだから、味方の軍隊を攻撃するのと同じく「公然と防衛力を破壊する」ものので、その罪は死に値する。現代ドイツにおける平均的な法解釈と言えた。

「だけど、君がホフマンを殺す理由というのは、分からない」

ヴェルナーは顔を上げた。

少女が首をかしげて続ける。

「単純に考えることはできる。ホフマンが自分の父親を死に追いやったことが憎くてたまらないので、敵討《かたきう》ちがしたいのだとか。けど、それが正しいかどうかは君にしか分からない」

「君の名前はなんていうの」

「エルフリーデ・ローテンベルガー」

「ローテンベルガー、なぜ俺を止めたい」

「みんなで楽しく遊びたいから」

少女が答えたとき、天上で稲妻が瞬《またた》いた。断続的な光が、エルフリーデの顔を白く照らした。青い目は稲妻に動じることもなく、まっすぐとヴェルナーを見つめていた。

「ヴェルナー。あの雷の光とか音が、なんかに使えないか、って思ったことはない？」

出し抜けにファーストネームで呼ばれて、ヴェルナーは驚いた。彼女の問いに数秒遅れて、雷鳴があたりに響いた。

「それは……」ヴェルナーは迷いつつも答えた。「昔は考えた」

そう、とエルフリーデは足下を見やって答えた。

「明日、そこの角にある二番棟に来なよ。君に会いたがってる奴がいる。それと私のことは、フリーデって呼んで」

答えも待たずに、エルフリーデは再びヴェルナーとすれ違った。

ヴェルナーの右手に握りしめられたナイフは、誰に突きつけられることもなく、ただそこにあった。

背中の方から、エルフリーデの声に「見ろ」と促された。先ほどまで狙っていたホフマンが、軍人たちとともに、怪訝《けげん》な表情を浮かべてこちらに近づいてくる。

ヴェルナーはきびすを返して走り去った。エルフリーデの姿は、既にどこにもなかった。

追っ手がかかる気配はない。彼らが気付いたのは、唐突に聞こえたハーモニカの音色だけだろう。それでもヴェルナーは走り続けた。見えない追っ手から逃れるように。

足下が危うい中、平屋の粗末な家屋の間を縫う細い路地を走りぬける。視線の先に暗がりをランプで照らして歩く一団を見つけ、素早く路地裏へ身を隠した。

自分と同じ年頃の連中が、褐色の制服に身を包み家々の窓を確認しながら歩く姿を、ヴェルナーは苦々しい気持ちで見送った。灯火管制の実施を見張る、ナチ党と国家お抱えの少年団、ヒトラー・ユーゲントの夜間パトロールだった。

自分を見かければ絶対に好意的な反応を示さないその連中の姿を見送ってから、石畳の上を走り、何度も足を滑らせては転びそうになった。そして家の近くにある坂道では、帰路を急ぐ人とすれ違いざまに肩をぶつけて転び、全身をしたたかに打った。質素な外套《がいとう》に身を包んだ壮年の男は、石畳に転がったヴェルナーを見て慌てて駆け寄ったが、その顔を見て、吐き捨てるように言った。

「裏切り者の息子か」

父の逮捕から何度となく浴びせられた言葉が、今日もまたヴェルナーに降りかかった。

それでも起き上がって彼は走った。無人の我が家まで。

誰にも稼ぎを渡す必要がなく、誰にも殴られる恐れのない、雨漏りのする安住の我が家まで。

十平方メートル未満、一間。トイレは外付けの家に着いて、ヴェルナーは大きく息をついた。

そして雨ざらしになった粗末な外套と帽子を壁にかけると、着替える手間も惜しんでベッドに倒れ込んだ。

彼の頭は、エルフリーデという今日初めて出会った少女のことでいっぱいだった。彼女はいったい何者なのだろう。自分にとって、敵か味方かも分からない。

味方……。そんなものは、この国のこの市に一人もいないと思っていた。

一九四四年、ドイツ。全ての国民には居場所があった。兵士も、労働者も、資本家も、全ての人には帰属すべき場所と思想があった。それは祖国であり、民族共同体であり、国民社会であった。全ての少年は将来の兵士であり、全ての少女は将来の母であった。だが、ヴェルナーには居場所がない。エルフリーデの言った通り、母を早くに失い、父は処刑され、そのために彼自身もまた祖国ドイツの根本たる民族共同体から、そしてその末端であるこの村落から排除された。彼を将来の兵士としてドイツに帰属させるヒトラー・ユーゲントも、父の逮捕より先にクビになっている。そして、そのようにしてドイツの財産として与えられる「居場所」そのものを、ヴェルナー自身も理由はよく分からないが嫌悪していた。どこにも居場所がなく、失うものもない。そう確信したからこそ、ヴェルナーは後先を考えることなく、ただ感情の赴くままにカール・ホフマンを殺そうと思ったのだ。

家の中を見回す。ベッドの他には簡素な丸机と椅子が二脚あるのみ。ラジオはもちろん、一冊の本もないこの家のこともまた、彼は「居場所」と感じたことはなかった。

そしてエルフリーデのことを思う。ヴェルナーは今日、ほんの一時間前まで、彼女の存在を知らなかった。彼女の奏でた音色とその言葉を思い、自分は妖精か、魔女の類いに出会ったのではないだろうかと思った。あの見知らぬ少女がそんな自分を必要とすることに、何の理由があるのか見当もつかない。彼女の言った言葉を反復する。

君に会いたがってる奴がいる。

自分を待っている誰かがいるということは、まったく信じがたいことだった。ヴェルナーは、高鳴る胸の内を自覚しながら思う。エルフリーデという一人の女の子と知り合い、自分に会いたがる人間が他にもいると知った。それだけで自分は、これほどまでに動揺している。明日、廃工場に行くべきなのだろうか。

そして、ひとつ確かなことがあった。自分の置かれた状況を知るエルフリーデは、それでいて、ヴェルナーを「分かる」と言おうとはしなかった。

脳裏にはずっと、エルフリーデの奏でた曲が流れ続けていた。ツィゴイネルヴァイゼンではない、あの曲。彼女が最初に演奏し、自分を圧倒したあの曲は、そういえば、時折、隣近所の人が口ずさんでいるものとメロディーが同じだ。

だがそれが、なんという題名であったかは、ついに思い出すことができなかった。


村の西地区にあった小さな工場区画は、元々家庭用ミシンを作っていたのだが、戦時下による工業生産体制の激変と材料不足によって閉鎖され、今は廃工場が軒を連ねるのみだった。

村を支えていた産業はあっさりと失われ、当然ながらそこに勤務していた者たちは職を失うこととなり、多くが市内の隣町へ仕事を求めに出たり、あるいは、さらに東の方にある市街地周辺で最近始まったトンネル工事や整地の工事に従事するか、それもできない場合は洋裁の内職で細々とした暮らしを送ることとなった。

十六歳のヴェルナーもまたミシン工場で働いていたうちの一人であり、父親が逮捕されてからは長期で工場に雇われることも定期の内職を得ることもできず、まれに得られる臨時の肉体労働で糊口《ここう》をしのぐ毎日を送っていた。

その廃工場の二番棟に、何があるというのか……。

迷いながらも約束の場所に赴いたヴェルナーが見たのは、工作設備が取り払われた、ただただ殺風景な空間だった。残された黒板には、今年一月のまま止まった日付と、「今月の生産目標」といった文字が残されており、見る者によってはそれなりの哀愁を感じたかもしれないが、その場で勤務していた身の上からすると、むしろ苛立ちを覚えた。

人のいる様子は無い。いっそ昨日あったことも夢だったのではないか、という思いがよぎったとき、背後で、ざり、という音がした。

瞬間、ヴェルナーは身をかがめた。頭があった位置を、拳が通過していった。

振り返り、身構える。そこにいたのは、エルフリーデではなかった。

「誰だ、お前！」

「見事だな」

誰何《すいか》に対して浅く笑ったのは、ヴェルナーと変わらない年頃の少年だった。分けられた金髪に緑色の目。身長はヴェルナーよりも僅かに高い程度だ。決定的に違うのは着ているシャツが上物で、真っ白のシルクであることだ。

こちらに殴りかかってきておいて、笑っている。殺気がみじんもない。もとより先ほどのパンチも本気のものではないことは、その緩慢な動きによって理解していた。

「ヴェルナー、僕はレオンハルトだよ。レオンハルト・メルダース」

「なに……」ヴェルナーは彼を睨んだまま問い直す。「メルダースって、あの靴屋の大金持ちか」

「ああ、まあね」

レオンハルト・メルダースと名乗る彼は、なぜか落胆したように息をついて答えた。

メルダース、の名を知らぬ者はこの村にいない。中産階級以上の者が住む隣町の資本家だ。確か現在の当主が靴屋の二代目で、引き継いだ小さな町工場を、一大企業にまで発展させた。名うての職人たちを引き抜き、オリンピックのとき優れた運動靴を作ったのを機に全国でその名を知られるようになり、最近では、軍など官公庁にも納品するようになって、利益が利益を呼んで町と村の経済的格差をますます拡大させた。「村のミシン工場はいらないが町の靴工場はいる」、というのがどういう理屈かは知らないが、ともかく靴の工場に廃れる気配はなく、むしろミシン工場で働いていた労働者の相当数が、隣町まで歩いて靴工場に通っている。

「メルダースの御曹司《おんぞうし》が、犯罪者の息子の失業者を呼び出して何の用だ。お前のところで働けっていうのか」

皮肉のつもりで言ったのだが、そうであれば助かるような気がして、ヴェルナーは情けなく思った。

「そうじゃないよ」朗《ほが》らかな笑みをたたえてレオンハルトは首を横に振った。「一緒に遊びたいんだ」


聞き覚えのある言葉だった。視線だけで振り向くと、そこにエルフリーデがいた。

「ハイ」と右手を軽く挙げて挨拶して見せる彼女を見て、その言葉を思い出した。

「フリーデ、俺に会いたがってる奴って、この金持ちの息子か」

エルフリーデではなく、レオンハルトが答えた。

「その『金持ちの息子』というの、やめてくれないか。無性に傷つくんだ。レオでいいよ」

「だったら少しは分かるように説明しろよ、金持ちの息子」

レオンハルトは笑みを崩さず、拳を固めて、顔の前で構えた。

「僕たちはこれから、僕たちのする全部を遊びにするんだよ。説明するよりも体感した方が早いよ。君、喧嘩得意なんだろう？」

「ああ？」

答える口調が荒くなった。

「噂でそう聞いてるけど」

「ああ、強いよ」

迷いもせずに返した。事実、ヴェルナーは喧嘩が強かった。誇張でもなんでもなく、生まれてこの方喧嘩で負けた経験がない。言うことを聞かない奴はぶん殴って言うことを聞かせるがよし、という理念を物心ついたときから植え付けられた彼は、些細なことでも理由にして相手を殴ったし、村の悪ガキや隣町の不良どもから喧嘩を売られることも多く、それも全部叩きのめして勝利した。レオンハルトがふっと笑った。

「よし、じゃあまずそれを遊びにしよう」

「なに言ってるんだお前、喧嘩が遊びになるかよ」

「なるよ。力は七割程度に抜いて、凶器と急所攻撃と投げ技は危ないから禁止にすればいい。床はきれいにしておいたから、怪我する心配はないだろ」

言われてみれば、と床を見ると、ガラス片はもちろん、釘の一本も落ちていない。

エルフリーデが、ヴェルナーとレオンハルトの間に立ち、右手をたかだかと掲げて宣告した。

「ラウンド1、カーン」

なんだよこれ。ヴェルナーは一応いつも通り我流の構えをとりながら、呆れた。

喧嘩は少なくとも片方に動機がなければ始まらない。ヴェルナーは目の前にいる御曹司に恨みも怒りもないし、レオンハルトの方は最初からヴェルナーへの親しみを隠そうともしない。

笑みを浮かべている彼から左のジャブが飛んできて、ヴェルナーの鼻っ柱に軽く当たった。

このやろ、とヴェルナーが間合いをつめてパンチを繰り出すが、レオンハルトは上半身をくねくねと動かし、滑るような足さばきで後退して、巧みに攻撃をかわす。

こいつ、なにか格闘技をやってやがるな。ヴェルナーは特に焦らなかった。その種の相手は珍しくもない。そしてその種の相手を叩きのめした経験も。

ヴェルナーは間合いを取ってからジャケットを素早く脱ぎ、その隙を突こうとこちらに接近してくるレオンハルトに投げつけた。視界を塞がれた彼が棒立ちになるのを確認し、身をかがめて接近する。

「力は七割だよー」

腹にパンチを見舞う間際、エルフリーデに言われた。途端に力が抜けた。どす、と半端な力で腹を叩く。

「すっげえ」

レオンハルトは笑いながらステップを踏み、左ジャブを放つ。ヴェルナーがそれをかわすと、レオンハルトの右足があがって――ヴェルナーの意識が寸断された。

床が目の前にあった。倒れそうになるところを踏み留まって構え直した。側頭部が僅かに痛んだ。俺の頭を蹴ったのか、こいつ。レオンハルトは会心の笑みを浮かべてポーズを取った。ヴェルナーは軽く息を吐いた。確かに七割程度に加減されていることは分かった。

変な取っ組み合いが、ヴェルナーの体感としては、その後数十分も続いた。最初の五分間、およそヴェルナーの攻撃はいなされ、レオンハルトの軽い攻撃はヴェルナーを捉えた。次の十分が経過する頃には、ヴェルナーもまたレオンハルトの攻撃をほぼ見切られるようになっていた。彼の戦い方は、蹴り技を主軸とした打撃技であり、その蹴りは足の甲を相手に当てる回し蹴り。互いの打撃が空を切り、いなされる。レオンハルトが、蹴りの前に右足を下げることに気付いたヴェルナーは、彼が右足で蹴りを放つ瞬間にあわせて、左足にタックルをしかけた。見事片足を捕らえたが、投げ技禁止、とエルフリーデに言われて動きが止まったところへ、軽い肘打ちを後頭部に食らう。足を離して仕切り直す。こいつは最初にジャブを放つクセがある。ヴェルナーの読み通りにレオンハルトの左のパンチが来る。ヴェルナーは踏み込み、レオンハルトの腹を叩いた。力は七割だよ、と時折エルフリーデに言われていたが、そんなルールを意識するまでもなく、拳も蹴りも軽くなっていた。喧嘩は常に先手必勝、短期決戦だ。全身、全神経を酷使する戦いには、短距離走ほどのペース配分もない。それが妙な制約を課されながら延々と続くのだ。体力も集中力も限界に達していた。

レオンハルトの息も荒くなってきた。力が抜けた互いの攻撃が、延々と空を切り続ける。ヴェルナーは、レオンハルトと自分が、互いに手の内を読める状態になっていることに気付いた。パンチやキックを繰り出すタイミング、タックルの入り方やよけ方が分かっている。ヴェルナーが、ああ、今レオンハルトはキックを打ちたがっているな、と思うとその通りに蹴りが来るし、ヴェルナーが不意を突いたつもりでタックルをしかけると、それをいなされる。

これは喧嘩なのか、とヴェルナーは疑問に思った。むしろ会話のようなものじゃないのか。

ふと見れば、エルフリーデは退屈そうに背を壁に預けていた。

ヴェルナーは思った。これ、なんのためにやってるんだよ。我に返った瞬間、限界が来た。どうでもいい。大振りの右フックを空振りさせると、そのまま床に倒れ込んで仰向けになった。

パンチをかわしたレオンハルトもまた、その勢いでヴェルナーの隣に倒れ込む。

「両者ともに疲労困憊《こんぱい》。ノックアウトにより引き分け」

エルフリーデが簡単に告げた。

いや、先に倒れたのだから実質負けだ、とヴェルナーは思った。

二人の少年はしばらく無言でいたが、レオンハルトが吐息混じりに口を開いた。

「サバットっていうんだ……。フランスの格闘技でさ、紳士のスポーツ」

「知らねえよ」とヴェルナーは答えた。

「金持ちの息子も大変なんだぞ……。『健全な精神は健全な肉体にのみ宿る』とかそういうのが家訓になってさ。要は勉強もスポーツもなんでもできなきゃダメなんだ。特にうちは成金だろ。名家にバカにされないためには金持ち二代目のお前が頑張れってことになるだろ。フォークとナイフの持ち方とか、ラテン語なんてのは基礎の基礎としてさ、弁証法とか幾何学とか修辞学とかを全部覚えて。その上で馬術だの剣術《フェンシング》だので体を鍛えるんだよ。それで僕は頑張ったんだ。体の方は、特に最近」

「だから知らねえって」

ヴェルナーは聞き流しながら、荒い呼吸を整えた。今はただ体を休めたかった。すっすっす、はーはーはーと二人の呼吸がリンクし、ずれる。二人はそれが共同作業であるかのように、無心に息を整えていた。目はらんらんと冴えていたが、ヴェルナーは何も考えることはできなかった。

「ふう」

やがて荒い呼吸が収まったとき、ヴェルナーは、自身の視覚が、聴覚が、肌の触覚が、昨日とは違う何かに変貌《へんぼう》していることに気付いた。

深い眠りから覚めたように思えた。自分は今、昨日までの自分より世界をクリアに捉えている。

隣にあるレオンハルトの顔が、にんまりと微笑んだ。

「ヴェルナー、どんな感じがする？　今、僕が憎い？」

「なんも考えられないよ。ただ頭が空っぽになって、そこから戻ってきた。気持ちは、いい」

「僕たちは今、喧嘩を遊びにしたのさ」

そうか、と不思議に納得した。敗北を自覚しながらみじんの悔しさも感じず、レオンハルトへの怒りもない。それは、これが「遊び」であったからか。暴力や喧嘩を遊びに変化させる術があるということを、ヴェルナーは考えたこともなかった。彼にとって暴力とは毎日一方的に頭上から浴びせられるものであり、あるいはそれに抗い、他者を自分の前に屈服させるための術だった。

だが、今日体験した「遊び」としての喧嘩は、そのどちらでもなかった。

「ヴェルナーは強いよ。僕の蹴りも二、三発で見切ったし、パンチの切れもすごい。でもさ、そのまま暴れ回って、たかが街区指導者を殺して死ぬんじゃもったいないよね。僕は君に殴り方を教えたいんだ。拳の固め方とかフォームとか、そんなんじゃなくてさ。分かる？」

「全然分かんねえ」

答える声が笑っていることに、ヴェルナーは自分で驚いた。

上下が逆さまになっている視界に、エルフリーデがとことこと歩み寄ってきた。

自分の顔を覗き込むようにして、彼女は尋ねた。

「今、誰が憎い？」

「カール・ホフマン」

ヴェルナーは即答した。その答えが空転している気がした。昨日はあの男を殺そうとしていたというのに、彼が憎いという言葉には実感が伴わない。レオンハルトが、それを読んだように言葉を返した。

「違うよ。君はカール・ホフマンを憎んではいない。いや、確かに憎んではいたけれど、それはカール・ホフマン個人に対する怒りではない。君があのとき刺し殺そうとしたものは、カール・ホフマンに代表されるなにかなんだ。君はカール・ホフマンを刺し殺すことによって、もっと大きなものを刺そうとしていた」

抽象的な言葉だった。しかし、そうかもしれない、とヴェルナーは思っていた。枯れ野に水の沁み透るごとく、彼の言葉は疲弊したヴェルナーの内面に入り込む。ヴェルナーは無意識に頷いていた。

「君の怒り、君の憎しみ。それを本当に晴らすためには、刺すべき相手はカール・ホフマンではなく、君を孤独に導いたナチスであるし、倒すべきは、ナチ党に支配されたこのドイツなのさ」

なんの切れ目もなく、突如としてその言葉は発せられた。

それは間違いなく彼ら自身の命を奪いうる言葉だった。ヴェルナーは上半身を起こした。

「反体制派なのか」

尋ねる声がこわばった。目の前の二人は動じる気配さえ見せない。

エルフリーデはかすかに笑みを浮かべて首を振り、答えた。

「そんなたいしたもんじゃない。私たちは、ただの不良であり、海賊だ」

「海賊だって？」

唐突な語句を問い返す。レオンハルトが答えた。

「エーデルヴァイス海賊団」

どこかで聞いた覚えのある言葉ではあった。体制に反抗する少年集団がいる。エーデルヴァイス海賊団。活発に行動し、そして無数のグループがいるそれらは、組織立った反体制派というものではなく、地域によってばらばらの不良集団を当局が言い表した名称であるとも、少年たちの自称であるとも聞く。

目の前の二人が、無数に存在するエーデルヴァイス海賊団のひとつだというのだろうか。

「ようこそ、エーデルヴァイス海賊団へ。僕たちは君を歓迎する。君の抱える怒りも、憎しみも、君だけのものじゃない」

ヴェルナーは、即答をためらった。歓迎すると言われても自分は仲間になるとは言っていないし、それ以前に彼の言葉に抵抗を覚える部分があった。

「質問が二つある。レオ、君はギムナジウム生だろう」

「そうだよ」

「君が言いたいのは、つまり学識豊かな君が、粗野な俺を導くということなのか」

「なんだ、まだ分かってないの」

エルフリーデが呆れるように答えた。レオンハルトがその言葉を継ぐ。

「そういうの、嫌いだ。調教師が犬をしつけるような考え方っていうのは。そういう考え方をしているのは、自分が他人を正しい方向へ持っていけると思い上がった連中だ。新兵をしごく国防軍や親衛隊の軍人どもであり、ヒトラー・ユーゲントを率いる全国青少年指導者様さ。もう一つは?」

「ギムナジウムに通う金持ちで、ナチが気に入らないって連中は、ジャズとかそういうレコード聴いて騒いでるんじゃないの」

地域を問わず、英語を交えたスラングで会話し、ジャズに興じる少年たちが「スウィング・ユーゲント」と呼称され、当局の取り締まり対象とされていることをヴェルナーは知っていた。実際、隣町からさらに東へ離れた市街地にもそういう一団がいて、最近、単身で摘発に向かったヒトラー・ユーゲントが一人で十五人を捕まえたという事件が地元新聞に載り、真偽はともかく、若者たちの間で話題となった。

彼らスウィング・ユーゲントは政治意識などとは無縁の存在だったが、ジャズは敵性文化として禁止されていたから、それ自体が反体制的行動ではあった。

「あいつらは文化を楽しみたいんだろうが、彼らとはまた発想が違う」

「じゃあ君たちはなんなんだよ」

ヴェルナーが問うと、エルフリーデが答えた。

「私たちは三人の群れであり、集団であり組織だ。同じ思いをともにしている海賊だ。その思いとは、ナチなんてクソであり、そう思う自分たちはここにいる。それを示したいという気持ちだ」

ヴェルナーは気付いた。レオンハルトとエルフリーデは代わる代わる自由に話している。しかし互いに異論を差し挟むことがない。二人の間には共有される空気のようなものがあって——三人ということは、驚くべきことに、自分が既に勘定に入っている。エルフリーデは続けて尋ねる。

「強制は嫌いだから、しない。ヴェルナーは、私たちの仲間に入りたい？」

仲間に入りたいか。投げかけられた問いを、自分の中で反復する。

入りたい。ヴェルナーは強くそう思った。生まれてこの方、自分に仲間というものが存在したことはない。確かに彼はナチなんてクソだと思っていた。そしてそれは、言葉にすることもできない思いだった。その思いを共有できる相手が現れるとは、夢想したこともなかった。

「俺は……」

ヴェルナーは頭を抱えた。

仲間に入りたい。そう答えることは容易ではなかった。もしこれが誰かの罠であったら、という疑念が唐突によぎった。それは決して突飛な考えではなかった。実際に、冗談や軽口を理由として逮捕された者は数知れず、それどころか父は命を落としたのだから。

そのとき、廃工場は音楽で満たされた。情緒豊かで、物憂げな、それでいて聴く者の心の、その者自身には見えない深いところから励ますような、優しい音がヴェルナーを包んだ。

数秒の間を置いて振り返る。エルフリーデがハーモニカを奏でていた。

目を閉じて、かすかに上半身をうねらせ、髪を揺らしてハーモニカを吹くその姿にヴェルナーは惹《ひ》きつけられ、音と彼女の姿が作り上げるものの全体に、彼は飲み込まれていた。

エルフリーデがハーモニカを吹き終えてからヴェルナーが我に返るまで、さらに数秒を要した。

「それ、なんて曲？」

やっとの思いでヴェルナーは尋ねた。この曲だった。ツィゴイネルヴァイゼンの前にエルフリーデが奏でた曲。そして、村で希に歌われている曲は。

エルフリーデは首をかしげた。

「そういえば、曲名はまだ決めてないね」

意味が理解できなかった。それを補うように、レオンハルトが答えた。

「この曲をつくったのはフリーデなんだよ」

少なからず驚いた。音楽のことを知らないヴェルナーにとっても、この曲が並外れた才能の者によってしか生み出され得ないものであることは、容易に理解できた。レオンハルトが補足する。

「フリーデは天才だからね。歌詞もつくったんだ」

水を向けられて、エルフリーデは不服げに、それでいて、どことなく得意そうにため息をついた。そして彼女は、今披露したばかりのメロディーに乗せて歌った。

私たちがいるここは　とても広くて狭い海
私があなたを見るときは　あなたが私を見ている
波間に舟が揺れるとき　波が世界を揺らすとき
舟が波を起こすなら　それも世界を揺らす波

舟の舳先《へさき》は世界を割って　私はどこまでも行ける　舟の舳先に花を置いて
エーデルヴァイスは倒れない　エーデルヴァイスは挫けない

高音は伸びやかに、低音は響くように、彼女の声はどこまでも透き通っていた。

歌い終えて間を置き、エルフリーデはヴェルナーと視線を合わせた。

そのまま数秒間、彼女は黙っていた。意志の強さを形にしたような両の目の、その眼光に射貫かれるようにして、ヴェルナーは彼女の言葉を待つ。しかしまだエルフリーデは黙っている。一体何だ、とヴェルナーは思う。

「……どうだった？」

エルフリーデに尋ねられた。歌に感想を求められていると、三秒ほど経って気付いた。

「ああ」ヴェルナーは答えた。「作曲と歌唱力がすごい。それに比べると平凡な歌詞だと思った」

その答えにレオンハルトが吹き出して、エルフリーデが、座っているヴェルナーの肩のあたりを軽く蹴った。

「うるさいよ。戦略的なんだ、これは。『ナチを倒せ』だの『ヒトラーをぶん殴れ』だの、露骨なプロパガンダは楽曲としての純度を下げる。大体、そんな歌詞にしたら歌った瞬間に捕まるよ。エーデルヴァイスの花自体は別に政治的じゃないし、ドイツ軍がコーカサスに突っ込んだときは『エーデルヴァイス作戦』とか言ってたんだから、そっちだって言い逃れできるし」

そう言うエルフリーデの顔が、紅潮していた。

自分の言葉に発奮したのか、彼女はうろうろとあたりを歩きながら言葉を続けた。

「そう、戦略的なんだ、この歌詞は。軽く聞き流せてその実深い意味というものがある。無味無臭、じわじわ効く遅効性の毒のように、いずれはドイツに回って、ナチに効く毒なんだよ」

誰にともなく語りながら、振り上げた拳を無意味にぐるぐる回して歩くエルフリーデを見て、ヴェルナーは理解した。彼女は妖精でもなければ魔女でもない。普通の人間だ。

「一緒に遊びたい」

気付いたときには口にしていた。

レオンハルトとエルフリーデの視線が、同時にヴェルナーに浴びせられた。

「じゃあ遊ぼう。命を懸けて」レオンハルトが朗らかな笑みで言った。「遊びにはルールがある」

ルール、という言葉から、綱領《こうりょう》のようなものを連想した。しかし、レオンハルトが示したのはまったく違うものだった。

「ひとつ、エーデルヴァイス海賊団は高邁《こうまい》な理想を持たない。ただ自分たちの好きなように生きる。ひとつ、エーデルヴァイス海賊団は助け合わない。何が起きても自分で責任を取る」

自分たちは組織ではないと言い切るようなルールだった。そう言うと、エルフリーデが笑った。

「それでも、私たちは組織だよ」

ヴェルナーも笑った。自分が心から笑ったのは、果たしていつ以来であろうか、と思った。つい先ほどだった。自分が笑った記憶を今日よりも前から引き出すことができなかった。

「ヴェルナーは失業中なんだよな」

レオンハルトが唐突に尋ねた。驚きはしたが、自分がそれを教えていたと思い出して、ヴェルナーは頷いた。

「そうしたら、ここの工場の取り壊し工事と、その跡地整備の工事が始まるから、そこで働くといいよ。しばらくは続くから、それで食っていける」

「そんな大きな工事があるのか？」

「うん。昨日軍隊と武装親衛隊がこの辺で会っていたのは、その打ち合わせだってさ」

あの、自分が襲撃しようとしていた会談のことだとヴェルナーは気付いた。

「軍隊までかかわる工事なのか」

「ああ。ほら、今市内では、東の町や市街地の方でも、トンネルつくったり、買い取った用地を更地にしたりしてるだろ。たぶん、市を横断する軍用道路かなにかの開発工事じゃないかな。人手不足だからはじかれることもないと思うけど、親父の知り合いの会社も参加するらしいから、口利きしてやれるし」

ヴェルナーは、ああ、と気の抜けた返事をした。理由の無い施しを受けるような、嫌な気持ちもあったが、それ以上に糊口をしのげるという安堵が勝っていて、そんな自分に対しても落胆していた。レオンハルトはそんな気持ちを知ってか知らずか、流れるような口調で話す。

「そこで働いて気付いたことを僕たちに報告する。それも海賊団としての務めだと思ってくれ」

ん、とヴェルナーは頷いた。「務め」であるということがレオンハルトの本心なのか、施しではないと示すことでヴェルナーの気持ちを軽くさせようとしているのかが分からなかった。

レオンハルトは、ついでのように付け加えた。

「あ、それと、ルールというより通過儀礼なんだけど、海賊団に入るには土産が必要なんだ」

そういうこともあるだろうな、とヴェルナーは思う。

「そうかい。何をあげればいいいんだ」

「とりあえず、ヒトラー・ユーゲントナイフを一本」

思わず、彼の目を見つめ返した。冗談を言っている顔ではない。

エルフリーデも同様に、いつの間にか笑顔を消していた。

「ちなみに私は、彼に拳銃を一丁渡した」

命を賭ける、ということが文字通りの意味なのだと、ヴェルナーは理解した。


彼らが敵と見定めたヒトラー・ユーゲントとは、なんだったのだろうか。

一九二二年、愛国心に燃える十七歳のピアノ職人が、国民社会主義ドイツ労働者党の門を叩いた。入党させてください、と訴える彼に、弱小政党の幹部たちは「十八歳未満はお断り」と答えた。ピアノ職人、グスタフ・レンクはめげずに答えた。「それなら僕が、青少年部をつくります」

熱意は政党の門を開かせた。翌年、十数人の青少年とともに、指導者の名を冠し、「アドルフ

・ヒトラー青少年突撃団」は発足した。彼らの合い言葉は愛国心、反共主義、反ユダヤ主義である。

ときに第一次大戦終結直後。ドイツには「青少年団」ブームが巻き起こっていた。政党はもとよりキリスト教各宗派、職人集団、徒弟組合。諸々の社会集団は自らの「少年支部」を組織した。のみならず、少年たちもまた、ワンダーフォーゲルをはじめとする自発的な活動を通じて、自らを組織化した。そうした世相の中にあっては、名称を変え、指導者を変えてゆく「ヒトラー・ユーゲント」は、目新しさは何もない、単なる新興極右政党の少年団に過ぎなかった。そしてナチ党そのものがそうであったように、ヒトラー・ユーゲントは、取るに足らない存在として政治的敵対者たちに侮られながら勢力を拡大し、権力の座に上り詰めるやいなや、それら敵対勢力を圧殺した。前身組織の発足より僅か十四年後、一九三六年十二月には「ヒトラー・ユーゲント」法が制定された。それ以降は、十歳から十四歳の少年たちが「ドイツ少国民団《ユングフォルク》」に加入し、十五歳から十八歳の青少年がヒトラー・ユーゲントに加入することは義務であり、同時に、ヒトラー・ユーゲントを除く「少年団」は、その存在自体がすべて違法である。

すなわち、褐色の制服に身を包み、「一つの民族、一つの国家、一人の指導者」という思想を共有し、キャンプや訓練で団結心をはぐくむと同時に、その権威でもって異なる価値観とその持ち主を否定するヒトラー・ユーゲントこそは、それをどう捉えるのであれ、少年たちにとってのナチ党、国民社会主義ドイツ労働者党そのものであった。

「ナイフ持ってるのって、優秀として表彰された奴だけだろ？」

ヴェルナーの問いに、まあね、とレオンハルトは頷いた。

日没の迫る時刻、ヴェルナーたち三人は、レオンハルトが住む町にある、中央公園のベンチに腰掛けていた。皆が帽子を目深に被り、顔を隠していた。

しかし決行の場所がなぜここなのか、とヴェルナーは思った。この広場は町の中心地だけあって、公園の目と鼻の先には行政庁舎が軒を連ねる一画があり、その一つには警察署もある。

その警察署に設けられた地下牢の鉄格子は、外から見ると足下に露出したような造りとなっているので、悪ガキたちが留置された犯罪者たちを外からからかって、警察官に追い散らされることもしばしばであった。最近は、黒いスーツをお揃いのように着たゲシュタポたちもここに出入りしている。

「でもあのナイフ、たくさん配ってるからな。優秀と言ったって、それほどたいしたものじゃないよ」

ふうん、と生返事すると、エルフリーデが不思議そうに尋ねた。

「ヴェルナーはなんで知らないの」

「ヒトラー・ユーゲントにはいたことがない。十四歳の、まだドイツ少国民団のときクビになったから」

答える声が得意げになっている気がして、少し恥ずかしく思った。

「なんで？」とレオンハルトが尋ねる。

「サボりが多くて、久々に参加した日に、他の団員を三人叩きのめした」

「どうして、そんなことをしたの」

やけに食い下がってくるな。ヴェルナーはそう思ったが、会話していないと退屈なので、とりあえず答えた。

「あそこって誰も彼も一緒くたにして、ガキがガキを教育するだろ。それで俺のいた小隊はもう働いてる奴も大勢いて、なのに小隊長がギムナジウム生だったんだよ」

ヒトラー・ユーゲントは「社会階級にかかわらず団結し、若者が若者を指導する」というまことに立派なスローガンを掲げていた。自明の前提としてユダヤ人、黒人、シンティとロマ人——当時は「ツィゴイナー」という差別的な名称で呼ばれていた——等の「一つでない」民族と、障害者等の存在を排除した上で成立するそれは、要するにナチスによる思想教育の一元管理であり、「ドイツの少国民」として以外の帰属意識を取り払う、愛国者の生産工場だった。そして建前はともかくとして、少年たちのうち指導者的役割を演じる立場のものは、ギムナジウム生をはじめとした、中流以上の階級から選ばれることが多く、実生活の面では学校も文化も異なる彼らに頭ごなしの命令を受ける労働者階級の子からは、不興《ふきょう》を買うことも常だった。

公園の様子に視線を配る。夕暮れ、下校時刻も過ぎ、労働者たちも帰路についた公園に、人影はない。一時期はいた浮浪者たちも、ナチ党による政権獲得後、どこかへと姿を消した。

待ち人が来ないので、ヴェルナーは当時を思い出しながら話を続けた。

「ギムナジウム生ってのは、君ほどじゃないにしても皆金持ちの息子だ。そんなのに『気をつけ！』とか号令かけられたら、日々を肉体労働で生きてる方からしたら、そりゃあ面白くないよな。『俺たちゃ働いてるんだよ、ぼっちゃまめ』ってのが、あいつらの気持ちだから。ギムナジウム生の小隊長、ずっといじめられてた。そいつが訓練中は号令をかけて、連中は大人の指導者がいるときはみんな言うことを聞くんだけど、あとで小隊長を路地裏に呼び出して、号令をかけた数だけ小突いてたんだ」

ヴェルナーは、小隊長を殴りつける少年たちの後ろ姿を思い出して、そのときの吐き気を催すような嫌悪をも思い出した。

「ヴェルナーは労働者だろ。そのギムナジウム生に腹は立たなかったの」

「腹は立ったよ。だからいつもは放っておいた。でもある日そいつが、小突かれるどころか袋叩きにされてたから、近づいたら、殴ってる連中の方にむかついた」

ドイツ少国民団の退屈な集会や教育のことをヴェルナーはほとんど忘れていた。しかし、そこをクビになった日のことは覚えがある。物見気分で近づくと、彼ら三人はくり返し言っていた。お前なんて男じゃねえ。これがドイツ少国民団の拳だ、金持ち野郎め、国民社会主義の団結の力だ、アーリア人の鉄槌だ。お前が金持ちかどうかなんて、総統閣下の威光の前には関係ないんだ。

「それを見たら、つまり」

そのときに感じた怒りを、ヴェルナーはうまく言葉にできなかった。

「あー、こいつら、結局そっちの側かいって思ったよ。同じ制服を着ることで……誰かが着せてくれた制服の力でもって、服が金持ちと同じになれたから、それでしか殴れないのかよって思ったら、そっちの方に腹が立った」

その後に起きたことは明瞭に記憶している。路地で三人を叩きのめして、うち一人は奥歯が折れた。それはドイツ少国民団およびヒトラー・ユーゲントへの加入は義務だが、素行不良者はクビになる。それは危険分子の烙印《らくいん》を押されたも同然であり、自らの将来に対する大きな傷だったが、ヴェルナーの気分としては、むしろ清々したものだった。

「そのギムナジウム生ってのは、どんな奴だった？」

「君みたいな『健全な肉体』の持ち主じゃなくて、へろへろだったたな。まあ頑張ってはいたけど、いつも三人以上で殴られてちゃあ、どうにもなんないよ」

ふと、左にいるエルフリーデが一瞬だけ視線を上げたのを見て、ヴェルナーも視線で前を向いた。

褐色の制服に黒の半ズボン。腕に腕章をつけた少年たちが五人、夕日を背に浴びつつ、悠然と公園を歩いていた。

「その彼に、何か言った？」

「別に……」

時間を潰す会話を続けていると、少年たちがめざとく自分たちを発見した。

「それじゃ、行ってくる」

ヴェルナーはそう告げて、ヒトラー・ユーゲントの一団に近づく。

彼らのうちから声が上がった。

「おい、なんの集まりだ」

パトロール隊の連中だな。ヴェルナーは好都合だと思った。ヒトラー・ユーゲント・パトロールは元々ヒトラー・ユーゲントの風紀統制を担う内部組織に過ぎないが、制服を着せられた小軍隊の内部に、さらに特別な権限を与えられた一団をつくればこれが増長するのは当然のことで、同い年の少年たち相手に彼らが憲兵のまねごとをするのは、権力からも黙認されていた。五人組の小さな憲兵隊。その先頭の少年に見覚えがあった。

「おやおや、お前は死刑囚の息子の……」

何か言いかけたのを、ヴェルナーは制した。

「やあ、ハンス。俺に折られた奥歯は生えてきたか」

ヴェルナーが尋ねると、ハンス以外の四人が吹き出した。ハンスの顔がこわばるのを見て、喧嘩を不可避にさせたと確信した。ハンスの立場を考える。

五対一、相手は反逆者で死刑囚の息子。自分は侮辱された。

ハンスは、てめえ、と叫んで殴りかかってきた。よけることはたやすいパンチを、ヴェルナーはあえて頭部で受けた。次の瞬間には、ヴェルナーの右拳がハンスのこめかみに命中していた。膝から崩れ落ちる彼を見て、他のパトロール隊員たちが一斉に動く。

最も速く反応した一人がヴェルナーの髪の毛をつかもうとする。それを読んでヴェルナーは彼めがけて踏み込み、顔面に頭突きを見舞う。鼻骨が砕けた感触が額に伝わる。鼻血を吹き出す顔を押さえて彼がうずくまると、次の瞬間ヴェルナーは背後から羽交い締めにされた。特に慌てることもなく、右足を振り上げて、馬のように後ろへ跳ね上げる。かかとが敵の股間にめり込み、彼もまた崩れ落ちた。軽く息をついて振り返ると、ハンスが起き上がろうとしていた。右手に光るものを握っていた。

「ナイフを置いて行けば見逃してやる」

ヴェルナーは命令した。それによってハンスの逃げ道は封じられた。この言葉に従えば完全な敗北を意味する。ヴェルナーは、自分の背後から摑みかかろうとしている者がいることも、ハンスの視線と、背後からにじりよる足音から察していた。振り返り、無警戒にもタックルの構えをしている四人目のみぞおちに蹴りを見舞う。その瞬間、ナイフを掲げたハンスが走り込んでくるのが分かる。

「よっと」

ヴェルナーは四人目の敵の足下にスライディングし、彼の背中で起きると同時に、その首に右腕を回して、体を盾にした。ハンスの振り下ろしたナイフが、四人目の敵の肩に刺さった。

彼の絶叫が公園に響き、ハンスが顔色を変えた。ナイフが地に落ちる。

次の瞬間には、ヴェルナーが踏み込んで、左右のパンチを五発連続でハンスに叩き込んでいた。

四人を倒したヴェルナーは、最後までなにもせずに突っ立っていた一人に声をかけた。

「お前、やるのか」

「やりません」

のっぽの男は首を横にふって即答した。見たところでは力はありそうな彼だけが、最初から戦意のかけらも見せなかった。背負っている鞄の肩紐を固く握り、おびえた目をしている。地に落ちたナイフを拾って、ヴェルナーは彼の首元にそれをつきつけた。

「じゃ、頼むぞ」

「あ、あの、頼むってのは、なんでしょうか？」

ヴェルナーはナイフの刃先をそらして、公園の入り口を見るように促した。ヒトラー・ユーゲントの別働隊《べつどうたい》、十人以上がこちらめがけて走ってくる。彼らの持つ警笛が、甲高く鳴り響く。ベンチで観戦していたレオンハルトとエルフリーデが、ヴェルナーの元に駆け寄ってきた。全員を相手にするのは骨が折れる。

「お前には、俺たちが逃げるための捕虜になってもらう」

人質にとったヒトラー・ユーゲントは、目に涙を浮かべて答えた。

「無理だよ。俺にそんな価値はないよ」

「ドクトル！」

向こうから迫ってくるヒトラー・ユーゲントの一人が叫んだ。

「てめえ、とっととそいつらを捕まえろ、この愚図《ぐず》の木偶《でく》の坊！」

あ、だめだ。こいつもいじめられてる手合いだな、とヴェルナーが確信すると、レオンハルトとエルフリーデは一目散に逃げ出した。ヴェルナーも人質になり損ねた彼を捨てて、それに続く。

しかし視界の先、警察署から、笛の音を聞きつけたのか、制服姿の警察官が怪訝そうな面持ちで現れるのが見えた。

レオンハルトに先導される形で、公園を走り出た三人は、住宅街へ走り、路地裏に逃げ込む。

「レオ、これ、逃げ道知ってるんだよな」

ヴェルナーが尋ねると、レオンハルトは素気なく答えた。

「運任せ」

「冗談じゃねえよ、向こうは大勢いるんだ。散らばって探しにかかったら……」

「うん、捕まるよ」

ヴェルナーは、すぐ後ろにのっぽのヒトラー・ユーゲントが走っているのを見て驚愕する。

「何やってんだお前は」ナイフを振りかざしてヴェルナーは威嚇《いかく》する。

「あのままだと俺、あいつらに殴られるから逃げたくて……ねえ、ナイフ振るのやめてよ」

「お前は逃げ道知ってるのか、あー、博士《ドクトル》?」

「こ、こっちだ」

ドクトルと呼ばれた彼は、三人を追い抜いて走り、石畳の路地から低い生け垣を越えて小さな家の庭を突っ切ると、粗末な外置きトイレの外壁をよじ登り、そこから隣家の庇《ひさし》に乗り移って、屋根伝いに走ってから、隣に立つ集合住宅の外壁にとりついて、そのまま屋根の上に登った。

背負った鞄を気にしながら走る姿は頼りないが、土地勘があるらしいことは確かだった。

ドクトルが先行し、また隣の集合住宅の屋根へジャンプして飛び移った。レオンハルトとスカート姿のエルフリーデも難なくそれに続き、ヴェルナーも下を見ながら飛んだ。

その瞬間、数メートル下できょろきょろしていた少年が顔を上げ、ヴェルナーと目が合った。

「いたぞ！」

彼が叫んだ。運悪く、分散したらしいヒトラー・ユーゲントの一人が真下にいたのだ。

集合住宅の屋根を走りきる。そして路地裏へ、雨樋《あまどい》を伝って降りる段となり、最初にエルフリーデが飛びついて、するすると地面へ降りた。

ヴェルナーは雨樋と屋根の接合部を摑んで片手でぶらさがり、半ば飛び降りるように着地する。彼に続いたレオンハルトが、上から降りようとするドクトルを見上げて怒鳴った。

「ドクトル、まだ逃げられるのか」

数秒で降りたドクトルは、また先頭になって走りながら答えた。

「この先が袋小路で、その塀を越えれば丘に上がれる。そうすれば町の外まで行けるから、なんとかなると思ったんだけど、でも、塀を越えるには時間がかかるから……」

見つかったので失敗だ。彼の言い分を悟ったとき、一行はその袋小路に達した。周囲は二メートル程度の石垣造りの塀に覆われていて、突き当たりの塀の向こうには土手がある。追い込まれた、と思ったとき、

「先に行くぞ」

レオンハルトが他の三人を振り切るように全速力で走り抜けた。石壁の手前で大きくジャンプした彼は、猫のようにつま先を壁に蹴立てさらにジャンプし、土手に飛び乗った。

ヴェルナーたちは顔を見合わせた。無理だろう、と全員がその表情で語っていた。

土手の上に立つレオンハルトが、腰に手を当てて笑った。

「ルールの実践さ。頑張ってくれ」

翳《かげ》りの無い笑みを見せ、そのまま彼は去って行った。

「薄情な奴め」

ヴェルナーが憤るとエルフリーデは平然と答えた。

「ま、そういう集まりだからね」

ドクトルはおろおろと周囲を見回している。

「こっちに逃げたぞ！」

ヒステリックな叫び声に振り返る。ヒトラー・ユーゲントの連中だ。きいきいと叫び声を上げて自らを興奮させながら走る群れ。まるで石器時代の野蛮人だなとヴェルナーは思う。逃がすな、とか、殺せ、とか叫ぶその声の主たちが、近づいてくるのが分かる。

ドクトルが唐突に尋ねた。

「なあ、あんたたち、不良だろ。タバコ吸うんじゃないの」

エルフリーデが答えた。

「はあ？　吸うけどそれが何」

吸うのか、とヴェルナーは思った。

「なら火、持ってるでしょ。マッチ擦ってよマッチ」

エルフリーデが怪訝な顔をしながらマッチを擦る。ドクトルは鞄を開けた。布で仕切りがなされ、さらに多くの古新聞を念入りにつめて緩衝材にした鞄の中に、ガラス瓶が入っていた。彼はそれを取り出した。内容量は四百ミリリットル程度。蓋《ふた》を外すと、太いこよりのようなものがあり、そこにエルフリーデの持つマッチを近づけた。

ぼう、とこよりに火がつくと同時に、ドクトルはそれをヴェルナーに手渡した。

視線の先では、路地を曲がったヒトラー・ユーゲントの奴らが二十名ちかく、こちらにめがけて殺到してくる。

「投げて」

ドクトルの言葉に続いて、ヴェルナーは迷わず投げた。

放物線を描いて放たれたガラス瓶は、ヒトラー・ユーゲントの少年たちのうち、先頭にいた者の足下に落下して、もろくも砕けた。次の瞬間、ぼん、というくぐもった音がして、その場所から猛烈な勢いの炎が上がった。足下を焼かれた少年が、悲鳴を上げて転げ回り、その姿に恐怖した他の少年たちは後ずさりする。

火炎瓶だ。それも燃え方からして、内容物はただのガソリンではない。

理解すると同時に、ドクトルから、さらに火のついた火炎瓶を二つ差し出された。

「投げて投げて！」

二つの火炎瓶を投げると、火柱の向こうにヒトラー・ユーゲントたちが隠れた。周囲に延焼するものがないので火事にはならないだろうが、もはや敵を追っている場合ではない。

黒煙を上げる炎の壁を見ながら、ヴェルナーはつぶやいた。

「鎮火するまでに逃げなきゃいけないけど、レオの真似は無理かな」

実際のところ、自分ならできるかもしれない、とは思ったが、レオンハルトと違ってそのまま逃げるつもりにはなれなかった。

「あ、あの。じゃあ俺がまず踏み台になるから、そのあと二人で僕を引っ張り上げて」ドクトルが壁に向き直って片膝を突いてかがみ、自分の肩を指さす。「その代わり誰か、もし捕まったら俺は人質だったって言ってね。俺もそう言うし、君たちのことは話さないから」

懇願《こんがん》するような口調で頼む彼を踏み台にしてヴェルナーは高い塀を登り、振り返って手を差し伸べた。エルフリーデの手を摑んで、そのまま引っ張り上げる。そして今度は二人でドクトルを引っ張りあげた。

ふう、と息をついて振り返る。土手の向こうは、人気《ひとけ》の無い杉林だった。

ざっと、枝をかき分ける音が聞こえて、ヴェルナーはそちらを見る。まさかヒトラー・ユーゲントの別働隊かと思ったが、それは走り去ってゆくレオンハルトの後ろ姿だった。ヴェルナーは笑った。自分たちがもたついている間にいくらでも逃げることは可能だったろうに、今まで待っていたのか。

エルフリーデもその姿を見て笑った。

「いるなら助けろっての」

土手から丘を駆け上がり、そのまま数百メートル走って向こうへ降りると、もはやそこは町の外、人っ子一人いない畑道だった。

逃げ切った……。ヴェルナーは息をついた。

今日戦ったヒトラー・ユーゲントの奴らのうち、見知った顔はハンスのみ。今日先に不当な暴力を振るったのは彼の方だ。それに反撃された結果五対一で負けて、あげく味方を刺した事情を考えると、ハンスが警察に自分の名前を話す可能性はそう高くない。これといって証拠も残していないから、警察が来てもうまく切り抜けられるだろう、と彼は思った。

エルフリーデに、ナイフの柄を示した。ハンスの名前が小さく刻んであった。

「ほらよ、約束の手土産だ」

柄の方を差し出すと、彼女は笑って答えた。

「いいよ。持っておきな。土産ってのは、得たことが大事なんだ」

そう、とヴェルナーは答えた。物証になり得るものだから、扱いには注意しなければいけない。だが、そのナイフを改めて握ったとき、自分が彼女たちの仲間になったのだ、という思いを、その刃の重さとともに実感した。

その傍《かたわ》らに、のっぽのヒトラー・ユーゲントがいた。

「お前はいつまでいるんだ」

「俺も仲間に入れてほしい」

ドクトルと呼ばれていた彼は、迷いのない口調で言った。

「土産ってのがいるんだね。今全部使っちゃったけど、今度必ず持ってくるから」

ヴェルナーはエルフリーデと視線を交わした。レオンハルトを含め三人で話し合う必要がある

だろう。火炎瓶を投擲《とうてき》させて自分たちの活路を開いたのだから、充分に見込みはある。だが、と
ヴェルナーは思う。

「お前は、仲間に入ってなにをしたいんだ」

「爆弾を作って爆破したい」

ドクトルは迷いなく答えた。

「それが俺の夢なんだ。この間の爆殺未遂の話は、聞いただろ」

彼は「ヒトラー」という言葉を意図的に省いていたが、むろん意味は伝わった。七月二十日の、
国防軍と、その傘下組織国内予備軍の将校たちによるヒトラー爆殺未遂とクーデター騒ぎだ。

「惜しかったな」

軽く頷き、同調を示してやると、ドクトルは勢い込んで続けた。

「惜しかった、惜しかったよな！　でもシュタウフェンベルクって人が持ち込んだあの爆弾はす
ごいと思うんだ。どんな仕組みだったんだろうな。持ち運べるサイズで、それで会議室が吹き飛
ぶなんて。俺の勘では、薬品か何かで安全装置を溶解させて爆破させる仕組みだったと思うんだ。

もう少し爆薬量が多ければきっと成功したんだろうと思うよ」

エルフリーデは何か呆れたようにため息をついて、畑道を歩きながら尋ねた。

「爆弾をつくって、何を爆破するの？」

「そんなの後から考えればいいじゃんか」

後からついてくるドクトルは、まったく迷いなく答えた。

「爆弾をつくって、しかけて、爆破する価値のあるものを爆破する。その一瞬のためになら、どんな努力だって惜しまないつもりだよ」

「だったらお前、科学者になってドイツ国防軍のために爆弾を開発したらいいんじゃないか」

ヴェルナーが問うと、分かってないな、とドクトルは答えた。

「面白くないよ、そんなの。そういう世界でできるのは、ただのお仕事。言われた通りの計算をして、化学式をつくって、仕様通りの爆弾を作る単なる受注生産だよ。ナチスの手先であるかぎりそうさ。俺がやりたいのは、自分で目標を決めて、自分の手で爆破する、そういう本物の爆破だよ」

ヴェルナーとエルフリーデは目を合わせた。変なのを拾ってしまった、という同じ思いでいることが分かった。

ともあれ後日、レオンハルトにドクトルを引き合わせると、二人の予想通り、彼もまた仲間として認めた。

土産として彼に義務づけられたのは、先日のような火炎瓶ではなく、「本物の武器」だったが。

エーデルヴァイス海賊団は四人組となり、誰に知られることもなく活動を続けた。主に根城《ねじろ》としたのは一人暮らしとなったヴェルナーの家であり、彼らはそこで法律で禁じられた外国のラジオ放送を傍受し、飲酒をした。ヴェルナーとレオンハルトはスパーリングに明け暮れ、最初は劣勢であったヴェルナーは、見る間に蹴り技を習得し、三カ月後には、八割程度の勝率でレオンハルトを下すようになった。ドクトルは、向いていないと言って参加しなかったが、代わりにタイプライターを拾ってきて、家族の目を心配する必要のないヴェルナーがタイピストとなり、反戦ビラをつくった。外国ラジオは、政府が国民に隠蔽する、ポーランドやソ連、それにドイツ国内における恐るべき虐殺を次々と報じるためビラに書くネタには困らなかったし、悪名高い反ユダヤ新聞《シュトゥルマー》をはじめ、ナチ党公認のプロパガンダ雑誌を収集すれば、そこにはしばしば剽窃《ひょうせつ》や、明らかに矛盾点のある記事が見つかるため、それを指摘して嘲笑するビラも書いた。

エーデルヴァイスの花――それらは当時、数多く売られていたので容易に入手可能だった――を徽章《きしょう》として市内全域、つまり町やその先の市街地まででかけ、ヒトラー・ユーゲントに襲いかかっては警察が駆けつけるなり一目散に逃げて、逃げる道でその辺の家にビラを投函して回った。ヒトラー・ユーゲントは移動手段として自転車を好んだが、エーデルヴァイス海賊団は戦利品としてこれらを強奪し、廃屋に隠し持って、夜間の移動手段として使うことで、活動の機動力を増した。そして同様に彼らの制服を強奪することで、ヒトラー・ユーゲントに恥辱《ちじょく》を与えるとともに、偽装によって自分たちの活動を容易にした。

活動は散発的で、同じ場所を続けて狙わず、忘れた頃に不意を突いておこなうのが鉄則だった。ナチ党が呼ぶところの「少年徒党集団」に対する弾圧は全国的に熾烈《しれつ》を極め、ケルンでは同じ「エーデルヴァイス海賊団」を名乗るグループの数名が裁判を経ずに縛り首になったが、これまでがそうだったように、弾圧が強化されるたびに、ナチスを憎む少年たちは自分たちの活動に熱中していった。

その一方で、ドイツの戦況は悪化を続けていた。大都市は空襲によって灰燼《かいじん》に帰し、陸海空軍はいずれも連敗を喫《きっ》していた。ドイツは東西から敵に挟撃《きょうげき》されていたが、それでもナチのお歴々が恐れたような、「背後からの一撃」の再来、すなわち、第一次世界大戦の末期にみられた、国民的蜂起による政権転覆と、それによる戦争の終結という事態に至る兆候は見えなかった。

すなわち戦争は敗北必至の情勢の中、ドイツ人は戦いをやめようとせず、ナチスは反抗的な人物を徹底弾圧するのだが、弾圧される側は黙ろうとしない。

年が明けて一九四五年。彼らの住まう市にも、連合軍は日に日に接近しているとの知らせがあり、ヴェルナーは「国民突撃隊」に編入させられ、匍匐前進《ほふくぜんしん》だの銃の撃ち方だのの訓練を受けた。ドイツは劣勢であり、未だ空襲を受けてはいない自分たちの市にも、村にも戦闘が迫っている。市民たちは皆それを事実として受け取っていたが、だからといって皆が悲壮感をあらわにした表情になるわけでも、労働や家事といった日常生活が消滅するわけでもなかった。

市民たちが好んで口にするのは、「奇跡の報復兵器」たる飛行爆弾V1や宇宙まで飛ぶロケットミサイルV2がイギリスに襲いかかっている、という話であり、より熱烈な体制支持者であれば、ドイツとヒトラーはプロイセンを統治したフリードリヒ二世のごとく奇跡の勝利を得るのだろう、という予想だった。要するに「自分たちは生き残る」という結論部分から逆算したおとぎ話によって、市民は現実をなんとかやり過ごしていた。

この情勢でビラ撒きや喧嘩に明け暮れ、ナチ体制を倒そうだなどと言っている自分たちは正気ではないかもしれない。だが、戦争に負けながら最後の一人まで戦えと叫んで、「国民突撃隊」と名付けた素人に武器を握らせる行為はそれよりも正気ではないし、どうせ正気の沙汰ではないのなら、楽しいと思ったことをしたほうがいい。ヴェルナーはそう思っていた。

「つまりこの村に鉄道がやってくるということは、どういうことか、分かりますか？」

日曜学校に出向いたヴェルナーは、アマーリエ・ホルンガッハー先生の授業を受けていた。

小さな教会にいるのは、彼と同じく貧困家庭の若者たち。それと、彼らに対して場所を提供して説教をおこなう牧師の他に、手弁当で教育をおこなう教師たちが数名。

他の若者たちと同じく挙手したヴェルナーは、ホルンガッハー先生に指名されて答えた。

「輸出や輸入のための手段が容易になるので、工場や会社といったものが建てやすくなります。その分ここに住む人も増えます。また、遠くの場所へ行くことが遥かに簡単になります。なので駅ができて鉄道が通れば、この村は市内での価値が上がる、ということです」

「その通りです、ヴェルナー・シュトックハウゼン」

三十歳の教師、ホルンガッハー先生は優しく微笑んだ。

教育から早期に離脱したヴェルナーにとって、日曜学校は貴重な場所だった。彼は元々勉強をすることが好きであり、成績も良好であった。家庭が裕福で、父に労働を強制されなければ進学も容易だったであろうが、基幹学校《ハウプトシューレ》（職業訓練を目的とする、前期中等学校）を中退した今となっては、この日曜学校だけが彼に許された教育の場だった。

その日曜学校で先生が言うには、あの廃工場跡地を含め村の各所で、そして市の全域で続いていた工事は、鉄道の開通工事ということだった。新たに伸びてきた鉄道はついにこの村に達して、ここが地域における新たな終点駅になるのだ、と彼女はうれしそうに語っていた。

「皆さん、つまり鉄道が来るということは、これまで遥か彼方と思われていた大都市、たとえばベルリンやハノーファーといった都市が近づく、ということなのです。今、鉄道は網の目のようにドイツを覆いつつあります。その網の目の一端に私たちの村が入るということは、大変に素晴らしいことなのです。今のところこの村は終点駅ですが、それも発展とともに変わっていくに違いありません。鉄道につながったこの村は、もはや孤立した片田舎ではありません」

ホルンガッハー先生は言葉を切り、ヴェルナーとふたたび視線を合わせた。

「鉄道の敷設に協力してくれる、若者の皆さん。私は皆さんに感謝します。そして誇りに思ってください。皆さんは今、この村の未来をつくろうとしているのですから」

半分はヴェルナーに言って聞かせているようで、彼は少し面映ゆい感じがした。

父親を処刑されたヴェルナーに対して、誇りを持て、と言ってくれる大人は他にいないのだ。

そのとき、かん、と甲高い音がした。

街区指導者、カール・ホフマンがステッキで床を叩き、ホルンガッハー先生に何かを促していた。

「そして皆さんに食糧と仕事と繁栄をもたらしてくれる、アドルフ・ヒトラー総統に感謝しましょう」

ホルンガッハー先生は張り付いたような笑顔で、わざとらしく付け加えた。

教会、そして日曜学校といえど、ナチ党の統制を逃れることは不可能となっていた。まあ確かに、鉄道の敷設は失業に苦しむ村に仕事をもたらしているし、同時に駐留しはじめた国防軍は、労働の対価の一環としてなのか、備蓄食糧を供給している。それに鉄道開通後はその量もさらに増すというから、一家に一台ずつ配ると約束して金も取ったけど全然来ない「国民車」よりはありがたいかもな、とヴェルナーは思った。

学習が終わり、皆が教会を後にする。誰に話しかけられることもなくヴェルナーが教会を出ようとすると、ホルンガッハー先生に呼び止められた。

「最近どうですか？　一人の生活は大変でしょう」

柔和な笑みに、ヴェルナーはかすかに微笑んで答えた。

「大丈夫です。一応、例の鉄道工事でしばらくは仕事があるので」

「そう。お腹がすいたら、いつでも私の家に来なさいね」

実際、彼女は配給で得たジャガイモや食糧切符を、生活の苦しい生徒に分け与えていた。ずいぶんと痩せた顔を見て、ヴェルナーの方がかえって心配になった。ふと彼女の背後を見れば、カール・ホフマンがじっとこちらを見ていた。

「あまり、俺なんかにかまわない方がいいですよ、死刑になった犯罪者の息子ですし」

「何を言うの。親がどんな人であろうと、子どもに罪があるものですか」

「はあ」

確かにそれはそうだけれど、親の罪とはなんだったのだろう。そう思いつつも、ずっと疑問を抱いていたことについて、この先生になら聞けるかもしれない、とヴェルナーは思った。

「あの、廃工場を壊したあたりから、あの工事の周辺を軍隊の人たちが仕切っているのはなぜなんでしょう。鉄道を敷くのは国営鉄道会社だと聞いていますが」

ホルンガッハー先生は首をかしげた。

「私は知らないし、あなたが気にするようなことでもないでしょう。大切なのは、鉄道の工事があること。村が潤って、あなたにも仕事があることです。違いますか？」

問い直されると、確かにそうでもあるような気がした。

ただ、なんとはなしに、がっかりしたような気持ちがあることも確かだった。

翌日、ヴェルナーは、廃屋が除かれた旧工場区画で、鉄道敷設の作業に汗を流していた。

一九四五年当時、蒸気機関車は急造に耐えうる戦時下専用の規格で製造されていたが、レールの敷設はそう簡単にできるものではない。用地接収を終えた土地に建つ建造物の解体撤去は既に済んでいたが、そこへレールを敷設するには、労働力の短期集中投入が必要だった。地面をならし、砂利を撒き、枕木を切って並べ、指定された場所へレールを置いて、カーブ箇所では熟練工の指示に従って、かけ声とともに工具でそれを曲げてゆく。ナットを締めて枕木にレールを固定する作業では、大型スパナと枕木打ちが主な工具であり、工程において最ものを言うのは人力だ。

「よし、接合は終わった。次のレールが来るのを待て。君、次も指示だしを頼むぞ」

国営鉄道職員の声に生返事し、ヴェルナーは周囲を見渡した。

人手不足の現場には、日雇いの労働者が十人程度と、ヒトラー・ユーゲントの若者たちが、百人以上も駆り出されていた。数年前までは、工事現場には、ヒトラー・ユーゲントを卒業した先に入る国家労働奉仕団の青年たちが現れるのが常だったが、戦局の悪化とともに彼らは前線近くの工事に赴いている。

代わって現場に現れたのは、十代の少年たちだった。ヴェルナーは熟練工ではなかったが、工事現場での作業には慣れていた。そして鉄道職員が僅かに四名、作業に従事する少年たち百人以上が素人同然であるという都合上、自然と、両者の中間に立って仕切る役目は、ヴェルナーと十人程度の日雇い労働者たちが負うこととなった。取り組むべき作業工程を指示されてから、具体的に何の用具を用いて何の資材を運び、どのような作業をするのかを理解し、少年たちに指示できる人材が、この場においては貴重だった。

そして、と視線をやると、一角に固まるように座る、見慣れない男たちが四、五十人ほどいた。ヒトラー・ユーゲントや労働者の若者たちが、作業開始前に一切口をきくなと厳命された一団。遠目にも、おそらくはドイツ人ではないと分かる者たちが、レールや枕木の運搬、加工といった、もっとも力を使う仕事に使役されていた。

「あれはどうやら、戦争捕虜みたいだ」

隣から声がかかり、ヴェルナーが目をやると、レオンハルトが、ヒトラー・ユーゲントの制服を着てしれっと座っていた。義務なのだから当然といえばそうなのだが、彼自身もヒトラー・ユーゲントの一員であった。活動にはあまり積極的に参加せず、代わりに家が金持ちだから多額の献金をしていて、それで許されているのだという。そのレオンハルトがわざわざ来ているということは、彼にとって今日の作業の目的が、海賊団としての活動であるからに他ならない。

「国の工事に捕虜を使うのはよくあることらしいな」

ヴェルナーが声をかけると、そうだな、とレオンハルトは頷いた。

「でも周りに国防軍兵士が多いのが気になってな、さっきアメリカ人と話したんだ」

「話したって、どうやって」

「英語ができるのが周りに僕ぐらいしかいなかったから。命令を伝達しろって言われたんだ。僕は枕木を何個とか、レールを何本とか言うついでに質問を忍ばせて、『こんにちは、反体制派です。助けになりたいので、あなた方が従事している作業の詳細を教えてください』と聞いたんだ」

インテリらしい策とレオンハルトらしい豪胆さに対して、ヴェルナーは感心と呆れを同時に覚えた。

「そしたら捕虜が言ってた。この先には何かがあるんだってさ」

「何かって……」

ヴェルナーはふと、この村にくる駅舎が終点駅であると聞いたときから、ずっと疑問に思っていたことを口にした。

「そういえば、市街地でやってた工事の正体がこれだってことは、レールは市街地まで敷設されるんだよな。ここが終点駅なら、向こうに何があるんだろう」

「だから気になったけど、向こうも警戒してるからそう簡単には教えてくれなかったよ。ただ『工場』、『そこから来た』って言ってた」

「そうすると、捕虜のいる軍需工場の類いか」

別に不自然な話ではない。軍需工場なら戦争捕虜がいるのも当然だし、その工場の出荷に鉄道を使うこともある。そうであるなら、村から延伸していくレールが工場につながっていてもおかしくはないし、村の先にあるのは旅客鉄道ではないので、「終点駅」はこの村であって間違いではない。――無難な結論を導こうとすればそんな考え方に落ち着くだろう。

ただ……。

「なんか嫌な感じがするな」

言葉にはしがたい不快さがあった。終点駅の先に何があるのか、という疑問だけではない。周囲に目を配ると、皆、作業の合間の休息を堪能していた。不況にあえいでいた地域住民たち。その表情が活気付いていた。現場の傍らには、飲食物を売る即席の売店があって、そこに行列ができている。だが、外国人捕虜たちは、その休息を与えられることもなく、枕木の加工作業を続けていた。

ヴェルナーはその様子を眺めてから続けた。

「ここで働くのも、給料をもらうのも、なんかすごく嫌だな」

レオンハルトが何か答えようとしたそのとき、サイレンの音があたり一帯に鳴り響いた。

「空襲警報！　全員待避！」

兵隊の一人が叫び、若者らは、あらかじめ指定されていた待避壕《たいひごう》へと我先に走る。ヴェルナーもレオンハルトとともにその流れに加わっていたが、ふと、工事現場を仕切る事務所が見えた。中にいた兵士や鉄道職員たちが全員逃げ出していて、人気《ひとけ》が無い。

「ちょっと探ってくる」

小声で言って、ヴェルナーは事務所の方に走り出した。

「気をつけてな」とレオンハルトが答えた。

全員が一目散に待避壕に走る中、彼を見とがめるものは誰もいなかった。

小さい窓が二つあり、机と椅子が並んでいるごく平凡な事務室で、ヴェルナーは息を整えた。図面と地図の広げてある机に歩み寄ると、よほど慌てて逃げたのか、拳銃が一丁抜き身のまま放置されていた。ワルサーPPK。このまま失敬しようかとも思ったが、あとで必ず紛失には気付かれるだろう。手にとってから分解し、嫌がらせのつもりでファイアリングピンをへし折ってやってから机の上に戻す。彼は地図に近づいた。村に敷設されるレールは、地図の上では既に完成している。村に延伸してきたレール。駅の他、周辺に立つ教会や役場、学校も記載されていて、それぞれの表記があるため、レールの進む先が理解しやすかった。村を出たレールはさらに延びて、隣町を通過、畑地を通って、市街地を横目に北へ進んで山に入る。トンネルをくぐり、そのまま山奥へ伸びていく。その先にあるのは……。

レールの進む先を視線で追っていたヴェルナーは、首筋に汗が浮かんだのを感じた。

地図の上、レールの先には巨大な敷地を持つ建造物が描かれている。しかし、「それ」がなんであるのかを示す表記が一切無い。他の部分の詳細さに比べれば、意図して表記をしていないことは確かだった。そして、表記のない「それ」の周辺に、異様な記載が並んでいた。

高射砲……鉄条網……対人地雷……対戦車地雷……

「おい、何をしている」

背後から声がかかり、ヴェルナーは両肩をびくんと震わせた。

顔を地図から離し、振り返る。そしてそこにいた人物を見て目を丸くした。

「カール・ホフマン」

街区指導者、そして父を処刑場に追い込んだ人物が、僅かに顔をしかめて言った。

「ヴェルナーじゃないか。どうしてこんなところにいるんだ」

「あの、待避壕に行こうとして間違えまして……」

「あれはカラ警報だったよ。もう解除されたから、早く戻りなさい」

敵意のかけらもない口調だった。この男は父を密告し、自分が刺し殺そうとした相手だ。ヴェルナーは確認するように思い起こしたが、しかし自分がかつて抱えていた殺意と怒りが蘇《よみがえ》ることはまったくなかった。

彼の評判を思い出す。温和で善良。酒もタバコも嗜《たしな》まない家庭人。我が子を殴ることもないのだろう。およそ自分が父親に欲するものはこういう人物像であったかもしれない。父はよく、この男についてロうるさいだの、言うことが細かいだのと文句を言っていたけれど。

「ここに入ったと知られたら色々うるさいから、黙っていなさい。こっちも怒られるんだ」

カール・ホフマンはヴェルナーの父について、一切触れようとしない。それによって会話を無難に終わらせようとしていたし、それはヴェルナーも同じだった。父の死について彼の責任を深く追及したいという気持ちも、今は特にない。その流れのままに会話を終えれば、このまま乗り切れるという確証があったため一瞬躊躇したが、ヴェルナーは別の件について踏み込んで尋ねることにした。今しかないと確信した。

「ホフマンさん。不思議なんですが、この駅は終点なんですよね。それなのに、なぜ先にレールが延びていくんでしょう。この先には何があるんですか？」

カール・ホフマンは、それは、と言って温和な笑みを浮かべた。正しい答えを知るものが、そうでない者に見せる独特の余裕が、その表情に反映されていた。

「鉄道というのは、終点駅まで行ってそこで終わりというものではない。操車場、というものがあるんだ。知ってるかい？　大きめの基地のような場所で、車両を整備し、保管し、位置を転換させて別の線に送り込むんだ。私は十代の頃フランクフルトで見物したことがあったが、壮観だったよ。何十両もの蒸気機関車が、放射状に並んだレールに整列して……」

ヴェルナーは思い出話を遮った。

「でも、そこに地雷とか高射砲って置くんですか」

ホフマンの目が、一瞬ヴェルナーを睨んだ。

「そんな話は知らないが、置くこともあるだろう。今は戦時下であり、操車場は今言った通り蒸気機関車が何十両といるんだ。この戦況で機関車と鉄道がいかに重要であるかは、君には分からんかもしれんが」

ヴェルナーがまじろぎもせずホフマンを見つめる。彼は居心地の悪そうな顔をした。

「早く行きなさい。軍人さんたちが帰ってきたら面倒なんだから」

ホフマンはヴェルナーを連れ立って事務室を出た。

外に出ると、先ほど空襲警報によって散り散りに逃げた若者たちが、待避壕から集団でぞろぞろと戻ってくるところだった。

カラ警報に脅された若者たちは反動で気が抜けたのか、皆笑顔を浮かべて何事かを語り合い、打ち切られた休憩を堪能すべく、その辺に座りはじめた。

ヴェルナーはその面々を観察し、三分ほどで、並べられたばかりのレールの傍らに腰を下ろしている、レオンハルトを見つけた。人波の中にいても、何をせずとも目立つ、そういう存在感を放っている彼が、誰とも会話を交わしていないことは意外だった。

ともかく彼と話さねば、と思いヴェルナーが近寄っていくと、視線の先では待避壕から戻ってきたドクトルが同様にレオンハルトを発見したらしく、笑みを浮かべて近づいてきた。

二人でレオンハルトを挟むように座ると、どうだった、とレオンハルトに促された。

「先にあるのは操車場だってことになってるけど、変だった。周辺に高射砲や地雷が置いてある」

「地雷だって」

ドクトルが目を輝かせてヴェルナーを見た。レオンハルトが苦笑する。

「それは変だな」

「変だし、なんかここにいるのも腹が立ってきた」

確かに、とレオンハルトが答える。ドクトルも頷いて同感を示した。

ここで、こうして正体のつかめないレールの敷設作業に従事し、その対価として給金を得て終わるというのは、自分の性に合わないし、エーデルヴァイス海賊団としてもふさわしくないとヴェルナーは思った。ただ、気に入らないとして、何かできることがあるのだろうか。

周囲を見回す。ヒトラー・ユーゲントの面々は、自分たちと同じように休憩を堪能している。皆おそろいの制服。側頭部を刈って前髪を横に流す髪型も、大体同じ。そして自分たちを顧みる。クビになったヴェルナーは別として、レオンハルトもドクトルも、着ている制服は皆同じだった。褐色の制服に身を包み、談笑する十代の少年たち。彼らと自分たちは、何も変わらないようだった。自分たちは内心に疑問を持っている、とも思ったが、ただ内心で疑問を持つだけならば、それも彼らと同じかもしれない。

そのとき、犯罪者の息子、という声がどこかから聞こえた。

レオンハルトが怒りをあらわに周囲を見回す。だがヴェルナーは気にもしなかった。

同じであるはずもない、という思いが、むしろ安堵を伴って蘇った。

周りの少年たちは、いくつものグループに分かれて座っていた。その誰もが、にやにやと笑みを浮かべている。彼らのうち誰が声をあげたとしても同じだな、とヴェルナーは漠然と思う。自分が今日仕切り役になったことは、彼らを腹立たせていたのだろう。

「先に言っておけばよかったな。俺と一緒にいると、周りが寄ってこなくなるよ」

「そうみたいだな、クソどもが」

レオンハルトが妙に怒るのはなぜなのだろう。そう思ったヴェルナーは、あまり自分が腹を立てていないことも不思議に思った。今までの自分なら、ああいった手合いに遭遇した場合、速やかに叩きのめしていたし、それで警察の厄介になったこともある。

かつての自分には、それしかなかった。だが、今の自分は、ここが彼らを殴るべき局面ではないことが理解できる。この場面で、今の自分にあるものは――

ヴェルナーは歌いだした。

私たちがいるここは　とても広くて狭い海
私があなたを見るときは　あなたが私を見ている

レオンハルトが、驚いたような顔をして、その歌に加わった。

波間に舟が揺れるとき　波が世界を揺らすとき
舟が波を起こすなら　それも世界を揺らす波

その歌声に、周囲の人たちも加わった。作業に追われていた日雇い労働者たちも、ヒトラー・ユーゲントの連中も、皆、その歌を知っているようだった。その場の面々が、歌う者と歌わない者に分けられてゆく。この歌を初めて聴いたものは、そのメロディーに興味深そうに聴き入っていた。

舟の舳先は世界を割って　私はどこまでも行ける　舟の舳先に花を置いて
エーデルヴァイスは倒れない　エーデルヴァイスは挫けない

市において既に流行歌となっているこの曲を、遅効性の毒、と言ったエルフリーデは正しいのではないか。ヴェルナーはそう思った。今この瞬間においては、歌う者たちをひとつにして、そこに敵味方の区別をなくしている。そのような感覚こそが、エルフリーデの伝えたいことだろうし、文化であろうが芸術であろうが、全てにおいて敵と味方を区分するナチズム的発想に対するアンチテーゼであるようにも思えた。現に、排除されるはずの自分を、今この場で、この歌が救っているのだ。

歌が終わったとき、あたりに朗らかな声が響いた。

「素晴らしい！　歌声とともに勤労にいそしむ少年たち、皆聞いてくれ！」

朗々《ろうろう》とした発声に視線を上げる。

国防軍人の制服を着た長身の男が、レールの間に立ち、満面の笑顔を浮かべていた。

「私は、当地区の守備を預かる、ルドルフ・シェーラー陸軍少尉である。地域を振興し、国防力の強化にも貢献する鉄道の敷設に対して、若い皆がその体力を捧げてくれることを、心より感謝する」

ヴェルナーは彼の姿に注目した。彫りの深い、整った顔立ちに金髪。ヒトラーが気に入りそうな外見をしている彼は、敷き終えたばかりのレールの間を歩き、少年たち全体に向けて話した。

「諸君は大勢にして一つだ。諸君の間にはいかなる相違も存在しない。階級差も、人種間の相違も、宗派の違いも、その他の背景も全ては存在しない。かつては、社会階級なるものに相分かれて争うことが人間の正しいあり方であるなどという危険な思想も存在したのであるが、その思想も存在しない」

歩み進んできた彼は、ヴェルナーの背後で立ち止まると、しかるに、と言った。

「出自や親の存在を理由に、ある者を疎外する者がいるならば、そのような者は、我々が一つになろうとすることを阻害する、悪しき思想の実践者と見なさねばならないのだ」

ルドルフ・シェーラーはヴェルナーの肩に手を置いた。

そして腕を取って立ち上がらせると、その通る声で周囲に告げた。

「今日一日の働きを見るに、ヴェルナー・シュトックハウゼンはよき労働者である。その若き肉体を勤労に捧げることで、彼は祖国ドイツに貢献している。皆、彼を規範として働くように」

あたりは静まりかえり、シェーラーが仕草で促すと、まばらな拍手が上がった。そしてその拍手は徐々に大きくなり、いつの間にか、周囲の少年たち全員が拍手していた。

レオンハルトもドクトルも、おそらく周囲から浮かないため、手を叩いていた。

冗談じゃねえよ、とヴェルナーは思った。この俺が、ドイツに貢献する立派な勤労青年だと。

シェーラーの意図は読めていた。ヴェルナーの周辺に不穏な気配を感じ取った彼は、それを牽《けん》制《せい》することで少年たちの内部に不和が生じることを防ぎ、同時に、それを結束に導く論理を、正体不明の流行歌から、自分の言葉に上書きしたのだ。ヴェルナーは思う。それでは俺は、ナチに指導された若者の一体感を体現する模範的青年労働者だというわけか。反吐《へど》が出る、と感じはする。だが、内心はどうであれここで働いて、給料をもらっていることも確かだ。

ヴェルナーはシェーラーにぞんざいに礼を言い、再び座った。

「さて労働と国防は男性の義務であるが、女性にはまた別の義務がある。諸君は、若者である今のうちから、将来の善き父、善き母であるということを、国家と総統に対して約束しなければならないのだ」

少年たちの注目を集めることに成功したシェーラーは、語りの対象を素早く切り替えていた。油断ならない人物だ、とヴェルナーは思う。

その彼がずっと駅舎の方を指さす。少年たちが一斉にそちらを見ると、同じ年齢の女の子たちがいた。ヒトラー・ユーゲントの女子版、ドイツ女子青年団のメンバーだった。

その存在は、肉体労働に疲労した少年たちの視線を釘付けにした。清楚な白いシャツにネクタイを締め、褐色のジャケットを羽織り、紺色のスカートにタイツを穿き、靴までそろえた女の子たちは、大小様々な楽器を持っていた。

「ドイツ女子青年団は、仕事に疲れた夫を癒やす妻と同じく、諸君を癒やすことが務めなのだ」

シェーラーが視線で合図すると、ドイツ女子青年団のリーダーらしき女の子が指揮棒を振るい、彼女らは演奏を開始した。ヒトラー・ユーゲント内部で歌わされ、レコードを聴かされる音楽は、その退屈さとつまらなさで少年たちを苦しめ、彼らは数々の替え歌をつくってその退屈さを紛らわせていたが、本日演奏されている、バロック様式を模倣したその楽曲も、うんざりするほど凡《ぼん》庸《よう》なものだった。

ヴェルナーが周囲を見渡すと、先ほどの歌とは違い、誰も真剣に聴き入る者などいない。しかし、常に「男女両組織は別行動」と義務づけられているヒトラー・ユーゲントの少年たちにとっては、女子青年団が目の前で演奏していることが刺激的であるのか、声を潜めて会話をかわしながら、熱烈な視線を注いでいた。演奏が終わると、彼らは拍手でそれを祝した。

シェーラー少尉は満足そうに頷き、彼らが静まるのを待ってから全体に告げた。

「次に、武装親衛隊少佐、クルト・ローテンベルガーどののご厚意により、ご令嬢、エルフリーデ・ローテンベルガーの独奏をお願いする」

女子青年団の中から一歩踏み出すエルフリーデを見て、ヴェルナーは思わず声を上げそうになった。今の今まで、彼女がドイツ女子青年団の中にいることに気付かなかった。それほどまでに、彼女の姿は集団の中に埋没していた。

よく見れば、駅舎の隣、ドイツ女子青年団を見守るようにして、灰色の軍服を着た男と、その妻らしき女性が立っていた。おそらくはエルフリーデの両親だ。

エルフリーデは、これもまたうんざりするほど聴かされる楽曲、「進め、進め」をフルートで独奏していたが、その音色に一切の感銘を受けないことに、ヴェルナーは我ながら驚いていた。周囲は気付く風でもなく彼女の奏でる音色に聴き入っていたが、その正確でただ楽譜をなぞったような音色には、あの心を揺さぶるハーモニカの音色の、半分ほどの心地よさもなかった。

エルフリーデはお行儀良く演奏を終えると、少年たちの熱烈な拍手を一身に浴びた。

ヴェルナーは無性に腹が立った。エルフリーデが侮辱されているように感じた。

彼女はこれといって表情を変えることもなく、ドイツ女子青年団の一員として元の立ち位置に戻ると、他の団員とともに、楽器を片付けにかかった。

シェーラー少尉は彼女の両親の方に駆けていくと、エルフリーデの父にハイル・ヒトラーと敬礼してから、握手を交わし、何事か歓談していた。

ナチ党の軍事部門たる武装親衛隊と国軍であるドイツ国防軍はなにかと軋轢《あつれき》が多いと聞くが、ことシェーラー少尉に関して言えば、そうした縄張り意識をみじんも感じさせることはなく、おそらくエルフリーデについて何か世辞を言って、彼女の両親をしきりに笑わせていた。

さて、と彼は向き直り、はつらつとした笑みを見せた。

「少年諸君。女子諸君から差し入れがある。充分に味わってくれたまえ」

ドイツ女子青年団の少女たちは、手作りのクッキーの入ったバスケットを持って散らばり、少年たちにそれを配りはじめた。少年たちは我先に受け取ろうと少女たちに近づく。その様子はまるで獲物を捕食する肉食動物の群れのようで、品性の無いものに見えた。

「なんだかな、って感じだな」

レオンハルトはため息をついた。ヴェルナーも同様に思った。

ヒトラー・ユーゲントの音楽を演奏してお菓子を配るエルフリーデの姿なんて見たくなかった、と彼は思った。だが、彼女は勤労少年の模範として国防軍人に称賛される自身の姿を見てどう思ったのだろう、と考えれば、おそらく彼女も不本意なのだということは容易に想像がついた。

できるかぎりさりげなく、三人はエルフリーデに近づいた。独奏で目立ったがために多くの少年たちからお世辞とおべっかを受けつつお菓子を配っている彼女は、人形のような笑顔で愛嬌を振りまいていたが、ヴェルナーたち三人の姿を認めると、バスケットを振って、「なくなりました」と周囲に告げた。彼女の周辺の少年たちは残念そうな顔をしたが、クッキーはもらい損ねたくない。彼女の元を離れて、他の女子からクッキーを受け取りに行く。人がいなくなったのを見計らって、三人は彼女の元へ行った。

「じろじろ見るなよ」

その言葉がエルフリーデらしくて、ヴェルナーは息を漏らして笑った。

エルフリーデはその反応に少し怒ったような顔をしたが、続けて言った。

「父親が言ってたんだけど、建設中のここの警備は、武装親衛隊と国防軍がずっと共同でやるんだって。それであのシェーラーって旦那と仲良くしろってお達しが来た。私はその生《い》け贄《にえ》だよ」

「たかが田舎のレール工事にそんなことするかな。この工事、なんか変だよな」

ヴェルナーが尋ねると、彼女は頷いた。

「みんな気付かないふりをしてはいるけど、なにからなにまで、明らかに変」

レオンハルトが、よし、と軽く頷いた。

「じゃ、決まったな」

「何が」とエルフリーデが問い直す。

「レールが完成すれば、警備も終わりだ。あいつらは戦力だからな。そうしたら、その先に何があるかを見に行こう。ワンダーフォーゲルで」

ワンダーフォーゲル。

喧噪《けんそう》に紛れて発せられたレオンハルトの言葉が、他の三人を射貫いたのを、ヴェルナーは感じ取った。


一八九六年、ヘルマン・ホフマン＝フェルカーザンプという名の、速記術が得意な大学生が、ベルリン郊外のシュテグリッツからハルツまでの徒歩旅行を敢行《かんこう》した。彼に速記術を習っていた、カール・フィッシャーをはじめとするギムナジウム生の若者たちは、ヘルマンの話す冒険譚《たん》に感銘を受け、自分たちも彼とともに数日がかりのハイキングをしようと計画しこれを実行する。一連の旅行を楽しんだヘルマンは、速記術の団体雑誌に体験記を掲載し、これが若きエリート候補生たちの人気を博した。一見どうということの無いハイキング旅行が、水面に波紋を広げるように伝播《でんぱ》し、ワンダーフォーゲル《渡り鳥》の名の下に、若者たちを冒険的な徒歩旅行、それを実行する計画立案、そしてそれらを可能にする自発的な組織化に駆り立てた。翌年には、徒歩旅行のための委員会が設立され、優れた統率力を持つカール・フィッシャーが議長に就任。ワンダーフォーゲルの理念を高らかに宣言した。

エリートの証の学生帽を脱いだ彼らが愛好したのは、リュックサック、時代遅れの楽器として忘却されていたギター、雨傘代わりの旅行毛布、当時は別に政治的ではなかった「ハイル」の挨拶と、そして何より、歩くことそのものだった。

彼ら若き渡り鳥の群れに、なにか政治的思想があったわけではない。しかし、鉄道網の発達と、それに伴う旅行の近代化に背を向けて、あえて素朴な徒歩旅行を、それも若者たち自身の手によって計画しおこなおうとする発想は、それ自体が、フランス的趣味とアメリカ的合理主義を基調として近代化に邁進《まいしん》しようとする一九世紀末ドイツに対するアンチテーゼであり、ドイツ的、前近代的なるものを阻却《そきやく》しようとする大人社会に対する、若者の意思表明であった。当時ギムナジウム生を取り巻いていたのは、実学主義、合理主義、近代主義。それらへの反発があればこそ、徒歩による旅行という行為に、彼らは対極をなすロマンを見いだした。

組織の乱立と軋轢をはらみつつも成長したワンダーフォーゲルは、若者らの自主独立を気風としていたし、第一次世界大戦終結後に一世を風靡《ふうび》した、職業団体や社会階級の垣根を越える若者たちの自主的集団、「同盟青年」たちもまた、これら若者による自らの組織化と行動の系譜を受け継ぐものであった。したがって、自らが生み出した「青少年団ブーム」のまっただ中にいた若者たちは、その末裔にヒトラー・ユーゲントなる模倣者が現れて、それが青少年をファシストに育てる国家機関に成長し、さらには若者による若者への弾圧者として振る舞うなどとは、多分夢にも思わなかっただろう。

いずれにせよ、全ての青少年組織を制圧し圧殺したヒトラー・ユーゲントは、社会から許された唯一の若者グループなのだから、当然のごとくワンダーフォーゲルは違法のものとなった。そして、およそ世の常として、大人に公認され、推奨される若者像というものは、それ故に、若者たち自身の目には何の魅力もないものとして映り、反発を招き、推奨されない若者へと接近させるのであった。

故に、ナチ政権下にあって、ヒトラー・ユーゲント体制に同化しない若者たちにとっては、半世紀前の若者たちが熱中したワンダーフォーゲルとは、奪われた理想であり、禁じられた自己実現であって――だからこそ、彼らを魅了したのだった。


レール工事の着工より数週間。村周辺のレールの敷設作業は終わり、それが町の向こう、トンネルの手前まで延びていったあたりで、周辺の青年労働者たちはその務めから解放された。あとは戦争捕虜たちがやるということだった。さらに十数日を経て小規模な開通式が執り行われ、村人たちは、約束通り配給食糧を積む貨物列車を牽引してやってきた、蒸気機関車の警笛に、拍手をもって応えた。

鉄道開通に向けての工事が終わるとともに、今後はこの終点駅で交代する車夫や機関士たち、それに売り物を担いでやって来る商人たちが泊まる簡易な宿の建築工事がはじまった。おそらくはこの宿こそが、鉄道駅を起点として展開されるこの村落の発展のはじまりなのだろう、とヴェルナーは思った。

そしてこの頃になると、レールの先には操車場があって、終点駅からレールが延伸しているのはそのためなのであり、一日に一本程度、終点駅に現れて何も下ろさずに去って行く列車は操車場に向かっているのだ、という認識が、住民たちの間では強固な常識として共有されるようになっていた。

そんなある日の夕刻。無人となった村の駅舎から、四人の若者がレールの上に降りた。

「みんなお揃いって、なんだか恥ずかしいもんだな」

レオンハルトはヴェルナーとエルフリーデ、ドクトルを指さして笑った。

「お前が言い出したんだぞ」とヴェルナーは返す。エルフリーデは我が身を省みて苦笑した。

「足りない分はくれたしね。でも、変な気分になるのは確かだよ」

彼ら四人の出で立ちは、チェックのシャツに長ズボン、ネッカチーフと帽子だ。胸元にはエーデルヴァイスの徽章を差して、それぞれが互いに割り振った荷物をリュックサックに詰め込んでいた。

エルフリーデも同様の男装だった。どうせ違法な旅行をするのだし、目撃されるのなら格好も同じ方が目立たなくて済むということだった。エルフリーデの父、ローテンベルガー少佐がシュレスヴィヒ＝ホルシュタインに召集され、妻とともに飛行機で同地へ赴くことが、この日程を決める契機となった。

エルフリーデは、世相が物騒なので市内に残ると言って認められ、「両親不在の間は親戚の家へ行く」と嘘をついた。比較的理解のあるその親戚の家には、ドイツ女子青年団の友達数名と結託し、彼女の家に泊まって過ごすのだと吹き込んで口裏を合わせていた。ヴェルナーは誰に言う必要もなかったから楽なものであり、ドクトルの親の場合は、鉱石の採掘に行くと言えば素直に信じてもらえるのだという。ただレオンハルトが、どうやって親を丸め込んだのかは謎だった。

「よーし、行こうか」

レオンハルトは冗談めかした仕草でその辺の小枝を手折り、先頭を歩いて行った。ヴェルナーは、事務室で盗み見た地図を思い出しながら市販のそれにレールと宿営地を書き加え、それを四つ作って各人の旅行のための地図とした。人目を忍ぶ以上出発は夕刻以降となるが、それでも目的地までは、余裕を持って二泊で充分に到達可能と見積もった。

その後の行程は簡単だった。レールの先に何があるかを確かめるには、レールの上を歩いて行けばいいのだ。荷物としては食糧を担当するヴェルナーは、リュックサックの軽さを確かめながら、レオンハルトの後についていった。

「ねえヴェルナー、対戦車地雷ってのはすごいんだよ」隣を歩くドクトルが、妙に陽気な口調でヴェルナーに話しかけた。「戦車の装甲は分厚いだろ。でも底の装甲を厚くするには限界がある。だから履帯《りたい》に対戦車地雷を踏ませれば重戦車だって撃破できるし、たとえ車体が無事であったとしても履帯が切れるでしょう。そうしたら行動不能になるんだ。すごいよね」

あまり興味の無い話だが、ドクトルにとっては、この徒歩旅行の目的はどちらかというと地雷にあると察していたし、ヴェルナーは適当に相づちを打った。

「そうだな。そうしたら、対戦車地雷があれば戦車なんか怖くないってことか」

「うーん、そうとばかりも言えないよ。地雷除去技術はどんどん発達してるし、戦車にブルドーザーみたいにブレードをつけて進ませて爆破させるという手もあるし、砲撃で爆破することもある」

「そういえば、ソ連軍の戦車が地雷原を走るときは、兵隊を先に走らせて地雷を爆発させて、そのあとを戦車が走るって日曜学校で聞いたけど、本当か」

「嘘だと思うよ。歩兵が踏んだら対人地雷は爆発するけど対戦車地雷は爆発しないから。そんなことをしても、歩兵が対人地雷でやられて、次に戦車が対戦車地雷でやられるだけだ。あ、あのね、対戦車地雷っていうのは歩兵が踏んだだけでぼんぼん爆発しないように、かかる重さが百何十キロとかにならないと、起爆しないように設計されてるんだ」

「ふーん……？」

会話のための会話のつもりだったが、地雷の種類がそこまで違うのはなぜだろう、と素朴な疑問を覚えたので、ヴェルナーはそのまま口にした。

「対戦車地雷の起爆可能な重さに差をつければ、対人地雷としても使えるんじゃないの」

ドクトルは、ぶんぶんと首を横に振って答えた。

「ちがう、ちがうよ。対戦車と対人では爆発力が全然違う。対人地雷の威力はうんと弱めてあるんだ」

「え、作る方が弱めるのか」

ドクトルは、その通り、と深く頷いて答えた。

「ヴェルナー、爆弾といえば、なんでも木っ端みじんに爆破させるものだと思ってない？　対人地雷は弱いことに意味があるんだ。考えてみてよ、踏んだ敵が爆死した場合、まあそれで終わりだよね。でも片足を失ったら、その敵が戦力にならなくなることまでは同じ。でも敵の軍隊は片足を失った兵隊をそのままにしておけないから、そいつを応急手当すること、後方に運搬すること、治療することにそれぞれ労力を割かれる。つまり対人地雷は敵に大怪我させることが目的なんだ」

ヴェルナーは答えに詰まった。理屈としては納得できるが、なるほどそうかと頷くには、どうにも躊躇させる論理であり、そして、そんな話をうれしそうに語るドクトルの嗜好《しこう》が理解できなかった。会話の間にも、一行は村落の中心地から離れていき、目に見える家屋の数は減っていく。それだけで不安になっている自分に気付き、ヴェルナーはごまかすように尋ねた。

「ドクトルは、なんで爆弾を爆発させたいんだ」

不意を突かれたのか、ドクトルはしばらく考えていたが、やがて答えた。

「人は誰しも爆弾を爆発させたいと思っているよ」

「俺は別に思ってないよ」

ヴェルナーが答えると、私もー、と間延びした声でエルフリーデが答え、レオンハルトが笑った。だがドクトルは、そうじゃない、と答えた。

「文字通りの意味で爆弾を爆発させたいと考えているのは俺だけだろうね。でもね、これは、えーと、比喩。つまりさあ、人はみんな爆弾を爆発させたいんだけど、俺はその爆弾というのが、本当に爆弾そのものであることが珍しいってだけなの。みんな、爆弾ではない爆弾を爆発させたいの。分かる？」

ヴェルナーはしばらく考えていたが、エルフリーデが前方から問い返した。

「分かるような気もするけど分かんない。たとえば私が爆発させたい爆弾ってなによ」

「フリーデが爆発させたいのは自分自身」

その言葉に対して、エルフリーデは答えなかった。ヴェルナーとしては、その沈黙に否定的な意味合いを感じなかった。レオンハルトが面白そうに尋ねる。

「じゃあ僕は」

「レオが作って爆発させたいのは、ヴェルナーという爆弾」

「なんだそれ」ヴェルナーは問い返す。「意味が分からない」

レオンハルトは、ふっと息を漏らして笑った。それもまた肯定的な反応に思えたので、ヴェルナーは迷った。レオンハルトが俺という爆弾を爆発させたい。自分を武器として使いたいということだろうか。それとも、自分が危険という意味か。疑問は尽きなかったが、問い詰めても答えが返ってくるとは思えず、なにより、三人がこの会話の趣旨を理解している様子を見せる以上、自分だけ意味が分からないと食い下がることにためらいがあった。代わりに彼は尋ねた。

「俺は何を爆発させたがっているんだ」

ドクトルはヴェルナーの目をじっと見つめた。ドクトルの目に、いつもの所在なさげな不安はなく、直面したものの真贋《しんがん》を見極めてやろうというような意気込みを感じた。

「ヴェルナーはまだ迷っている。自分が何を爆発させたいのか分からない。俺にはそう見える」

はあ、とヴェルナーは気の抜けた返事をした。人は比喩的な意味において「何か」を爆発させようとしている、と言われても、そうとも違うとも言いづらく、自分が何を爆発させるべきか分からない、というならば確かにそうかもしれなかった。

正体のつかめない会話をしているうちに、彼ら四人の歩くレールは、隣町に達した。

一行はレールから離れ、低い柵を乗り越えて町の中へと忍び込む。

彼らは、周囲に視線を配る。既に夕暮れも深く、外出する人も少ない。灯火管制中のためランタンの光に気をつける必要はあるが、人が皆屋内にいて窓に目張りをするのなら、自分たちを見つける機会もそうはない。警戒すべきは警察とヒトラー・ユーゲントによる夜間パトロールだ。

そして残る課題は食糧の調達だが、配給食糧を担いでいくのではつまらない、と誰からともなく言いだし、それを調達することが、最後に彼らの計画に加わった。

「あの店だな」

レオンハルトの言葉に、ヴェルナーが頷く。

「そう」

よし、とエルフリーデが答えて、一同は外したネッカチーフで口元から胸元までを隠して覆面代わりにする。帽子との間には僅かに目が見えるのみ。直接面識のない相手なら、正体が割れる可能性はない。

「海賊らしく、散々に荒らすぞ」

エルフリーデの言葉に対して他三人は頷き、おのおの持参したハンマーと棍棒をリュックから取り出した。

彼らは、金属製シャッターが降りた食糧品店の前に立った。

三回、二回、三回。

事前情報通りのノックをもう一度すると、横開きのシャッターが悲鳴のような音とともに開いた。

「こんばんは」

レオンハルトが、相手を萎縮させるように潰れた声を出すと、他三人ははじかれたように店内になだれ込んだ。闇商売の相手と思って戸を開けた、店の親父が悲鳴を上げる。ヴェルナーがそいつを組み伏せてレオンハルトがハンマーで威嚇する間、エルフリーデとドクトルは青果物と小麦粉、それに店の奥に隠してある貴重な卵を隠し棚から引っ張りだし、リュックサックに詰め込んだ。

「やめてくれ！」店主の男は叫んだ。「お前たち、強盗か。なんでこんなひどいことができる！」

「僕たちがただの食糧を荒らす強盗に思えるか」

レオンハルトが尋ねると、男は脂汗をかいたまま答えた。

「他の何だというんだ」

一通りの収奪を終えたエルフリーデは、警戒のため店を出て路地に立つ。店主の悲鳴がやかましい。誰かが来るのも時間の問題だろう。

「ここはお前の店だ。そうだな」

ヴェルナーが馬乗りになったまま念を押す。

「だから当たり前だろう」

「つまり、これもお前が貼ったんだよな」

ヴェルナーは、常日頃この店主が店に掲示していたポスターを剝ぎ取り、彼の目の前に示した。

「声に出して読め」

怪訝な顔をした店主は、鼻先にハンマーを突きつけられて、それを読んだ。

「衛生のため、変質者、疫病者、障害者、ユダヤ人はお断り！」

役人への機嫌取りのために掲げていたポスターを読んだ店主は、目に涙を浮かべて叫んだ。

「それがなんだ？　さっきからお前たちはなんなんだよ！」

「本当に分からないんだからすごいよ」

レオンハルトが呆れたようにつぶやくと、外のエルフリーデが鋭く言った。

「警察！」

ヴェルナーは店主から離れ、別れ際、立ち上がる彼を牽制するようにハンマーをつきつけた。

「俺たちがお前の店を襲うのは、俺たちがナチなんてクソだと思っていて、それを言いたいからだ。そしてお前はこのポスターで自らナチの手先と名乗った。それだけは覚えておけ」

言うだけ言って、店を飛び出した。相手の様子を見ている暇などなく、どうせたいした反応が返ってこないことも分かっていた。それでも店主を脅したのは、彼の口から警察へ、襲撃の動機が伝わることにあり、それによって反逆者が存在するのだとヒトラー一味に教えるためだった。

「止まれ！」

背後からの声に、当然止まることはなくヴェルナーたちは振り返る。四人全員が、笑っていた。

店主の悲鳴を聞きつけたか、近所の住人によって呼び出されたらしい警察官が二人、追いすがってくる。四人は十字路まで行って左右二手に分かれ、そこからさらに一人一人別の道に逃れた。

別れる間際、その都度軽く右手を挙げて互いの健闘を祈る。計画通りだった。一人になったら、自由に逃げる。その後の合流地点は町の外れにある踏切。その前に捕まれば——。本人の責任だから、誰もかまいはしない。

ヴェルナーは相手を撒くため路地をでたらめに走り、細い路地裏に入り、あえて警察官らが来た方向まで走り、追っ手の気配が感じられなくなってから、さらに五分ほど走った。

完全に撒いたと確信してからは目立たぬように足音を殺して踏切まで行くと、レオンハルトだけがいた。ほどなくしてエルフリーデが、続いてドクトルが現れ、彼らの強盗仕事は終わった。

踏切からさらに歩いて町を離れ、田園地帯を越え丘陵地にさしかかり、そこで野営をすることになった。その日の料理は、ベーコンと卵を焼いたものに、水で溶いて焼いた小麦粉、塩をかけただけの生の野菜だったが、それらは、とてもうまかった。

星空を眺めて息をつく。すると、エルフリーデの声がした。

「ヴェルナー、こっち来て」

見ると、野営地点から二十歩ほど離れた木陰で、彼女が手招きをしていた。

なんとなく、レオンハルトとドクトルを見てから、ヴェルナーは彼女の方に行く。

木陰に身を隠すようにして、エルフリーデは銀色の平たい物体を見せた。それは、開かれた薄い箱形のもので、内部におがくずのようなものが僅かにあり、蓋の内側に紙が挟まっていた。

「なにこれ」

尋ねるヴェルナーに、エルフリーデはにんまりと微笑んでみせた。昔、村に来た手品師がこんな顔をしていたな、とふと思い出した。エルフリーデは開いた蓋の、蝶番《ちょうつがい》付近にあるくぼみにおがくずのような細切れをつまんでぱらぱらと落とした。そして蓋を勢いよく閉めると、箱の内部から、ぽん、と音を立てて小さな白い棒が飛び出した。ヴェルナーが慌ててキャッチしたそれは、紙巻きタバコだった。

「あ、それって自動巻きタバコか」

聞いたことはあるが、実物を見るのは初めてだった。

エルフリーデは既にタバコをくわえていて、そのまま器用に話した。

「あと一本しか残ってないから、二人には内緒だよ。さっきくすねてきたんだ」

エルフリーデは、以前にも見せたマッチを胸ポケットから取り出し、手慣れた調子で自分のタバコに火をつけた。そして赤く火のともったタバコの先端を指さして、早く吸いなよ、とヴェルナーに言った。

「二人で一緒に吸ったことってなかったよね、って思ってさ」

ヴェルナーはタバコをくわえることもなく、エルフリーデの姿を眺めていた。

エルフリーデはヴェルナーを少し上目遣いに見上げていたが、相手がタバコを吸おうとしないのを見て、少しだけ目を見開いてから瞬きして尋ねた。

「どうしたの。初めて吸うってわけでもないんでしょ?」

エルフリーデは柔らかく笑った。あえて冗談めかしてみせたつもりのようだった。

それはもちろんそうだ。だがヴェルナーとしては、エルフリーデと一緒にタバコをふかすことに躊躇を覚えた。それはタバコに対する躊躇ではなく、エルフリーデの不可解さに対するものだった。

「君のことが分からなくて」

ヴェルナーは直截《ちょくさい》に尋ねた。

途端にエルフリーデの笑みが消えた。恐ろしいほど瞬時に表情が切り替わった。

「なにが分からない。なにを分かりたい」

口調は、反問というより恫喝《どうかつ》するようなものだった。

「なにって、全体のあり方だよ。君は武装親衛隊の将校の娘なんだろう」

「詮索するなよ」

「詮索なんかしていない。結果として知ったことだけを言ってるんだ」

それで？　とエルフリーデは問い返す。それだけでヴェルナーは追い詰められた気分になる。

「武装親衛隊の娘で、ドイツ女子青年団で、行儀良くフルートを吹いていた。その君はエーデルヴァイス海賊団で、さっきまでは強盗で、今はタバコを吸っている。どれが君の本当の顔なのかが分からない」

「ああ、がっかりだなヴェルナー・シュトックハウゼン。これはがっかりだよ」

そう言うとエルフリーデはタバコを吐き出し、そのまま靴で踏みにじった。

なにが、とヴェルナーは問い直す。その声が震えていた。エルフリーデが答えた。

「つまり君は、武装親衛隊将校の娘、そしてドイツ女子青年団でフルート演奏をするような模範的ドイツの女子は、エーデルヴァイス海賊団にならないし、強盗もしないし、タバコも吸わないって言うんだろう？　ドイツの女の子は将来の母だから。未来の母体だから。タバコは母体を損なうもので健康に悪いから、私が武装親衛隊の娘であればタバコは吸わないはずって、そう言いたいんだろう？　ヒトラー・ユーゲントの指導者や、善き大人たちと同じように」

「そんなこと言ってないだろ」

ヴェルナーはとっさに言い返した。しかし自分でも驚くほど、言葉に力が宿っていない。

「なんでみんな、そうやって他人を分かろうとするんだろう」

エルフリーデは、もはやヴェルナーと視線も合わせずに言った。

「そうやって、自分が見た他人の断片をかき集めて、あれこれ理由をつけて、矛盾のない人物像ができあがると錯覚して、思い上がって、分かろうとして、理解したつもりになる。そうすればあとは簡単だ。人を集めて、種類に分けて整理して、一つの区画、一つの牢屋に追い込んで、服に貼った標識を見て安心するんだ。私はそんなに傲慢《ごうまん》じゃない。そうだ、私はそんなに傲慢じゃないし……」

言いよどんだエルフリーデが、きっとヴェルナーを見上げて目を合わせた。

少し潤んだ目に睨まれたとき、ヴェルナーは彼女の美しさに一瞬心を奪われ、そして、無言のまま去って行く彼女の背中に、先ほどの言葉の続きを、聞いたように思った。

〝君だって同じだと思っていたのに〟

ヴェルナーは無言で三人のもとへ戻った。ドクトルは、不穏な気配は察しても、言い争いの内容まではつかめていなかったらしく、おろおろとヴェルナーとエルフリーデを見比べていた。

「喧嘩してもいいけど、作業はちゃんとしてくれよ」

レオンハルトは平然と言って、ドクトルに担がせていた簡易テントを地面に固定する手順を指示していた。ヴェルナーはその冷淡なまでの事務的態度に救われた。ロープやペグを使い、無言で作業をしている間は、なにも迷う必要はない。

だが、エルフリーデがナチに対して怒る理由は、あの言葉の内にこそあるように思えたし、もしその言葉が自分に当てはまるのであれば、自分にもまたナチ的一面があるのではないか、という疑念が、彼の内から消えることはなかった。

翌日、朝から日中にかけては、ただ延々と無人の野を歩いた。レールの道は丘陵地帯から植樹の林に入り、鳥の声と虫の声を聞きながら、四人はただ歩いた。昨日の行程では絶え間なく続いていた会話は、今日はほとんど交わさなかった。

そのあと人目を避けるため夕刻まで時間を潰してから、四人は歩を進め、市街地に接近した。隣町よりもさらに面積が広く、人口も多く、大病院も存在する市街地。確かこのあたりは、アウトバーン（ドイツの高速道路）への接続が周りに比べればいいため、大型トラックの乗り入れが進み、それで急速に栄えたのだった。ドイツ全土を覆う予定だったアウトバーンの建設は、戦争により中途半端な状態で放棄されたけれど、一応州都のあたりまではつながっている。思えば、鉄道が敷設されるなら、村よりも駅を置くのに適地であるような場所だ。もしもレールが市街地の中を通っていたなら、この旅行も難しかっただろう。だが、レールはまるで人目を避けるように、市街地を北から見下ろす山の方へ迂回していた。これまでの平らな道のりに比べて、多少歩きにくくはあるが、レールが通る場所は当然比較的緩やかな勾配《こうばい》になるように選ばれているのだし、見つかりにくい道のりとなることは幸いだった。彼らは市街地の北の山を登るように、レールの上を黙々と歩いた。

そして視線の先で、唯一にして最大の難所にさしかかり、四人は軽く息を整えた。

それは長いトンネルだった。

「問題は、このまま進んでいいかってことなんだけど」

レオンハルトが久々に口を開いた。

ドクトルがリュックサックを地面に置いて、そっとかがみ込み、レールに耳を当てた。

「ちょっと待った方がいいかな」

意味を理解して、三人はため息をついた。トンネルをくぐるのには慎重にならざるを得ない。

そして数分待ったとき、あたりで枝の折れる音がした。断続的に続くその音を警戒して立ち上がり、四人は周囲に視線を配る。やがて音の正体がつかめたとき、彼らは自分たちが最悪の間違いを犯したことを思い知らされた。トンネルと自分たちの間、そして背後にも、ヒトラー・ユーゲントの一団がいた。気付いたときには包囲されていた。

「油断したか」

レオンハルトはつぶやいた。ヴェルナーも同様に思った。昨日、警察は撒いたとそう思い込んでいた。実際、その場では撒いたのだろう。だが、神出鬼没の襲撃を繰り返した自分たちは、知らず知らずのうちに相手を見くびっていた。昨日の襲撃を知ったヒトラー・ユーゲントが、犯人の正体が自分たちを殴りつけるエーデルヴァイス海賊団、とあたりをつければ、とりあえず周囲の村や町に連絡して見張りを強化し、これを大人数で迎え撃つ程度のことは思いついて当然なのだ。

総数は二十人か三十人か。この場で殴り合って勝てる数ではない。

「どうする？」

エルフリーデの問いに、レオンハルトは答えた。

「トンネルは危険だってのが救いだ。とりあえず進んで行くから、あとは好きにしろ」

ヴェルナーはレオンハルトの意図の概《おおむ》ねを理解した。レールの上を歩いて、四人はまっすぐにトンネルへ近づいていく。前方にいるヒトラー・ユーゲントの連中は意外な展開に面食らっていたが、十数人で進路を塞ぐようにして居並び、それぞれのナイフや棍棒を取り出した。

ヴェルナーは彼らの顔つきを観察した。全員が武装していて、血気盛ん。だが、数の有利を過信していて、それ故に覚悟が決まっていない。機先を制するなら今だ。

次の瞬間にヴェルナーは走り出していた。予期せぬ接近にヒトラー・ユーゲントの数名が怖じ気付き、最も手近にいた一人は、威嚇を試みたのか、ナイフを持った腕を、無防備に伸ばした。

ヴェルナーは取り出したハンマーで、その上腕を全力で打ち付けた。痛みに絶叫し、彼が倒れ伏すと、敵の間に動揺が走る。その隙にエルフリーデが投擲したナイフが別の敵の腰のあたりに刺さり、彼を助け起こそうとする別の敵の顔面を、レオンハルトは走り込んだ勢いのまま、素手で殴打した。

人の群れが分かれ、その間を縫って四人はレールの上を走った。前方の一群を突破。このままトンネルを走るだけだ、と思ったその刹那《せつな》、レオンハルトは振り返り、怒りと激痛に混乱しているヒトラー・ユーゲント数十人に向かって、よく通る声で告げた。

「あの音を聞け！」

ヒトラー・ユーゲントの一団が、思わず足を止める。遠くから、かすかに汽笛の音が聞こえ、レールは振動していた。その上に立っていた彼らも、既にうっすら気付いていたのか、立ちどころに新たな動揺が走ったのが見て取れた。互いに顔を見合わせている。

「いいか、このトンネルは二百メートル以上もあって、中に逃げ場はない。俺たちを追って格闘になり、その間に列車に追いつかれて死ぬ、自分はその程度の頭の持ち主だと思う奴だけついてこい」

レオンハルトはそう言い切ってトンネルの中に走り込む。エルフリーデがそれに並び、続いてヴェルナーとドクトルが走り込む。

ヴェルナーは振り返る。ヒトラー・ユーゲントの団員たちはその姿を、少なくとも表面上は悔しそうに見送った。見事なものだ、とレオンハルトに感心する。確かに彼らにとってこの暗いトンネルの中を追跡するのは危険だし、それ以上にああいう言い方をされれば、自分たちは挑発に乗って自滅するほど馬鹿ではないのだ、と周囲に言い張ることもできよう。

おびえと安堵を浮かべてトンネル近辺でレールから退くヒトラー・ユーゲントの若者たち。

その間をかいて、二人の人物が猛然と追いすがってくるのが、トンネル入り口から漏れ入る光を背に浴びたシルエットだけの姿となって見えた。山のような大男と、それに追い立てられるような格好で走るちび、という二人組。

「おいおいおい」

ヴェルナーは呆れて、隣にいるドクトルの肩を叩いた。

「とんでもねえ馬鹿がいるな、おい」

一瞬振り向いたドクトルは、逆光を浴びて、トンネルの闇に溶けようとしていたシルエットを見て、叫んだ。

「ああ！　うわあああああ！」

突如恐慌状態に陥ったドクトルのことは気に掛かったが、何かを尋ねるどころではなかった。トンネル内の緩やかなカーブにさしかかると、入り口から僅かに漏れ入る光は途絶え、ヴェルナーの視界は闇に閉ざされた。見えなくなったレールの、枕木の上に立ってはいるが、トンネルがカーブしている以上いつレールに躓《つまず》くか分からず、暗闇での転倒は非常に危険だった。慎重な足取りで枕木から離れて、レンガ製の壁に手をついて進む。工事中に排出された土砂を完全に除去する時間が無かったのか、足下に土嚢《どのう》が積んであり、それに躓かないようにするのが大変だった。ドクトルの、一歩前で同様に進んでゆく背中がかすかに見える。レオンハルトとエルフリーデの姿はもはや見えないが、少し向こうで同じように歩いているはずだ。

慎重にならざるを得ない。本来ならばゆっくり、ゆっくりと進むはずの難所だった。しかし、

「てめえら待ちやがれ！　こんな暗がり程度で逃げ出す俺じゃねえぞ！」

背後から聞こえた声に、ヴェルナーは舌打ちした。あの大男のものだろう。トンネル内に木霊《こだま》するその声の低さと声量に、肺活量の膨大さを察することができた。トンネルに苦戦してか、追跡の足は速くはない。しかし、リュックサックを背負っているぶん、自分たちの逃げ足はさらに遅い。一方、背後から迫る機関車は未だ遠いはず、とヴェルナーは計算する。

「闇討ちして倒してから逃げる方が効率いいかもな」

「うわー！　だめ、だめ、絶対にだめ！」暗闇を先行しているらしいドクトルが、突如として絶叫した。「あいつはペーター・ライネッケだ！」

「俺はヴェルナー・シュトックハウゼンだ」

知らない名前なので言い返したが、ドクトルは恐怖に声を震わせて答えた。

「わ、分かってる。ヴェルナーだってものすごく強いのは充分分かってるけど、あいつは人間じゃないんだ。勝てるとか勝てないとかの問題じゃない、全ドイツで一番強い、それどころか世界中探したって喧嘩であいつに勝てる奴なんていやしないよ。あれは化け物なんだ！」

ヴェルナーは、それでもペーターを恐れる気持ちにはならなかった。しかし両者を知っているらしいドクトルがそう言うのであれば、トンネル内で一撃してさっさと逃げる、というプランが危険であることも理解できた。足下の振動が徐々に大きくなる。土砂を詰めた土嚢も震えている。簡素なレンガ製の内壁にも、迫り来るものの気配が、どんどんと伝わってくる。

巨漢に殴りかかって手こずり、二人とも機関車に轢《ひ》かれて死ぬ、という結末はごめんだった。慎重さと迅速さを失わないように注意しつつ、そのまま進むと、前方に光が見えた。トンネルの出口だ。

「走るぞ」

ドクトルに告げる。そうするまでもなく彼は既に走り出していた。ヴェルナーも走る。助かった、という思いが笑みとなってこぼれた。光が見えればレールの位置も簡単に分かる。トンネルを抜ければ周囲は再びの山だ。そこで散ってしまえば、彼らを撒くことなどわけない。四散して山を走り回り、たっぷり逃げきれば、あとは皆が持っている地図を頼りに、事前に取り決めていた野営地を目指してそれぞれが向かえば良いのだ。トンネルを走り出る。明るさに瞬時、幻惑された。知らぬ間に暗闇に目が慣れていた。そして光景が見えた瞬間、ヴェルナーは驚愕した。

「橋!」

思わず叫んだ。

前を見ると、レオンハルトとエルフリーデが、焦りを表情に浮かべてこちらを見ていた。自分の失態だ、とヴェルナーは悟った。事務室で盗み見た路線図を市販の地図に書き込むことでこの旅行の地図は完成した。そしてその精度は概ね良好だった。しかし、一ヵ所だけ、この鉄橋を見落としていた。

痛恨の失敗に歯がみしながらもヴェルナーは三人とともに走る。上下にアーチ等が何もない、簡素な造りの鉄橋の上を。

足下、枕木の下に見える川と、右手の光景を見た。もしもここで追っ手がなければ、と彼は思う。ここは絶景の場所だっただろう。立地は市街地を南に見下ろす山の中。海抜は二百メートル程度。足下を流れてゆく川は、市街地にまで続いていた。鉄橋からは、軒を連ねる住宅地や工場の姿、それに市街地へ達した川の上に架かる、小さな橋までも、見下ろすように一望することができる。急造だからか、手すりの類いはなく、トンネル掘削《くっさく》がもたらした膨大な土砂を詰めたとおぼしき土嚢が、その代わりのように縁に置いてある。

記憶では、地図上のここ、トンネルを出た場所は普通の山中、普通のレールだった。しかし実際にはそこに、山中であるが故に市販の簡易地図には載らない程度の渓谷があって、そこに橋が架かっていたのだ。おそらく、その「橋」を示す地図記号を読み落としていた。

すなわち、左右に逃げ場のない状態はまだ続いている。その距離、およそ百五十メートル。

「待ちやがれ、てめえら！」

背後からペーター・ライネッケなる大男が迫る声が聞こえる。

鉄橋の真ん中まで到達し、唯一の橋脚《きょうきゃく》の上を走りながら、ヴェルナーは眼下を観察した。

鉄橋から川面までは十メートル未満。橋脚は、基礎の部分が完全に水に浸かっている。高さと水深を考えると、落ちれば助かるだろうとは思える。だが前もってそんな話をしていない以上、飛び込んでみたら自分だけ、ということになりかねないし、その後にあの巨体が追いかけてきたら、非常にまずい。

先行してゆくレオンハルトも、エルフリーデも、一目散に逃げてゆく。くそ、くそ、くそ……。このまま走って、とにかく俺がこいつを引きつけて逃げよう、ヴェルナーはそう思った。

しかしその瞬間、二十メートルほど前方を走っていたエルフリーデが、枕木の間に足を取られて、転んだ。

「フリーデ！」

ヴェルナーは叫んだ。レオンハルトが振り返り、エルフリーデに駆け寄った。そして彼女の肩を抱くようにして、鉄橋の上に立たせようとした。エルフリーデは懸命に立ち上がろうとしたが、うまくいかない。彼女がレオンハルトに何かを言うと、彼は一度こちらを向いて、そのまま鉄橋の向こう岸まで走り去っていった。

「おいレオ！」走りながら彼の名を呼ぶ。だが、レオンハルトは振り返りもしない。

そうだ、エーデルヴァイス海賊団は助け合わない。そういう集まりだ。そういうルールだ。ヴェルナーは分かっていた。だが、そのルールを守るのか、エルフリーデを守るのかという問題であれば、彼に迷いはなかった。瞬く間にエルフリーデのところに達した。

「ドクトル、お前は先に行け」

明らかに迷っていたドクトルは、一言ごめんと謝って走り去っていった。

かがんでエルフリーデの足に、ズボン越しに触れると、彼女は少し怒ったような声を出した。

「君も行っていいんだ。やばいのが来るぞ」

「だから行けない」

視線をトンネルの方に戻すと、巨漢ペーター・ライネッケと、変なちびのヒトラー・ユーゲントが走ってくる姿が見えた。

エルフリーデの靴は踏み外した際に脱げかけて、それが枕木の間に挟まっていた。ヴェルナーはエルフリーデに右足を可能な限り上げさせ、自分の腕を枕木の下まで伸ばして、しっかりと靴を履かせ直す。

「っつう……」

立ち上がったエルフリーデは足の痛みに顔をしかめ、追っ手とヴェルナーの間で視線をさまよわせた。彼女が走れない以上二人で逃げるのは無理だった。ヴェルナーは笑った。

「行けよ、フリーデ。助け合わないルールだろ」

「矛盾してるよ」

「それでいいって分かった」

会話を打ち切り、ヴェルナーはペーター・ライネッケなる追っ手に向き合った。

ごめん、と背後から声が聞こえて、エルフリーデが去って行く音がした。明らかに足を引きずっている。

「急がなくても、もう逃げやしねえよ！」

ヴェルナーは、食糧の入った邪魔なリュックを置き、ペーターに近づいてゆく。

その間に、明らかに弱そうで頭も悪そうな、変なちびがいた。十歳前後の見た目からして、おそらくはドイツ少国民団。一緒に走ってきた奴だ。構えをとっていたが、全く戦意を感じさせないそのちびは、ヴェルナーが一睨みすると、無言で道を空けた。

走るのをやめたペーターとは、十メートルほどの距離。ゆっくりと近づく数秒間に、彼の姿を観察した。明るみで見る巨体は、想像を絶するものだった。身長は百九十センチ、体重は百キロに達しているだろう。このような巨軀《きょく》がヒトラー・ユーゲントの制服を纏《まと》っている姿は、滑稽《こっけい》であり、不気味でもあった。近づく間に、さらに仔細を分析する。巨体ではあるが、肥満ではない。制服の、腹まわりにたるみが一切ない。半ズボンから覗く足は太く、ふくらはぎと太ももは筋肉が凄まじく発達し、膝まわりが奇妙に細く見えるほどだった。僧帽筋《そうぼうきん》は山なりに発達しており、首のシルエットは、肩の筋肉と同化して斜めになっている。近づくと、指の付け根のあたりには白い隆起ができている。人を殴りすぎた者にできる、殴りダコだ。

つまり恵まれた巨軀をさらに徹底的に鍛え、なおかつ戦い慣れた大男。

ヴェルナーはヒトラー・ユーゲントナイフを取り出す。そしてペーターがそれに反応し、同様に刃物を取り出したのを見て、そのまま自分のナイフを鉄橋の上に捨てる。ナイフは鉄橋からは落ちず、枕木の上に転がった。ややあって、ペーターも同じように刃物を捨てた。

およそ今まで喧嘩した中で最高の肉体を持つ相手に対して、ヴェルナーは一切の恐れを感じなかった。侮りも、高揚も、彼の中にはなかった。ただ、彼を可能な限りの迅速さで排除するという強固な意志が、使命として彼の全身を貫いていた。

ヴェルナーは、やあ、と右手を挙げてペーターに話しかけた。

「言っておくけどペーター、俺は喧嘩で負けたことがない。逃げるなら今のうちだぞ」

迫り来る汽笛の音が、トンネル内で反響を繰り返し、あたりには歪んだ残響が波のように拡がった。まるでトンネルが叫び声を上げたようだった。

ペーター・ライネッケは拳を固めた。

彼は生まれて以来、暴力によってのみ自分の意志を表現してきた人間である。

五、六歳のころから、きかん坊、乱暴者と言われていた記憶しかなく、それでいて体はどんどんと大きくなってゆく。同い年の誰もが自分を嫌ったが、おもちゃが欲しければぶん殴って強奪したので不満はなかった。彼を不安にさせるのは、そのあと大人たちが、異口同音に言う言葉だった。

〝そんなに乱暴なことをしていたら、将来お前はまともな人間にはなれない〟

ペーター自身が教えてほしかったのだ。自分の思い、言いたいことを伝えるには、殴る以外になにがあるのか、なぜ自分は人を殴ってしまうのか、自分はいったい、何になれば良いのか。

彼を救ったのが、ヒトラー・ユーゲントだった。十歳にして、ドイツ少国民団という年少者組織に強制加盟させられると、彼を出迎えたのは、頂点から底辺まで完全に上下関係があり、皆が暴力を信奉し、そしてその暴力の使い道を教えてくれる国家お墨付きの集団だった。

ヒトラー・ユーゲントとして殴る相手は怠惰《たいだ》な隊員であり、命令違反者であったし、もしいるならばユダヤ人であるとも教えられた。そのうえありあまる腕力の使い道についても、ヒトラー・ユーゲントは正しい道を教えてくれた。彼らは年齢別、体重別にボクシングの大会を開催しており、ペーターは全ての年齢層において最重量級王者に君臨し、十六歳となった今は、全ドイツヒトラー・ユーゲント・ヘビー級ボクシングチャンピオンである。三十を超える試合の全てをKO勝利で飾った彼は、次にその強さを喧嘩に応用した。市街地には上流階級の息子どもも住んでいて、そいつらはよくジャズだの禁制レコードを聴いて、どんちゃん騒ぎをしていた。その根城を突き止めて押し込み、向かってくる十五人ばかりの道楽息子ども——うち五人はレスリングの経験者——全員を単身でぶちのめしてレコードを全部叩き割ってやったとき、えもいわれぬ爽快さを感じ、それが公になって多少は怒られるかと思えば、表彰状をもらって、地元新聞に記事が載り、中隊長になった。

すなわち、殴る相手は大人が考えてくれるし、言われた通りに殴れば褒められるのだ。

もはや怖いものなど何もなかった。将来もまた楽しみになった。暴力こそが生きがいなればこそ、徴兵に従い軍隊に入れば戦争という巨大な暴力にその身を捧げることができるし、戦争ならば敵は誰で、どうやって殴ればいいか、否、どうやって殺せばいいのかは上官が命令してくれる。戦局の変化により、徴兵よりも前に戦うことになるかもしれないと、ルドルフ・シェーラー少尉という軍人さんが悲壮な感じで自分たちに訓令したことがあったが、ペーターは迷わず答えた。

楽しみです。

シェーラー少尉はなぜか感涙していたが、ペーターは単純に戦争が楽しみだったのだ。

そんな自分たちをここ半年ほど悩ませるようになったのが、エーデルヴァイス海賊団という、名前は聞いたことのある連中だった。各都市で結成される、ヒトラー・ユーゲントの敵対組織が、この市にも現れたのだ。闇夜に紛れたそいつらに袋叩きにされた仲間の数は増える一方であり、自分はそいつらと出会うことを楽しみにしているのに、一向に遭遇できない。

敵は四人組。そのうちの一人に、とんでもなく強い奴がいるらしい……。

是非とも戦いたかった。ジャズ好きの金持ち連中など、弱すぎて話にもならなかったから。

隣町で闇屋が襲撃され、党向けのスローガンがその動機だと聞いたとき、ペーターは直感によって彼らの仕業と判断し、今や数十人規模となったヒトラー・ユーゲントの部下と、手下としてこきつかっているドイツ少国民団の年少者たちに町を警戒させ、果たして、当てずっぽうで山に登っていた一人が、四人組の若者を発見した。

トンネルに飛び込み、暗さに手間取りながらもそこを抜けたとき、こちらに歩いてくる男が、その最も強い人間であると、一目見て分かった。均整の取れた体格、自分に臆《おく》するでもない態度、指の付け根はタコだらけだ。そして自分を睨む目は、猛禽《もうきん》のように鋭い。

彼が刃物を取り出したため、内心慌ててペーターも自身のナイフを取り出した。しかし相手はそれを捨てた。ペーターは、最初からそのつもりだ、と言わんばかりに自身の刃物を捨てた。

体重がミドル級以下に見えるのは残念だが、このまま殴り合いが始まるのだと直感した。

「言っておくけどペーター、俺は喧嘩で負けたことがない。逃げるなら今のうちだぞ」

したがって、この「強い誰か」としか認識していないヴェルナーがそう言い放ったとき、ペーターは大きな失望を覚えた。こいつもこの手合いの半端ものか。喧嘩の前に脅しをかける奴に本物の強者はいない。喧嘩は先手必勝、短期決戦だ。だが大抵の奴は腹が据《す》わらないので、無意味に声で威嚇し、ひどいときには摑み合いながらなかなか手が出ない、なんてこともある。こいつも結局、自分の体格に気圧《けお》されて、口上で喧嘩を回避できると踏んだのだろう……。そう思って息をついたまさにその瞬間、ヴェルナーが枕木の上を駆けだし、ペーターが構えを取るよりも早く、彼の膝に、ブーツのつま先を当てる回し蹴りを放った。

体重百五キロを支える膝、そしてボクサーの弱点である下半身に、致命的痛撃が浴びせられた。激痛にペーターが膝をついたと同時に、鼻柱に意識が飛ぶほどの衝撃が走った。足の甲が当たったのだということには気付かなかった。ペーターの意識はもうろうとした。

俺は今――

ペーターはそれでも無意識に立ち上がった。そこへ飛んできたヴェルナーの蹴りが金的に当たり、下がった頭に左右の手で連打を食らう。拳ではない掌底《しょうてい》（手のひらのうち、手首近辺の頑丈な部分で相手を殴打する打撃）の連打が、脳を揺さぶる。

先手を取られたのか――

あの言葉によって、自分は油断した。先手を取れると確信した。それこそが罠だった。ペーター は、即座に殴られることはないと確信させられ、それ故に機先を制された。

ペーターの左の拳が空を切る。右の拳が当たる。しかし額の中央で受けられ、拳が痛む。汽車が吐き出す煙の匂いを感じ始める。

負けるのか――

間合いを取ろうと後退して構える。その瞬間ヴェルナーは大きく踏み出し、開いた右手を伸ばし、その指先を目の下に当て、そこから額へ滑らせた。右手人差し指が、ペーターの右目、まぶたと眼球の間にするりと入った。

喧嘩で、俺が――

顔を覆い、かがみ込む。ナイフを、と思ってそれを捨てたことを思い出す。しまった、そのためにこいつは、自身の武器も捨ててみせたのか。ナイフを捨てないと卑怯だと、俺に思わせたのか。さらなる蹴りが脇腹を直撃し、つま先が肝臓の位置にめりこむ。

こいつはみじんも迷わない――

激痛に、もはや声も出ず、ペーターはうずくまった。

最初から戦う準備ができていた――

後頭部に異常なまでの衝撃が走った。ヴェルナーが、高く掲げた右足の、かかとを彼の後頭部に振り落としたのだと気付くことはできない。

なぜだ――

ペーターはレールに倒れ伏した。汽車の音はぐんぐんと迫ってくる。これが俺の死か、と思ったとき、涙がこぼれた。

暴力を信奉した俺の人生は、結局のところ、さらなる暴力によって敗れて死ぬのか。思えば戦争に行ったところで、結局そうなったのだろうな、と突然悟った。自分の人生の終わりが見えたとき、そのすべてがむなしいものであったと、彼は確信した。

「ペーター、起きろ、もう走って逃げるのは無理だから、よく聞いてくれ」

誰の声だ……？　ペーターは不思議に思った。ただ無力な思いで立ち上がると、自分を打ちのめしたあの男が、自分の背に回り、そして橋の縁にたち、渓谷を背にしていた。

意味が分からないまま、彼に引っ張られるままに動いていると、ヴェルナーは言った。

「水に落ちれば助かる。顎を引いて、両手を頭の後ろで組んで、体を反らせ」

助けるというのか。今まさに倒した俺を。もはや屈辱を感じる力さえ残ってはいなかった。

ただ、純粋な疑問がペーターの口を突いて出た。

「何が違うんだ、俺と……」

かけ声とともに、ヴェルナーはペーターを後ろへ投げ捨てた。その間際、答えが来た。

「信念で戦え」

見る間に橋が遠くなる。空が見える。これで死ぬのかな、と漠然と思ったが、言われた通りに顎を引き、頭の後ろで手を組んだ。すると体が半回転からさらに回り、足から着水した。ざぶん、と音を立てて川の中に落ちたとき、感じた体の痛みは、ヴェルナーに殴られたときに比べれば、どうということはなかった。

落下の勢いで川の中に沈みこんだ体は、川底につくことはなく、浮力を得て止まった。

そして再び近づいてくる水面の向こうに揺れる光を見ながら、ペーターは思った。

あの水面から上がったら、違う自分になれるんじゃないのかな。


ヴェルナーはペーターを川に投げるや否や、全力疾走で橋を駆けた。

「頑張れ！」

エルフリーデが、顔を真っ赤に染めて叫んでいる。

ついに蒸気機関車が姿を現した。走行音は、もはや暴力的なまでに全身に響く。車夫からはヴェルナーが見えていないのか、汽笛が鳴らず、ブレーキをかけている気配がない。かけたとしても汽車は急停止することなどできない。ヴェルナーはひたすら走った。目指すのは対岸、そしてそこにいるエルフリーデ……。その間に、間抜け面をしたちびのドイツ少国民団員がいた。

「さっきから、なんだお前は！」

ヴェルナーにとってはどうでもよかったのだが、放っておいては死ぬ。首根っこを捕まえて、お尻から川へ落とした。

いっそ自分も飛び込むか、とも思ったが、その場合は仲間とはぐれて、あの巨漢と水中で再会だ。レールと鉄橋の端の間、僅かな空間に伏せようか、とも思ったが、そこには土嚢が積んである。逃げるしかない。余計な動きのおかげでヴェルナーの逃げ足は鈍り、蒸気機関車は背後の数メートルにまで接近してくる。喧嘩のあとの全力疾走だ。肺が焼ける、腹が痛む、心臓が悲鳴を上げている……。向こう岸まではまだ二十メートル以上。もうダメだ、轢かれる。死ぬ。

ヴェルナーは鉄橋の端に逸《そ》れて、土嚢を乗り越え、枕木の端を摑んでぶら下がり、その勢いで両足で枕木に飛びついた。体がレールに対して直角になる姿勢となって、上下は逆さま、枕木に抱きつくようにぶら下がるその上を、ごうごうと音を立てて蒸気機関車が通過してゆく。自らが捨てたリュックサックを、機関車先端の排障器が小石のように弾《はじ》き飛ばしたのが見えた。

ぐ、ぐ、ぐ、と口から息が漏れた。筋肉が悲鳴を上げて、苦痛に耐えかねた全身が、すぐに腕を放せと叫んでいる。だが下を見れば、自分がいる場所の真下は浅瀬だった。ここで落ちれば命にかかわる。自分の上を通過する車輪から火花が散り、鼓膜が痛むほどの轟音がする。

目の前を通過してゆくのは貨物列車だった。凄まじい音とともに、鼻がもげるような悪臭を感じた。

やがて列車は走り去った。一転、恐ろしいほどの静寂のうちに、ヴェルナーのうめき声だけがした。

「ヴェルナー！」

逆さまになった視界で列車が去った方を見ると、鉄橋の上をレオンハルトとドクトルがやってきた。レオンハルトはテントロープの端を握っていて、それが途中で地面に落ちていた。ロープを伝うようにしてヴェルナーが向こう岸をみると、もう片方の端をテント用具のペグで地面に固定したエルフリーデが、それが地面から抜けないように、ロープを体に巻き付けて、さらにペグの上に片足を置いていた。

レオンハルトがロープの端を持ったまま顔を覗かせた。その足をドクトルが押さえている。

「すごいよヴェルナー。ボクシングのチャンピオンに勝っちゃった」

励まそうとしているのか、本音なのか、ドクトルはヴェルナーを称賛した。

チャンピオンか、と、連打に耐えた彼の頑丈さを思ってヴェルナーは納得した。多分、エーデルヴァイス海賊団に入る前の自分であれば、たやすく負けたのだろうとも思えた。

レオンハルトとドクトルは、作業用手袋を装着している。身を乗り出してきたレオンハルトは、ロープをヴェルナーの身につけているベルトに通し、その端を握ったまま鉄橋の上に戻って、そしてロープをレールに回して、そこでしっかりと結び目をつくった。ヴェルナーが、自分がロープで大地とつながった、と実感した瞬間、腕の力に限界が来た。落下しようとするヴェルナーの体をレオンハルトとドクトルがロープを摑んで引っ張り、支え、さらに向こう岸でエルフリーデが決死の形相で食い止めて、落下は阻止された。レオンハルトとドクトルがロープをたぐり寄せて、ヴェルナーを線路に引き上げる。宙づりの格好から、ヴェルナーは鉄橋に引き上げられた。

「ハァッ……！」

鉄橋の上でヴェルナーは大の字になり、なにも考える余力のないままに、ただ呼吸を繰り返した。生還の実感が湧くよりも早く、レオンハルトの声がした。

「たいしたサーカスだったな」

その声は、ヴェルナーに対して、安堵よりも早く怒りを喚起した。

起き上がってみれば、片足を伸ばして座るレオンハルトは、悠然と微笑んでいた。

ヴェルナーは、お前、とレオンハルトの胸ぐらを摑んだ。

「どうしたんだよヴェルナー」

「お前が、フリーデを見捨てなければ、こんな……」

「待って、いいんだ」エルフリーデが、対岸から走ってきて、慌てた風に言った。「そういう集まりだって言っただろ。それにレオンハルトは、別に私を見捨ててはいない。お前はさっさと行けって、私が言ったんだ。ペグとロープを使ってヴェルナーを助ける案もこいつが考えた」

エルフリーデの口調には怒りがにじんでいたが、その割にはレオンハルトを擁護していた。彼女の言い分が理解できず、レオンハルトの表情をうかがった。悪びれる様子もなく彼は、そうだよ、と言った。

「他に仕方ないと思ったんだよ。あのまま二人でフリーデを引っ張って逃げても、ペーターに必ず追いつかれる。ペーターと戦おうかなとも思ったけど、足場が狭すぎて二人で戦うのは無理だし、俺では勝てそうもない。だからヴェルナーに足止めしてもらって、その間にフリーデには逃げてもらった。ヴェルナーがペーターに勝ったらみんなで助けようって言ったんだ」

「俺がフリーデを置いて逃げたらどうなった」

「ヴェルナーがそうするとは思えないけど、そうした場合もまたルール通りだろ」

ヴェルナーは言葉に詰まった。理屈にしてまとめられると、確かに言い返す余地はない。だが。

「おかしいだろ」ヴェルナーは納得がいかなかった。「お前はフリーデに対して冷淡すぎる。少なくとも俺を助けようとする姿勢との間に差がある」

「それは」

と言ったきりレオンハルトは黙り込んだ。

ヴェルナーは何も、自分を助けようとしたことに怒っていたわけではなかった。なぜエルフリーデは助けようとしなかったのか。彼は言おうとしてそれを諦めた。分かっている。自分たちはそういう集まりであるし、この大立ち回りは自分のせいだ。自分が地図上の鉄橋を見落とさなければ、もう少し余裕をもってトンネル内に入っただろうし、そうすれば鉄橋で決闘を演じるはめにもならなかった。

「もういい、みんな、ロープありがとうな」

ヴェルナーが、かろうじて言って鉄橋を歩き出すと、他の三人もついてきた。

隣にエルフリーデが並んで立った。

「私もね」と彼女が言った。

「何が？」

ヴェルナーが問い返すと、エルフリーデは何も言わずに微笑んでいた。珍しく、殺気も毒気もなく、ただ上機嫌だから笑った、そんな笑い方だった。そういう彼女は貴重なので、ヴェルナーは今のうちに話をしておこう、という気持ちになった。

「前から思ってたんだけど、君とレオって、仲が良いの、悪いの？」

「答えるのが難しいな」エルフリーデは軽く笑った。「レオの言ってることに腹が立つかもしれないけど、多分、あいつのああいう姿勢に助けられるってこともあるよ」

「どんな風に」

「あいつは何も背負おうとしないけど、その代わりに何かを背負わせることもない、ってこと」

何かを背負っているレオというのは、確かに想像しがたい。だが自分たちが背負わされない何かとはなんだろう。ただ、レオとフリーデが不仲なのだとしても、彼ら二人の間では了解されていて、そしてヴェルナーが理解していない事柄があるのだと感じた。

「足、大丈夫かい」

「うん。ちょっとひねっただけだったみたい。一晩休めば、よくなるよ」

「そうか。一晩休めば……」

あたりを見渡して、ヴェルナーは途方に暮れた。暗い森の中。周囲は木々とその根元を覆う藪《やぶ》に囲われていて、テントを張れそうな場所が無い。予定された野営地はもっと先、前年に木材獲得のため伐採された植林地の一角にあったのだが、自分が背負っていた食糧入りのリュックサックは、蒸気機関車に弾き飛ばされてしまった。

「帰るしかないかもな」

レオンハルトが、誰もが口にしたくない結論を述べた。ドクトルが、でも、と嘆《なげ》く。

「せっかくここまで来たのに」

一応言ってはみたが、言葉が続かない。そんな様子だった。負傷を放置し、食糧もなしに徒歩旅行を続けるのは危険すぎる。予定された野営地までは、さらに数時間を要する。南への斜面を下って市街地まで行くのは難しくないが、泊まるあてなどないし、人目についてはは捕まってしまう。エルフリーデを歩かせるのも危険だろう。

どうにもならない。今から安全に帰る手段を考えるほかにない。

四人が後ろ向きな結論にたどり着きつつそれを口に出せずにいたとき、背後の藪で物音がした。思わず、ヴェルナーはレオンハルトと顔を見合わせる。

ざ、ざざ、と音が連なり、彼らは複数の人が自分たちの周囲にいることを悟った。

ヒトラー・ユーゲントの連中は、まだ諦めていなかったのか。あのペーターという巨漢が泳いで来たのか、それとも鉄橋を回避した別働隊は抜かりなく迂回路を発見していたのか。

ヴェルナーは立ち上がり、身構える。しかし、このあとさらに複数人と戦うことが可能とも思えなかった。全身がしびれていて、拳を固める力がない。

レオンハルトはそんなヴェルナーの様子を見て立ち上がり、そしてリュックサックから拳銃を取り出した。以前に言っていた「土産」だ。いざとなれば撃つしかないのか。

だがレオンハルトは、持った拳銃に弾丸を装填させることもなく、藪に狙いをつけることもなく、ただ顔の前あたりに持ち上げただけだった。手の内の武器を、明らかに持て余していた。銃を持った人間がそういう状態であることは、それ自体が危険だった。

「待って、撃たないで」

藪の中から聞こえたのは、女の子の声だった。

「敵ではないの。今出て行くから」

藪をかき分けて出てきたのは、自分たちと同じくらいの年でお下げ髪の、見知らぬ女の子だった。柔和で優しい目つきをしていて、つるんとした印象の顔立ちはあどけなく、ヴェルナーは、なぜこんな女の子が藪から出てくるのだろうか、と妙なことを考えながら、その顔をまじまじと見つめた。

その彼女に連れられたように、同じくお下げ髪で、対照的にきつい目つきの女の子が現れた。

「武器をしまえ。あとそっちのお前は、嫌らしい目で見てんじゃないよ」

その女の子は妙なことを言って、レオンハルトとヴェルナーを睨んだ。

「そんなつもりはない」

ヴェルナーが直截に言い返すと、最初に出てきた方の女の子が吹き出すように笑った。

レオンハルトは、若干間を置いてから銃をリュックサックにしまった。

彼女ら二人に続いて、四人の少年たちが姿を現した。着ているのはチェックのシャツ、紺色のベスト、作業着……そして、彼らの胸元にある徽章を見て、あっとヴェルナーは声を漏らした。

エーデルヴァイス。

高山に咲く、不死不滅のシンボル。自分たち四人が身につけるものと同じシンボルマークを、見知らぬ同じ年頃の者たちが身につけていた。

「初めまして、勇敢な皆さん」

最初に出てきた女の子が、すっと腰をかがめて一礼した。

「私はアンケ、彼女はベティ。……そして私たちは、デュッセルドルフから来た、エーデルヴァイス海賊団です」


六人の少年少女に案内されて、ヴェルナーたちは森の中をしばらく歩いた。ヴェルナーたちは、ベティに尋問されるような調子で名前と簡単な素性を言うように促されそれに応じたが、アンケとベティの仲間たちは名乗らず、ほかに会話はなかった。二つのグループは互いを発見したことに高揚し、同時にある種の緊張を抱えていた。

日もすっかり暮れていた。半月と星の光はニレや杉の枝に阻まれ、足下を照らすには至らない。暗い森の中をランタンの光で照らして、斜面を南に下りながら、木の間を縫うようにして数分歩いた。

そしてヴェルナーが、斜面が比較的緩やかになるのを足で感じ、六人に先導されて大きなオークの木を迂回するように進んだとき、視線の先には、周囲三十平方メートル程度に木のない開けた土地と、三つのテント、その中心で煌々《こうこう》ときらめく、焚き火の灯りが見えた。

望みうる中では最良の野営地に、レオンハルトが驚いたような声をあげた。

「すごいな……」

ベティが得意げに笑ってから、少し大きな声で言った。

「連れてきたよ」

ベティの視線の先を追って、一人の人物に気付く。火を守るようにして座る女の子がいた。年の頃は自分たちと同じ程度。焚き火の放つ揺れる光に、黒髪が照らされている。うつむき気味な彼女の下にアンケが駆けていき、耳元で何かをささやくと、彼女は小さく頷いた。多分、あの黒髪の彼女がリーダー格なのだと、その様子で悟った。

「そうか」

焚き火を見つめたまま、彼女は呟いた。そして初めて視線をヴェルナーたちの方へ移した。

「焚き火を囲んで、食事をともにしよう」

ヴェルナーたち四人が安堵のため息をついた。彼らは今宵《こよい》の食事と、寝床を得ることができた。

そしてヴェルナーは、それ以上の安堵を感じていた。

同じ名称を名乗る者たちが、本当にいた――

アンケが四人に焚き火の周りへ来るように言って、皆が車座《くるまざ》になって座る。

そこは暖かく、そして明るかった。それは焚き火によるものだけではなかった。視線を上げると、さんざめく星と月の、銀色の光が、自分たちに降り注いでいた。

アンケは、この野営地について語った。この場所は、地図上では、木々に阻まれて野営不可能な周囲と特に変わりないように見えたが、彼らは昼のうちに周辺を散策してこの地を見つけていたのだという。ヴェルナーたちが立ち往生していたレールの周囲の森の中からは、僅かに数百メートル南。さらに五十メートル先には、市街地へと下る斜面がある。

彼女ら七人は、名称と志を同じくする四人を歓待した。アンケがヴェルナーたちに皿を渡し、そこにキャンプの火で温めた野菜スープを注ぎながら笑う。長距離を踏破《とうは》した彼女らの装備とキャンプの心得は、それゆえにヴェルナーたちのものよりも万全だった。いくらかの缶詰と予備のリュックサックが、ヴェルナーに与えられた。

アンケが、笑いながら事情を説明した。

「私は薪《まき》を拾いに鉄橋の方まで来ていたの。そうしたら言い争う声がして、ヴェルナーさんが大きなヒトラー・ユーゲントと戦い始める様子が見えた。私は急いでみんなを呼びに行ったの。戻ってきたら、ヴェルナーさんが橋の下にぶら下がっているから、早く助けようって言ったんだけど、ベティってば信用できないって言うもんだから」

ヴェルナーは、ベティに視線を移す。

火を見守る彼女は、どことなく、未だにヴェルナーたちを警戒しているようだった。

「まあ、あれがヒトラー・ユーゲントの内輪もめで、アンケが危ない目に遭ったら困るので」

視線も、顔つきも、まるで主人を守る猟犬のようだった。

少女三人、少年四人の混合グループをヴェルナーは一瞥した。年齢は、ほぼ全員が自分たちと同程度。一人だけ際立って幼い、十歳ほどの男の子がいた。

アンケが、自身の属するエーデルヴァイス海賊団のメンバーを、改めて順番に紹介する。

「彼女がリア。私たちの団長」

薪の火を見守っていた女の子が、軽く視線を下げて礼をする。火に照らされる髪の毛はカラスのように黒く、僅かに垣間見える双眸《そうぼう》もまた漆黒だった。僅かにこちらを見ただけの視線が矢のように鋭く、それでいて視線を下げると、たちまち周囲に溶け込むように気配を消した。

「準備できた？」

と彼女が誰にともなく言うと、テントから出てきた少年が、彼女の傍らに座ってから答えた。

「だめ、まだ電波が届いてないみたいだ」

「今、リアの隣に座ったのがヴァルディで、リアのことが大好き」とアンケが言った。

やや童顔の少年が、不平そうに「そんなんじゃない」と言った。

ただその様子からすると、意味合いはどうあれリアに好意を持っているのは確かなようだった。

他のメンバーも簡単に紹介した。ハインツとマーラーという二人の少年は、いずれも無言のままだった。こちらを見る二人の目が、明らかに緊張していた。無理もない、とはヴェルナーも思う。自分たちの戦いを直接見たのはアンケだけなのだ。幼い感じの男の子は、ヨーゼフと名乗った。

一通りの紹介を聞いて、レオンハルトがひとことお礼を言ってから答えた。

「僕らは、このレールの先に何があるかを探しに旅をしているんだ」

彼の視線はリアに注がれていた。彼女は焚き火を見つめたままだったが、ややあって答えた。

「そう」

返事が続かない。アンケが慌てたように補足した。

「私たちは、この山を北の山道から横切るような道のりで来たので、レールの先については何も知らないです」

会話に間が空いた。エルフリーデが尋ねた。

「あなたたちの旅は、何が目的なの」

「目的?」リアが聞き返した。少し笑っているようにも聞こえた。「目的なんてない。必要ない」

焚き火の中で薪がはぜる音がした。

メンバーの総意であるのか、誰も何も言わなかった。

沈黙が気まずかった。その空気を知ってか知らずか、レオンハルトは笑顔で切り出す。

「寝床のうえに食事までもらって悪いな。あいにく形のあるものは返せないんだけど」

エルフリーデが視線を向けられ、はあ、とため息をつく。

「お礼に一曲、お返しする」

彼女はリュックサックからハーモニカを取り出し、息を整えてから、演奏を開始した。瞬間、開放されたキャンプ地は彼女の奏でる音楽によって満たされた。豊穣な音色は流れる水のように全員を包み込み、やがて自分たちを見下ろす満天の星と一体化する。

ヴェルナーは陶然《とうぜん》としながら周囲を見回した。猟犬のようなベティも、団長のリアも、他の団員たちも、警戒を忘れてエルフリーデの奏でるハーモニカに聴き入っていた。彼らの表情が徐々に和らいでいき、さらに視線を移せば、レオンハルトやドクトルも同じ様子だった。同じ音楽に包まれることで、その場にいる全員は、ひとつの空間と時間をともにしていた。エルフリーデ自身の作曲したあの曲が、瞬く間に、その場にいる七人と四人のグループをひとつにして、その境界を取り払い、さらには個としての意識さえ取り払っている。

伸びやかに、つややかに、瑞々《みずみず》しく。エルフリーデのもたらす音色は、その届く範囲をひとつの空間として周囲から独立させ、彼女が演奏によって形作ったそこへ、鋳型へ流し込まれる流体のごとく、その内側を余すところなく満たしきった。

かすかに余韻を残して演奏を終えたとき、忘れていた静謐《せいひつ》さが訪れた。そして次の瞬間、全員が拍手していた。十人の聴衆たちの拍手を浴びて、エルフリーデは少しはにかんだ様子で腰を下ろす。

「素晴らしいです。エルフリーデさんは音楽の教育をお受けになったの」

アンケから称賛の言葉を浴びたエルフリーデは、少し迷った風に答えた。

「ええ、まあ。昔、近所に住んでた先生から」

「すごいですね」とベティも率直に答えた。「初めて聴いた曲だ。誰の作曲ですか、今のは」

エルフリーデが口ごもると、ヴェルナーは得意になって答えた。

「彼女自身の作曲だ」

へえ、とデュッセルドルフの一同が感心した。エルフリーデの表情をうかがってから、ヴェルナーはさらに付け加えた。

「これには、歌詞もあるんだよ」

周りが盛り上がるのを見て、エルフリーデがヴェルナーの肩のあたりを叩いた。

「言うなよ」と彼女は抗議したが、本気ではないことは、その表情で分かった。

当然のように、デュッセルドルフのグループに歌をせがまれたエルフリーデは、ハーモニカを吹きながら歌えない、と断ろうとしたが、団長のリアがテントからギターを持ってきて、エルフリーデの目の前に座り込んだ。視線を合わせると、彼女はギターを鳴らし始めた。ハーモニカの演奏を模した伴奏を即興で奏でる。

音楽は彼ら二つのグループに共通の言語だった。

エルフリーデは、リアの伴奏を得て思うがままに歌った。題名のない、エーデルヴァイス海賊団の歌。その歌声は透き通り、夜空の下の灯火のように、かすかに闇夜を照らしていた。

歌が終わったとき、皆が拍手ではなく沈黙によって答えた。自分たちを突き動かす感情の正体がつかめず、それをどう表現していいのか迷っていた。沈黙を破ったのは、リアだった。

「私たちは目的を持たない」そう繰り返してから、彼女は答えた。「私は、ただこうやって皆と好きなように歌って、好きなように遊んで、好きなところへ行きたいって思って、それでこういう集まりをしているんだ。誰の理想を代弁することもなく」

リアは軽くギターに指を走らせる。言葉に見合うだけのメロディーを探るような演奏からは、たしかにその言葉に寄り添うようなメロディーがその都度生まれた。彼女もまた、エルフリーデとは別種の才能の持ち主であるように見えた。

「ドイツ女子青年団にいるときは、あるいはヒトラー・ユーゲントにいるときは、なにをするにも結局すべてに大人の理想があって、私たちはそれを体現しなければならない。大人の理想であることが、子どもに許される唯一の『組織』だ。今の時代、子どもとはドイツ青少年かくあるべしのひな形であり、理想的アーリア人、それしかいないドイツ人繁殖のための牧場だ。要するに、コインの裏表。片面ではユダヤ人をドイツから一掃し、『劣等人種』を排除するそのコインの反対側で、きらきら光ってる顔が私たちってわけだ。私にはそれが、我慢ならなかった」

リアの言葉に、ヴェルナーは衝撃を受けた。彼女は、まるで自分の内面に渦巻く怒りを読み取り、それを言葉に還元しているようだった。思わずエルフリーデの表情を見る。

エルフリーデもまた、リアの言葉に聞き入っていた。

リアはヴェルナーたちの反応をうかがうでもなく、即興のギター演奏を続けていた。その音色に合わせて、半ば歌うような調子で彼女は語った。

「女の子は健康でいなさい。だからスポーツして料理もつくりなさい。あなたたちは将来の、善きアーリア人の妻であり、母なのですよ。だから体を大切にしなさい。タバコを吸うのはやめなさい。……気持ち悪い、いやらしい、吐き気がする」

リアのギターは途切れることなく、言葉もまた同様だった。

「だから私は、同じように腹を立てている子どもたちを探した……。ヴァルディの親父は転向した元ドイツ共産党員で、今はナチの手先。尊敬していた親父をおかしくしたナチスを憎んでいる」

リアの隣にいたヴァルディは、自嘲《じちょう》するように笑った。リアはそんな様子を確かめながら、周囲の団員たちを紹介した。

「ハインツはヒトラー・ユーゲントで出世したけど、ヴァルディの親友。悩んだけど、結局ヴァルディと遊びたくなって、こっちに来た。マーラーは看板画家。将来は芸術画家になりたかったけど、ナチスの推奨する画風がくだらなすぎて、私たちと一緒に風刺画を描いてる。評判だよ」

ヴァルディとハインツ、それにマーラーが相好を崩した。

「そこにいるヨーゼフはポーランド人の息子」

えっと思わず声を上げて、ヴェルナーはヨーゼフを見た。鮮やかな金髪、深い碧眼。理想的アーリア人を模したような男の子は、にこにこ微笑んでいた。

「ポーランドの裕福な農家の生まれ。四歳で住んでた町にドイツ軍がやってきて、見た目がこうだから拉致されて、ドイツ人としての教育を受けて、ドイツの家庭に養子としてもらわれた。偽物の記憶を植え付けられていたけど、トマトの入ったシチューの香りを嗅いだとき、昔嗅いだ香りはこうじゃなかったな、と思って、そうしたら突然自分がポーランド人であることを思い出したんだって」

壮絶な出来事であるが、とても作り話ではなさそうだともヴェルナーは思った。

エルフリーデが、慎重に言葉を選ぶようにして、尋ねた。

「本当の家族は、どうしたの」

ヨーゼフは屈託のない口調で答えた。

「みんな連れて行かれた。家はドイツ軍にうばわれて、ぼくらの知らない人が住むって言われた。野菜はドイツに持って行かれる。ドイツのものにする計画なんだって」

ヴェルナーは、腹に棒を押し込まれるような、奇妙な息苦しさを感じた。彼にとって、確かにそれは、「知らなかった」話ではあった。だが、「関係のない」話とは思えなかった。

「ま、共通しているのは、みんなわけがあるってことだよね」

リアが、流すような演奏を始めた。ヴェルナーは、おや、と首をかしげる。

「アンケとベティは、なぜ仲間に入ったの？」

最初に会った二人の女子は、未だその名前以外を明かしていなかった。

ベティが戸惑うように視線を下げ、代わりに、アンケがにんまりと笑って答えた。

「それは、ドイツ女子青年団で出会った私たちが、愛し合っているから」

ヴェルナーと他三人は意表を突かれたが、それはベティも同じようだった。

「アンケ」

非難めいた口調で名を呼ばれた彼女は、ベティの肩を抱き寄せた。

「二人で約束したでしょう。私たちのことを密告せず、迫害しない人になら明かそうって。私はこの人たちは大丈夫と確信したの。ベティは違うの？」

抱き寄せられたベティはヴェルナーたちを眺めた。否定も肯定もできない様子だった。

「あなたたちはどう？　私たちのことを、迫害すべきと思う？」

ヴェルナーは答えに詰まった。今まで同性愛者というものに出会ったことがない。教育の場では、それらがいかに堕落したもので、アーリア人の民族共同体を破滅に導くものかということを聞かされた。今となっては唾棄《だき》すべき思想教育の一環に「それ」もあったのだと自覚する。

身を寄せ合っているアンケとベティには、確かに友人以上の親密さを感じさせるものがあった。

しかしその様子が「悪いもの」であるとは思えなかった。

その感想は適切なのか、なんと答えたものかと迷っていると、ドクトルが口を開いた。

「迫害なんかしないよ。それに、そんなに特別なことじゃないんでしょ。先生が言ってたよ。女の子同士は未熟だから、ちょっとした気の迷いで、友達が恋人に思えてしまうし、一時的にそういう勘違いをすることもあるって」

ベティが立ち上がった。そして焚き火の中から薪を一本取りだし、燃えさかるそれを振りかぶると、そのままドクトルに殴りかかろうとした。

「うわあ」

ドクトルが悲鳴をあげて飛び退き、アンケがベティを羽交い締めにする。

「分かったようなこと言ってんじゃねえよ、うらなり野郎。こっちは命がけなんだぞ」

吠《ほ》えるベティをアンケがなだめ、リアが薪を取り上げて焚き火に戻す。

ドクトルは納得いかない様子だった。

「その、でも、ナチスはシュヴーレ（男性の同性愛者を指す侮蔑語）狩りをたくさんやってるって話は聞くけど、女の子は違うんじゃ」

「私たちもそう思ってたよ」ベティが、なおも噛みつかんばかりの勢いで答えた。「私たちが出入りする店には、先輩がいた。まだこの国が自由だったころに、それでも同性愛は違法だったその時代に、知り合いの女の子と付き合って、それは悪くないことだって理解して、新聞にペンネームで連載して、皆でわかり合おうって言ってた人。私は彼女に救われたし、アンケだってそうだった。リアがあの人に会わせてくれなければ、私たちは、自分がおかしいと思って、きっと二人で命を絶とうとした。でもその人は言ってくれた。おかしいのは私たちじゃないと。私たちは生きるべきだし、きっといつか、私たちを否定しない世界が訪れると」

ベティの目に涙が浮かんだ。アンケも同様だった。二人が、名前を明かさないその人をとても尊敬していたこと、そしてその人に、何かがあったのだと確信させる口調だった。

「その人は……」

ヴェルナーがためらいながらも尋ねると、ベティは口ごもり、アンケが答えた。

「治安を乱したとして逮捕されました。そしてピンクのマークをつけられて、収容所に入れられたのです」

ナチスは収容所に入れる人たちに色のついた下向き三角形を与えることで、彼らを記号のように扱っていた。犯罪者は黒、共産主義者は赤、宗教的異端は紫、そして同性愛者はピンク。もしもその者がユダヤ人であれば、上向きの黄色い三角形が重ねられ、ダビデの星の形となる。

あたりに静寂が訪れた。焚き火の中で薪がはぜる音がした。

「ドクトル。ナチスは、確かにあなたが言われるように、レズビアンという存在は意志薄弱な女性に由来する一過性のもので、だから矯正可能だと考えていました。つまり、そこで治療を受けたわけです」

治療、という言葉が、ヴェルナーには禍々《まがまが》しく聞こえた。

ベティが、涙を拭って答えた。その声が震えていた。

「半年後に出てきて、その人は命を絶った。私たちを励ましてくれたその人が、自分で」

ベティの言葉は、夜の空に吸い込まれるようにして消えていった。彼女は、口の中で何か悪態をついてから、焚き火の薪に蹴りを入れた。

「もういい、結局この繰り返しじゃないか。しゃべるんじゃなかったよ」

「分かるよ」

唐突に、レオンハルトがそう言った。

ベティは彼を睨みつけた。

「お前に何が分かるっていうんだ、金持ちのボンボンのくせに」

「あなたたち二人が感じている絶望と、さっきアンケが自分たちのことを話してくれた勇気が」

ベティとアンケが、すっと息を吸って彼を見つめた。

ヴェルナーは不思議に思った。何か今、三人の周辺を包むように、理解の皮膜が生まれたように感じた。そしてその皮膜の外側に、自分は置かれているようにも思った。

自分たちは一体ではないのだ、という考えが、唐突に生まれた。

そのとき、ざ、ざ、とノイズがして、その間から、漏れるようにドイツ語が聞こえた。

『……大西洋放送局……イギリスの……ドイツの皆さんに……ナチス……若者に関する明るい……お伝え……』

微妙な温度差を抱えていた少年らが、見る間に色めき立った。

「外国のラジオだ」

ドクトルが驚いたように口にすると、レオンハルトもそれに続いた。

「今、なんか若者がどうとか言わなかったか」

ヴァルディ、と呼ばれた少年がテントから鞄のようなものを慎重に運び出した。電池式の携帯ラジオだった。

「戦争成金の家から盗んだフランス製だよ。重さは三キロしかないんだ」

「ずいぶんと軽いな」とヴェルナーは感心した。

ヴァルディはラジオを慎重にチューニングして、拾いかけた電波を探った。ナチスの退屈なプロパガンダ放送と違い、イギリスを始めとする外国の放送局のドイツ人向けラジオ放送を聴くことは、体制に従順ではない人たちにとって特別な行為だった。彼らの報じる番組には、現実の戦況、ナチスが覆い隠す蛮行、さらには禁制文化もあった。ジャズを始めとする禁じられた音楽。それらを聴取することは当然ながら重罪であったが、最大の刺激だった。そしてこれら外国の放送電波は、昼よりも夜間の方が受信しやすく、毎夜各家庭ではラジオの電波を拾い、ヘッドホンを付けたまま毛布を被る人たちがいた。

その夜が来た。やがてヴァルディの手が止まり、朗々としたドイツ語が聞こえた。

『……エーデルヴァイス海賊団、大胆不敵にもヒトラー・ユーゲントに戦いを挑み、レジスタンスとして戦う彼らは今や、ドイツにおける唯一の民主化勢力といっても過言ではありません。ナチス独裁体制を打倒すべく、自由と民主主義の理想に向けて戦う彼らの徽章は、その名の通りエーデルヴァイス。彼ら若き自由の戦士の存在は、ナチスの独裁者にとっては忌々《いまいま》しいものでありますが、ドイツ人にとっては希望であります。そして彼らは、戦後ドイツの礎《いしずえ》を築いていくことでしょう！』

明朗闊達《かったつ》なドイツ語がそこで終わり、ジャズの音楽が聞こえた。若者たちはニュースが続くのを待っていたが、これでエーデルヴァイス海賊団についての話は終わりらしく、音楽が終わると、ドイツの各地に連合国陸軍が進軍しており、戦況はドイツにとって絶望的であるという、その場の誰もが知る事実を伝え始めた。

十一人の若者たちは、しばらく呆然としていた。彼らは互いに視線を走らせた。

皆が、放送のうちに、どうやら自分たちに浴びせられたらしい賛辞を反芻《はんすう》していた。

ドイツ唯一の民主化勢力。自由と民主主義。若き自由の戦士。

……そうだっけ？

唐突に、リアが吹き出し、そのまま声を上げて笑い始めた。ヴァルディが続き、それを見ていたヴェルナーも笑い出した。やがてその場の全員が笑い出し、口々に先ほどの放送で聞き取った語句を反復した。

「俺たちがレジスタンスだって」

「違う」

「私たちは民主化勢力だっけ」

「まったく違う」

「戦後ドイツの礎になるの？」

「なるわけない」

口々に笑うことで、彼らが安心していることが、ヴェルナーには分かった。

俺たちは、そんなものじゃない。

ひとしきり笑ったあと、リアはヴァルディにラジオ放送を消させた。

笑い声も途絶えると、また元の静けさに包まれた。

ベティが、ぽつりと呟いた。

「私たちはそんなんじゃないのに、どうしてみんな、自分の都合で分かろうとするんだろうね」

うん、とエルフリーデが頷いた。

ヴェルナーはあたりを見回した。自分たちは決して一体ではない。アンケとベティの関係をドクトルが理解できず、自分も、おそらくは正確には理解できなかったように、イギリスの放送局の大人たちもまた、自分たちを誤解していた。筋を違えたまま与えられる理解のまなざしほど、ぬるぬるして気持ち悪いものはない。私はあなたを分かっているよ、と頭上から注がれる声は、優しさに満ちているけれど、だからこそ反吐が出る。

だけれども、とヴェルナーは思う。では本当の自分たちとは、何なのだろう。

それは多分、十一人の全員が共有している疑問のようだった。

「ゲッベルスやリーフェンシュタール、ナチスの連中がつくるプロパガンダの映画って、よくできてるよな」

沈黙を破ったのは、リアだった。再びギターを鳴らして、彼女は語る。

「まるで、編隊を組んで次々と急降下に入る攻撃機や、装甲師団の戦車連隊のように、一斉に行進するヒトラー・ユーゲント。旗を振ってそれを歓迎する大人たち。彼らが作る映像には、彼らが映したくないものが映ることはない。そして多分、このあとドイツが戦争で負けても、ずっとああいう映像が残るんだ。一国を単一の思想によって統一させることは難しいけれど、それが成功していると見せかけることはとても簡単なんだろう。まるでヒトラーやナチスが目指したドイツが、完成したようなその映像を見て、人々は思う。ナチスは、ヒトラーは、ドイツを思うがままに操った。皆はヒトラーを熱狂的に歓迎したし、ナチスは国民に支えられて戦争を戦った。ラジオが、映画が人々に嘘をついた。この国はペンキで塗りつぶされたように、ただひとつの思想に乗っ取られていた。だからあのときは皆が騙されて、誰も逆らえなかったし、逆らわなかった」

「だけど、私たちはここにいる」

リアの言葉を継いだのはエルフリーデだった。

「私たちは、ドイツを単色のペンキで塗りつぶそうとする連中にそれをさせない。黒も、赤も、紫も黄色も、もちろんピンクの色もぶちまける。私たちは、単色を成立させない、色とりどりの汚れだよ。あいつらが若者に均質な理想像を押しつけるなら、私たちがそこにいることで、そしてそれが組織として成立していること、ただそのことによってあいつらの理想像を阻止することができるんだ。私たちは、バラバラでいることを目指して集団でいる。だから内部が単色になることもなければ、なってはいけないし、調和する必要もないんだ」

ヴェルナーは、その言葉の一語一句が、荒れ地に水が流れ込むように、自分の精神を満たしてゆくのを感じた。そうなのか、という驚きとともにエルフリーデの表情を眺めていた。

エルフリーデ自身も、顔を紅潮させて、少し動揺しているようだった。己の言葉に力づけられ、そして、口にすることで初めてこの理念を発見した、そんな様子だった。

リアは何も言わず、微笑んだ。同調を言葉には出さない。他の少年たちもそうだ。自分たちは好きに生きたい、それを求める者の群れ。それ自体が答えのようだった。

同じ空気を分かち合ったことを確認するように頷いてから、リアは言った。

「私たちの旅に目的はなかった。けれど、本当は君たちに会いたかったのかもしれない」

「私もそう」

エルフリーデはそう答えて、立ち上がった。

「ヴェルナー」

そして彼女はヴェルナーの手を取った。

「行こう」

まったく予想外の出来事だったので、ヴェルナーは戸惑った。

「行くって、どこに」

「斜面を降りて、眼下の市街地まで」

「危ないよ」

「危なくてもいい。もう足も痛くない。もし危なかったら、また逃げてもいいし、途中で帰ってきてもいいんだ」

　エルフリーデが強引にヴェルナーを立たせて、そのまま街へと続く、獣道のような足場を進み始めた。ヴェルナーは仲間たちの方を顧みる。全員が動揺しながらも、どこか面白がっているような顔をしていた。

「なあ、レオ」

　ヴェルナーは、半ば助けを求める思いで彼の名を呼んだが、レオンハルトはぼんやりと焚き火を見つめているだけだった。エルフリーデを制止してくれないだろうか、と思ったが、彼の価値観に照らし合わせて考えると無駄だったかもしれない。

「フリーデ、待てよ」

「待たない」

　エルフリーデは何度か転びそうになりながら降りていった。そのまま三十分ほど歩いて、山と街の境目までヴェルナーを連れて行った。彼は転びそうになるエルフリーデを止めようとして、そのために、彼女の手を振り払うことができなかった。

「危ないから戻ろう。用があるならあの場で言えばいい」

「それじゃダメなんだよ」

　エルフリーデは振り向きもせずに言った。

　彼女はそのまま垣根の低いところまで言って、市街地に入り込む。

「あの子たちを見てて思った。今言わなかったら、一生後悔するんだ。でも、あの場じゃ相手が多すぎる」

ヴェルナーには彼女の言おうとしていることの意味が分からなかったが、それよりも、市街地へ入って早々に危急の事態に出くわしたことに気付いた。目の前の路地の先、十字路を十数人ほどの少女たちが横切っていくところで、それらがよりによってドイツ女子青年団の制服を着ていることだった。おそらく防空補助員に駆り出された連中の帰りだ。

気付かずに通り過ぎてくれ、と思ったが、あいにく一人がふと横を見て、目が合った。男女別々に行動しているとはいえ、ヒトラー・ユーゲントと同じナチ党お抱えの女子青年団だ。見逃してくれるはずもない。

ヴェルナーはエルフリーデの手を引いて、慌てて路地裏へ隠れ、別の道へと逃れたが、その動きは当然気付かれた。元来た道で、彼女らがどやどやと走る音がする。

「ああもう、見つかったら面倒だぞ」

ヴェルナーが嘆くと、エルフリーデがくすりと笑った。

そして彼女は、歌い始めた。

私たちがいるここは　とても広くて狭い海
私があなたを見るときは　あなたが私を見ている
波間に舟が揺れるとき　波が世界を揺らすとき
舟が波を起こすなら　それも世界を揺らす波

ヴェルナーは、エルフリーデがどうかしてしまったのかと思った。しかし、そんな彼女を制止することもできなかった。すると、エルフリーデは歌うのをやめ、そして歌詞の続きは元来た道の方から聴こえた。

舟の舳先は世界を割って　私はどこまでも行ける　舟の舳先に花を置いて
エーデルヴァイスは倒れない　エーデルヴァイスは挫けない

「あいつらが歌ってるんだ、知り合いだよ。大丈夫」

「どういうこと？」

ヴェルナーが尋ねると、エルフリーデは肩をすくめた。

「追いかけてきた子たちの中に、女子青年団で一緒だった子がいた。エリザベトっていう女の子。私、その子と友達なんだ。例の、この旅の口裏合わせに協力してくれている子だよ。そこからこの市街地にまで、この歌は広まってるんだ」

信じがたい話だ、とヴェルナーは思ったが、現に彼女らが歌っているのだから間違いない。

「私は、もちろんエーデルヴァイス海賊団のことを話したわけじゃないけど、女子青年団の子だって夜に出歩くことぐらいはあるから。もしこの歌が聴こえたら味方だっていう、友達同士の合図にした。見逃してくれたんだよ」

エルフリーデは、もはや臆することもなく、すたすたと歩いて行く。

その姿を見ながらヴェルナーは思った。エルフリーデの作る音楽には、どれだけの力があるのだろう。女子青年団の少女らは、まさかヒトラー・ユーゲントを殴る相手が歌っているとは思っていなかっただろう。だがエルフリーデは、「この歌を歌う者は仲間だ」という観念を彼女らに抱かせていた。それは大げさに言えば、文化が生まれた瞬間ではないだろうか。単一の楽曲、作品であることを越えた文化は、町どころか、国境さえ容易に越えて受け止められ、共有される。そして一度生まれ、共有された文化を、その共有される圏域から引き剥がすことは容易ではない。元はアメリカの黒人たちから生じた文化であるジャズが、その現象をどう評価するにせよ「アメリカ」という圏域で語られ、そしてドイツにも共有された。今になってナチは、「アメリカであり、黒人である」ジャズをドイツという国から引き剥がそうと躍起になっているが、その施策は成功していないし、おそらく未来にもこの種の試みは成功しないだろう。

エルフリーデが文化を生むのならば、それはどこまでも共有されるのではないだろうか。あのレール敷設の工事現場で共有され、今この路上で共有されたように。

そう思ったとき、そのエルフリーデが振り向いた。

あたりは見知らぬ街の路地裏であり、その奥まったところに、屋根に穴の空いた、廃屋のような倉庫があった。どこにも人の気配はしなかったが、エルフリーデはその廃倉庫の中にヴェルナーを連れ込んだ。中はからっぽで、おそらくは何かの荷物を保護していた藁が、無造作に積み上がっていた。

その藁を踏みつけて、エルフリーデは尋ねた。

「私のこと、分かってる?」

ヴェルナーは首を横に振った。

問いの意味が分からない。それを含めて、エルフリーデという個人を分かることなどできない。

エルフリーデはすこし安心したように微笑んだ。

「ツィゴイナーって聞いて、何を思い浮かべる?」

妙な問いに対しても、もはや驚かなかった。ヴェルナーは思うままに答えた。

「ナチが嫌っている人たち……いつも言われるのは、音楽が得意な流浪の民。不衛生、教育を受けない。平気で泥棒をして、人、とくに子どもを掠《さら》う」

エルフリーデの視線が泳いだ。ひどく震える声で、彼女は問いを重ねた。

「ヴェルナーはどう思うの」

「そういうのは嘘だと思う」

「なぜ」

「ナチが言ってることで当たってたことは一度もなかったし、実際嘘だと思えた。さっきアンケとベティに会ったら、女の子同士の恋愛も、ナチの言ってることと違った。異常だとか、未熟だとか言われてる相手を目の前にしたら、ああ、普通にこう、お互い人間だ、と思えた」

「なら、私がツィゴイナーだとしても驚かない?」

エルフリーデの問いに対して、ヴェルナーは、かろうじて間を置かずに答えた。

「驚かない」

そうは言っても、ものの喩《たと》えだろうとは思っていた。

だが、エルフリーデは、ふううっと深く息を吐いて、目に涙を浮かべ、口元に笑みを漏らした。明らかに安心している彼女を見て、ヴェルナーは思った。——え、本当に？　だって、エルフリーデは武装親衛隊の将校の娘だろう。親衛隊は、アーリア人の血統第一主義の奴らだ。その娘が、ツィゴイナーであるはずがない。見た目も全然、「ツィゴイナー的」ではない。

「昔、私の家の近所に、大きな馬車の家があったんだ。馬車の家っていうのは、幌馬車みたいなのじゃないよ。『家馬車』っていう、馬で引っ張ることもできる家があって、そこに夫婦で暮らしてるおじさんがいた。職業は音楽学校の先生で、オーケストラの指揮者をしていたこともある、立派な先生だ」

ヴェルナーが何も言えずにいると、エルフリーデは彼が言葉の続きを待っているのだと解釈したのか、そのまま流れるように話し出した。

私は、物心ついたときから、そのツィゴイナーのおじさんにピアノと音楽を習っていた。父は筋金入りの党員で、アドルフ・ヒトラー総統閣下こそは、ドイツをまとめて救いに導くんだと教わった。でも、反ユダヤ主義は党の本質じゃない、とも言ってた。何も疑問になんて思わなかったよ、小さな時はね。学校でも、ドイツ女子青年団でも、私は模範的な女の子だった。音楽もそう。おじさんに教わっていたから、誰よりも習得が早くて、上手だった。おじさんの家に行くときは、父もついてきた。みんなでご飯を食べたこともあったよ。そこに小さな女の子の写真があって、父がそれを眺めていた。私がその子は誰、と尋ねると、みんなが凍り付いたみたいになったんだ。本当に凍ったみたいに。ただ、そこの家で生まれてすぐに死んだ子だって聞かされた。そのときはそれを信じた。変だと思ったのは、ツィゴイナーのおばさんと自分の顔立ちが、似ていると気付き始めてからだった。それで、国民社会主義ドイツ労働者党の党員で、親衛隊の父が、娘にツィゴイナーの家庭教師をつけるなんて、いくらなんでも変だと思っていたら、だんだん私の中に仮説が生まれて、それはもう、確かなものになっていった。

あの人たち、ツィゴイナーの立場で考えてみてよ。ナチスが政権を獲得する前からみんな監視され、疎《うと》まれていたんだ。なんなら何百年も前から。そして私が生まれたときには、それまでの政治家たちよりもツィゴイナーを排除しようと唱えるナチ党が、州議会で多数派になり、国会で多数派になり、どんどんと破滅のときが近づいてくる。だけど外国へ逃げるお金なんか無い。そんなときにさ、もし近所に有力な党員の人がいて、そこの娘が、生まれてまもなくして死んだら？　それで、自分のところに娘がいたら？　本当は珍しくもないけど、肌が白っぽくて見た目にはアーリア人にしか見えない娘だよ。将来有望な党員に、この二人をすり替えてくれ、と言われたら？　未来の無いこの国で生きていき、そして悲惨な目に遭わせるよりは、ドイツ人として育ててもらった方がいい、と考えても仕方なかったんだよ。でも、口に出して尋ねることはできなかった。あんまりにも怖かったから。

だんだん、私は優等生であることと、音楽が好きであることが両立できなくなってきた。学校で頭の形を測定されて南部出身の理想的アーリア人の骨相と褒められて吐き気がして、ドイツ女子青年団で聞く反ユダヤ主義のおとぎ話が嫌いになって、自分でもびっくりするぐらい、音楽にのめり込み始めた。父は、それを嫌っていたけど、一応家の中では反ユダヤ主義と人種差別はナチスの本質じゃないってことになってたから、党の変な一面に娘が反発するのも無理はないって言ってた。

でもそれでなんとか自分を成立させていた期間も、五年前に終わった。家馬車に警察が来て、おじさんは私の目の前でどこかへ連れて行かれて、私は父になんとかして、って何度も叫んだ。おじさんが死んじゃう。先生たちが殺されちゃう、って言う私に、偽の父は、そんなことない、って答えた。そんなの嘘だって分かったよ。だから私は叫び続けた。お父さん、先生を助けてあげてって。でも偽物の父は言い続けた。私にそんな権限はない。彼らはただ衛生上の問題で別の場所に行くだけだ、って。何度も何度も私は叫んで、しまいに泣き出して、先生が車で連れて行かれる瞬間に言った。

私はあの先生の子で、本当のお父さん、お母さんはあの人たちなんでしょう。

偽物の両親は、どちらも何も答えなかったけど、父親役の人が私を殴った。間が持たなかったからごまかしたんだと思う。否定はせず、二度とそのことは言うな、と念を押された。それから私は――ずっと本物の両親を探している。本当のお父さんとお母さんと、それから本当の私を探している。でも探し方が分からないよ。どうやって探せばいいの。いや、今探している。私は今も、両親と自分を探して歩いている。この旅できっと見つかると思ってる。ここまで来られた。

ドイツ女子青年団であの歌を作って、それを流行らせていたとき、そこに忍ばせた意味に誰かが気付いてくれると思っていた。最初に気付いたのが、レオンハルトだった。

何でも見通しているような目をして、私に言ったんだ。ナチが嫌いなら、僕と一緒に遊ぼうって。言葉が自分に入り込むみたいだった。私は自分のことを話したよ。あいつも。あいつは別の理由でナチが嫌いだった。でも、あいつの目的は私じゃなくて君だった。それでヴェルナーって奴を仲間にして、三人で遊ぼうって彼が――

「フリーデ」

ヴェルナーは彼女の名を呼んだ。肩を摑むようにして視線を合わせる。エルフリーデはうつろな目をしていた。名前を呼んだはいいが、尋ねるべきことを考えていなかったとヴェルナーは気付く。

「フリーデは、レオのことをどう思っているの」

ヴェルナーは突然尋ねた。自分でも、今聞くような話ではないように思えたが、一方では、取り憑かれたように話し続けるエルフリーデの話を遮った方がいいように感じていたし、そして尋ねた内容自体も、気に懸かっていることではあった。

エルフリーデは虚《きょ》を突かれたようだった。

彼女が深いため息をついたとき、やっとヴェルナーの存在に気付いたように見えた。

「レオは凄《すご》い人間だとは思うけど、私はあんまり好きじゃないよ、あいつ。レオだって、私のことは最初からヴェルナーを釣るエサくらいにしか思ってなかったんじゃないのかな」

「そうか」

ヴェルナーは、露骨に安心した自分に驚いた。そして未だに、レオンハルトが自分を勧誘したがっていた意味がよく分からなかった。それを聞こうとしたとき、エルフリーデは、ため息をついて答えを続けた。

「私とレオとは性格が根本的に違うし、それ以前に立場が違うでしょう」

「立場ってなに」

率直に疑問に思っての質問だった。だが、エルフリーデはその質問に対して目を見開いた。

「分からないの？」

驚愕したように尋ねる彼女に、ヴェルナーは当惑した。

「分からないよ。分かるように言ってくれよ」

「言えない」

エルフリーデは即答した。ヴェルナーは、怒るというより本当に混乱した。

「なんでだよ」

反問に対して口ごもり、逡巡《しゅんじゅん》するようにうつむいてから、彼女は小声で答えた。

「人間として言えないこともあるんだ」

人間として……。ヴェルナーは反復した。言い回しが奇妙だった。エルフリーデとレオンハルトは立場が違い、エルフリーデはその意味を、人間として言えない。

だがエルフリーデの様子には、さらに踏み込んで尋ねることを躊躇させる何かがあった。

「ヴェルナー」

エルフリーデは名を呼んだ。そのことで、会話を元に戻そうとしていることが分かった。

「私のこと、分かった？」

ヴェルナーは黙った。エルフリーデが会話を戻した地点は、自分が想定していたよりも前だった。昨日の夜、タバコに誘われたとき、エルフリーデの在り方が分からないと言ったときだ。

今、与えられた情報を元に考えたなら、エルフリーデを理解することが可能だろうか、とヴェルナーは考えた。エルフリーデは武装親衛隊ではなくツィゴイナーの娘だった。その事実を踏まえれば、彼女がエーデルヴァイス海賊団であり、タバコをたしなみ、自分と一緒にいる理由としては充分であるように、多分、傍目《はため》からは見えるのだろう。

だが、とヴェルナーは思った。

それもまた、「一つの区画」でエルフリーデを理解する行為なのだろう。彼女はエルフリーデ・ローテンベルガーと名付けられた一人の人間だ。その名前でさえ、出生時には違っていたはずだ。ナチの党員の娘として、またツィゴイナーの娘として、エルフリーデは、本当の両親と、本当の自分を探している。エルフリーデが自分を探そうとしているなら、それよりも先に自分がエルフリーデのことを分かる、などとなぜ言えるだろう。

初めて彼女に出会った日のことを思い出した。

ヴェルナーは、父を密告したカール・ホフマンを殺そうとしていた。エルフリーデは、その理由を分からないと言った。ヴェルナーがエルフリーデに好感を持ったのは、エルフリーデが自分を分かってくれたからではない。分からないままにしておいてくれたからだ。

「俺はエルフリーデのことを分かることはできないけれど、前よりももっと好きになった」

結論が、思わず口を突いて出た。

エルフリーデは笑った。笑顔のままの頬に涙が伝い、ヴェルナーがそれを片手で拭った。

「疲れたね」

彼女はヴェルナーに歩み寄り、そっとその胸元に顔を埋めた。

「本当に疲れたよ」

もう寝よう、と彼女が言って、二人は藁の上に座り込んだ。一日の疲れは、彼ら二人を速やかに熟睡へ導いた。


翌朝、ヴェルナーとエルフリーデが野営地まで戻ると、デュッセルドルフのグループはもういなかった。焚き火の跡だけが、彼女らがそこにいたことを示していた。

「この先もずっと良い旅を、お互いに。だってさ」

レオンハルトが唐突に言った。あのグループの伝言であるようだった。

「空のリュックサックに、もらった食糧をつめておいたぞ」

自分のリュックサックを背負い、準備していたレオンハルトは、それだけ言った。その様子はヴェルナーたち二人への明らかな怒りを感じさせたが、それを隠そうとしていることも明白だった。

ヴェルナーは多少の缶詰が入っただけの軽いリュックサックを背負った。

ドクトルも、他三人の様子を察したのか、何かを尋ねようとすることはなく、そのまま三日目の旅が始まった。

ヴェルナーは沈黙を気まずく思った。なにか誤解されていたら嫌だな、とは思ったが、それを弁解するのも気が引けた。レールは市街地からどんどんと遠ざかってゆく。鉄路を歩いて行く間、荷物を重く感じた。追っ手の気配もなにもなく、その日はただただ歩いた。

一度だけ列車の接近を振動で知ったが、今日の場合は特に問題もなく、藪の中へ隠れた。

再びレールの上に戻ったとき、鉄橋で嗅いだ異臭が、ヴェルナーの鼻を突いた。

「まだ大丈夫とは思うけど、ここから先は、なるべくレールの外に出ないようにしよう」

珍しくドクトルが、他三人に注意するような口調で言った。

市街地から離れて東に進んでいくレールの上を歩きながら、なぜだろう、とヴェルナーは思った。

あたりが静かだ。村から町の間、町から市街地の間、この旅の間、人気《ひとけ》の無い地帯を歩いたこともあったけれど、レールの周囲をこんなに静かと感じたことはない。

鳥の声は、耳を澄ませば聞こえる。虫もいる。けれどヴェルナーが感じていたのは、復活祭を控えた教会とか、あるいは葬列がたどり着いた墓地を静かと感じるときのような、特有の静けさだった。隣を見ると、エルフリーデも何かが気になるのか、しきりにあたりを見渡していた。

先頭をゆくレオンハルトはただ無言でまっすぐに前を見て歩き、ドクトルは何かを探しているのか、あたりの地面に視線を走らせている。

ヴェルナーがふと前を見る。百メートルほど先で、ぷっつりとレールの姿が消えていた。地形は緩やかな下りの勾配。よく注意してみると、レールは途絶えているのではなく、下り勾配の見えない部分のあたりで、右に向かってカーブしているのが分かった。

ということは、とヴェルナーは持ち前の知識で考える。勾配を下るその角度を浅く保つため、レールが迂回しているということだ。レールが右回りにぐっと旋回するような、その地点と、今いる位置。

脳内の地図と、今いる景色を照合する。簡単に答えが出た。

「あそこから目的地が見えるはずだ」

ヴェルナーは、それが今日四人組になってから初めて発した言葉であると気付いて驚いた。

他の三人も、ヴェルナーの言葉の正しさを実感しているはずだった。

だが、誰も色めき立つ様子をみせず、そして言葉を返すこともなかった。二分ほどそのまま歩いて、レオンハルトが言った。

「まず、あの勾配の上から俺が目的地を見るから、合図したら来てくれ」

ヴェルナーはレオンハルトの顔をそれとなくうかがった。いついかなるときも動揺をみせることのない彼の頬を、冷たそうな汗が、音も無く伝っていた。

レオンハルトはリュックサックを置き、姿勢を下げてレールを歩いて行く。徐々に腹ばいになり、最後は匍匐前進するようにして、彼は勾配の下りへ到達した。ヴェルナーたちは合図を待っていた。だがレオンハルトは、まったく動こうとしなかった。おい、とヴェルナーが後ろから声をかける。それに返事が来ない。伏したまま微動だにしないレオンハルトが、まるで力尽きたかのように見えた。

「行くぞ」

ヴェルナーは声をかける。だが返事は無かった。彼はエルフリーデとドクトルに目配せし、そのままレールの道を歩いていった。身をかがめ、リュックサックを置き、レオンハルトに近づく。近づくにつれ、再び嗅覚が新たな匂いを捉えた。先ほどの貨物列車が放つ強烈に不快な異臭とも違う。生臭さと香ばしさが入り乱れる、奇妙なにおいだった。

そして間近でみるレオンハルトは、妙に荒い呼吸をしているのが分かった。

「どうしたんだよ」

ヴェルナーは腹ばいになって、レオンハルトの隣に並んだ。

レールの突き当たり。その向こうの勾配は考えていたよりもきつく、そして、頂から眺める視界は開けていた。

自分たちが歩いていたレールは大きく右に旋回して傾斜を回避し、崖沿いに走るその軌道の一部は木橋となっていた。機関車が走るそのコースは、そのまま大回りの円形に降り進んで、その円が右九十度に達したあたりで地面に降りた後、踏切で道路と交差し、自分たちから見た視線の先、半円に達したところで、地図には名称の記載が無いその敷地に入るように敷設されていた。

よく見れば、まさにその軌道を使って、一連なりの機関車が、その施設の内側に入ってゆくところだった。入り口は二重に設計されていて、武装した門衛が周囲を固めている。

見ればレールはさらに周囲に完全な円を描くように走っており、敷地から出てきた列車は、向かって左側のコースに乗って、自分たちが来たレールに戻るよう設計されていた。

その内側にあるもの。円形のレールに囲まれた施設は、操車場ではなかった。

レールの内側に、敷地の境界線を示すように、等間隔に支柱が立っていて、その間には有刺鉄線が張られてあり、上下には鉄条網があった。金属製の棘に囲まれた敷地内に建つのは、四角四面のコンクリートに僅かな窓がついた寒々しい建物と、人一人が上がれるだけの、いくつかの塔。

塔の上には銃を持った兵士がいて、鉄条網の内側をぼんやりと見つめている。

鋭い怒号がかかり、その方向を見る。灰色の服を着せられ、背嚢を背負った五十人ほどが隊伍を組み、軍服を着た兵士に命令されて、延々と歩いていた。そのシルエットはいずれもかかしのようであり、遠目に見ても、彼らが異様に痩せていることは明らかだった。怒鳴られたそのうちの一人が転んで、監視兵に足蹴にされていた。

強制収容所。

ヴェルナーは、自分が今見ている光景を、いかなる感情で受け止めているのかが、分からなかった。確かに衝撃を受けていた。しかしその一方で、彼自身の中のある一面が、大いに納得していることもまた事実だった。予想された事実に対する、やはり、という納得と、目の前にある陰惨な光景の不釣り合いさが、彼自身の内面にもまた、均衡の取れない奇妙なざわめきをもたらしていた。

エルフリーデが、すっと指さした。

どうしたの、と言おうとしたヴェルナーは、口がうまく動かないことに気付いた。レオンハルトが無言であった理由をやっと知った。彼ら四人全員が、言葉を口に出すことができなくなっていた。

彼女の指さした先には、つい先ほど自分たちを追い抜いたあの列車があった。蒸気機関車に牽引された貨物車両から、ぞろぞろと人が降りてくるところだった。

あの貨物列車に積まれていたのが、人？

橋で自分を轢きつぶしそうになったあの列車も、今日自分たちを追い抜いていったあの車両も、どう考えても人間を輸送するような種類のものではなかった。レールの先に強制収容所があることを無言のうちに考えはしても、今の今まで、ヴェルナーは、列車のなかに人間がいる可能性については、頭の片隅でも考えてはいなかった。それほどまでに、あの異臭漂う貨物車両は、およそ非人間的な気配を発していた。

その内側から、次々と人が現れる。その様子はさらに想像を絶するものだった。貨物車両から、囚人服を着せられた人たちが降りる、降りる、降りる……降り続ける、いつまでも。車両の内側に推定される大まかな容量と、そこから降りる人数が、きわめて不釣り合いだった。明らかに直感に反している。

やがて降りきった人々が監視兵の命令を受けて整列させられる。

貨物車両から降りた最後の一人は、明らかに衰弱していた。立て、と彼に号令がかかる。足に力が入らない様子のその人が、なんとか立とうと試みる。立て、とさらなる号令を兵士はかける。

しかし力を貸そうとはしない。彼は立て、と再度命令し、それが不可能であると悟ったのか、溜息をつくような動きを見せてから、腰から拳銃を取り出して、身動きの取れない人を射殺した。

ヴェルナーは、頭が殴られたように痛むのを感じた。目の前で、人が、まるで窓についた汚れを拭うように無造作に殺された。

彼の死に、連れてこられた人たちを含め、目に見えてうろたえる人たちはいなかった。囚人服の人たちのうち二名が、あらかじめ予期していたような俊敏さで駆け寄ってきて、遺体の両手両足を担いで、すたすたと歩いて行った。

時を同じくして、貨物列車に、素早い速さで動く影のようなものが見えた。それは人の体だった。物言わぬ人の骸《むくろ》は、何の反応も見せずにその場に転がる。兵士のズボンを穿いた足が貨物列車から見えて、兵士たちが列車付近に降りた。

兵士が、貨物列車内部で力尽きた人を蹴り出していたのだと理解するのに、さらに数秒を要した。敷地内にいた囚人服の人たちが、新たな命令をくだされて走り寄ってくる。あとの要領は同じだった。二人一組。手足を持って運んでいく。歩いて行くそのあとに、撃たれた人の鮮血と、糞便だろうか、赤や褐色の何かを、航跡のように残していたが、すぐに清掃具を持たされた別の人たちが現れて、それを掃き清めていった。

二人が死んだというのに、兵士たちは何の動揺も見せない。そのうちの一人、歩き続ける囚人に罵声を浴びせている者が目にとまった。遠目に見ても分かるほど幼い彼は、自分と同じような年格好をしていた。

遺体を運ぶ人たちが向かう先には、コンクリート製の建物とは設計の異なる、窓の無い大きな施設があった。煙突から煙がもうもうと立ち上っている。

臭いの正体はこれか、と気付いたとき、強烈な実感がヴェルナーを襲った。

俺は人が貨物列車で運ばれている臭いを嗅ぎ、人が燃やされる臭いを嗅いでいたのだ。

「ううっ……!」

エルフリーデが隣でうめき声を漏らして、立ち上がり、茂みの中へ走っていった。彼女が近くにある木の根元に嘔吐するのを見て、ヴェルナーも立ち上がり、同じように、藪の中で嘔吐した。

ひとしきり胃の中のものを吐き出して、ある種の落ち着きを取り戻したとき、ヴェルナーが感じたのは、安堵だった。俺は吐くことができるのだ、という安堵を覚えて、それを上書きするように、怒りが表出した。許せない、という思いが唐突に浮かび、その対象がなかなか思い浮かばなかった。許せないのはあの監視兵たちなのか。そうでもあろうが、もっと無数の何かに対する怒りが、彼の内面を焼き焦がしていた。許せないのは……ここを操車場と教えたカール・ホフマンか。それを吹き込んだ誰かか。あの場所、あの殺戮の現場へと通じる道を敷設しようと決めた誰かか。そうかもしれない。そして、その中継地点としての駅舎建築によって村には仕事がもたらされた。今後も栄えてゆくのだろう。もし戦争が終わっても。俺は、その現場で働いた。あの場所への道のりを舗装して給金を得た。それによって得た食料を食べて、今吐き出している。許せないのは、その全てだ。

ふと、レオンハルトを顧みる。彼はただ一人、レールの上にうつ伏せになったままでいた。先行してあの光景を観察したその姿のまま、たった一人で……？

ヴェルナーは、再び這っていってレオンハルトの隣に並んだ。

「ドクトルは」

絞り出すようにして尋ねると、レオンハルトは指さした。

「止めたんだけど、土産だって言って」

ドクトルはレール沿いに這っていって、踏切に近づこうとしていた。その周辺に、とヴェルナーは盗み見た地図を思い起こす。対戦車地雷が埋めてあった。その周辺の地面をドクトルは枝切れでつついて、何かを探している。確かに彼は、必要な土産を未だ持って来てはいない。

だが、と収容所の中を見れば、監視兵たちがいる。彼らは当然、収容された人たちを逃がさないためにいるのだろうが、彼らにとってここが隠匿したい場所なのであり、周囲に露見することを阻もうとしていることもまた、容易に想像がついた。

「も、戻れ」

ヴェルナーはドクトルに声をかけた。だが、大声を出すわけにもいかなかった。

やがてドクトルが匍匐前進をやめて、なにかを掘り出したころ、あたりにサイレンが鳴り響いた。

思わず収容所の内部を見ると、兵士たちが慌ただしく動き、叫んでいた。監視塔の兵士たちは周囲に銃口をめぐらせ、高射砲周辺の兵士たちが大声を出している。

気付かれた……。ヴェルナーは、全身の血が凍ったように感じた。

「逃げるぞ」

レオンハルトがそれだけ言って立ち上がり、ヴェルナーの手を取って逃げようとした。レールの上を走って戻る。エルフリーデも、真っ青な顔をして走っている。

「ドクトルは」

ヴェルナーは尋ねたが、レオンハルトは首を振った。

「まとめて捕まる方がやばいって」

このまま逃げてもいいのだろうかとは考えた。だがドクトルが自ら逃げて戻ってくるなら特に手伝えることはない。さしあたり、先に逃げるほかにできることも無いように思えた。

走って、走って、走り続けた。ヴェルナーは、あの監視兵たちに見つかったらどうなるのか、という恐怖に駆られだした。即刻、自分たちもあの灰色の囚人服を着せられて、あの収容所に入れられるのだろうか。それとも裁判を受けて、別の場所でギロチンにでも処せられるのか。

エルフリーデがついてきているか気にしながら、ただひたすらに走り続け、気付けば昨日の野営地を通り過ぎていた。サイレンの音が聞こえる。幾重にも連なる。それほどまでに、自分たちを逃がしたくないのか。

今日歩いてきた道を走りきり、リアたちと出会った場所も走り抜け、鉄橋が見える場所まで来た。

そして市街地が見下ろせるようになった頃、ヴェルナーは、自分たちがとんでもない勘違いをしていたことに気付いた。

サイレンがあたり一帯に鳴り響き、市街地から火の手があがっていた。どすん、どすん、という重い音が時折響き、その音をたどって市街を見ると、高射砲が火を噴いている。

雲間から遙かに眺める上空から、飛行機の影がかすかに見えた。いくつも、いくつも。

そこから、雨だれの連なりのようにして小さな影が降り注ぎ、地面に落ちて、火の手を上げていた。

市街地が燃えている。連合軍の空襲が、初めてこの地域を襲っていた。警報の正体はこれだ。

大型機の一つが、火を噴きながら高度を下げ始めるのが見えた。そしてそれを守るように、雲間をかいて、小ぶりな飛行機が、こちらに接近してきた。戦闘機だ。

「身を隠すぞ！」

レオンハルトが叫んで、鉄橋の向こうを指さす。トンネル。確かにあの中ならば、比較的に安全だろう。だが、鉄橋を走りながらヴェルナーはふと気付いた。飛行機からすると、鉄橋の上を走っている集団というのは目立つのでは。

そして悪い予感は的中した。雲間からダイブするように降下してきた戦闘機のうちの一機が、明らかに自分たちを狙って機銃掃射を始めた。機関銃の一掃射が、自分たちの走るすぐ後ろを、撫でるように浴びせられた。弾丸の連なりが自分たちの走る枕木を揺らし、レールの上ではじける音を聞きながら、ヴェルナーは叫び声をあげる。

「うわあああ」

我ながらなんと間の抜けた声だろう、と奇妙に冷静な部分が自分を観察していたが、それどころではなかった。一度、自分たちの走る方向、そして上空へ飛び抜けた戦闘機は、雲の手前でくるりと反転して、また機首をこちらへ向けた。

「ふざけるな！」とエルフリーデが悪態をつく。「私たちだってナチの敵だってのに」

それはもっともなのだが、連合軍のパイロットへ意思表示する手立てがあるわけでもない。トンネルまでの距離が近くなる。四十メートル、三十メートル……。二十メートル手前まで来たところで、機首を下げて照準を調整しようとしている戦闘機の翼に、光が瞬いたのを見た。

「走りきれ！」

ヴェルナーは、頭を下げようとしたエルフリーデに対して怒鳴る。姿勢を低くすれば当たる面積は小さくなる。だが、それで死を回避できる可能性はどれほどか。とにかく今は全力で隠れるべき局面なのだ。エルフリーデも即座に意図を理解して、走り出す。

戦闘機の吐き出した機銃弾の連なりが、三人の頭上を突き抜ける。弾丸の一つが風を切る音が耳元でして、すぐ背後で炸裂の音がする。戦闘機が機首を下げた、その効果は一瞬遅れて現れる。自分たちの走る未来予測位置に弾丸がばら撒かれている。このままだと死ぬ、という感覚が確かなものと思えた瞬間、彼ら三人はトンネルに到達した。機関銃の一掃射が、トンネルせり出し部のレンガを穿《うが》つ音がした。戦闘機は一瞬で、彼ら三人の背後へと飛び抜けていった。

安堵の息をつく。トンネル内部に、他に市民の姿は無い。防空壕にいるのだろう。

背後を顧みると、自分たちを狙った戦闘機は、そのまま、ぐんと高度を下げて市街地を低空飛行していた。今あの飛行機は市街地に腹を見せているはずだが、と思った瞬間、低く連続する爆破音がして、戦闘機の周囲に黒煙が次々とあがり、やがて機体が紅蓮の炎をあげて爆発した。

レオンハルトが肩で息をしながら、誰にともなく言った。

「俺たちを狙うあまり、対空砲に食われたんだ」

皮肉なもんだな、とヴェルナーは思ったが、口にはしなかった。

戦闘機のパイロットは、鉄橋上にいるのが、ナチに反抗し、つい先日連合国のラジオ放送が、「国内唯一の民主化勢力」と誤解を含んで称賛した相手と知っていれば、わざわざ執拗には狙わなかっただろう。だが戦争中に相手の事情を慮る兵士など存在しない。反対に、自分たちが防空補助要員のヒトラー・ユーゲントで、高射砲の狙うべき情報を防空部隊に伝令する途中であったら、撃ち漏らすことによって自分の部隊が被害を受けるかもしれない。

だから眼前に見える敵を皆殺しにするのだ。

それが戦場における唯一の「正解」であり、その正解にあの機のパイロットは殺された。

戦闘機に後れること数分、二つのエンジンを翼に備えた爆撃機も、黒煙を吐きながら低空を横切っていった。

トンネル内部を進み、カーブした地点へ身を隠して、息を整える。外の様子が気にはなったが、その光景が見える場所とはつまり危険な場所なので、ただ無言で、両側からの光が届かない暗闇の中、大地を揺るがす爆音と振動の連続に耐えていた。

鉄橋の方からトンネルに接近する足音が聞こえてきたのは、爆音が遠ざかって数分経ってからだった。

ヴェルナーとレオンハルトは顔を見合わせた。市民たちは防空壕に避難しているはずだ。レールの上を歩いてくる者などいるはずもない。

ドクトルがやって来たのか、それとも追っ手か。追っ手であるならば……。

レオンハルトが拳銃を抜くのを見て、ヴェルナーとエルフリーデもナイフをとりだした。

「それ、貸してくれ」

ヴェルナーはレオンハルトに拳銃を渡すように促した。

デュッセルドルフのグループと邂逅《かいこう》したときに気付いたが、レオンハルトは人を撃つ覚悟ができていない。銃を持つ者がそれでは、敵に奪われるリスクがあるだけで、危険だ。レオンハルト自身もそれを分かっていたのだろう。無言で拳銃を手渡した。

足音がトンネルに入り、反響しはじめた。二人の分が連なっている。そうである以上、ドクトルではないと判断し、レオンハルトが振り向く。その目を見てヴェルナーは頷き、自分が抱えているものと同様の決意を促した。レオンハルトも頷いた。

逃げ遅れた市民がいて、自分たちと同様にここを避難場所として選んだ、という可能性もある。だが、追っ手であれば殺すしかない。足音はさらに近づいてくる。反響ではなく、足が砂利を踏む音、そのものが聞こえる。そして見知らぬ足下が見えた。

トンネル内のカーブに身を潜めていた三人は、ものも言わずその相手に飛びかかった。

ヴェルナーが最初に見えた人物の足にタックルして転ばせ、レオンハルトとエルフリーデが馬乗りになる。

そして立ち上がったヴェルナーが二人目に拳銃をつきつけた瞬間、返事があった。

「待て待て、敵じゃない、俺だよ！」

ドクトルが、両手を挙げて叫んでいた。

ヴェルナーの足下で、何か抗議するような声があがった。よく聞いてみると英語だった。

「どいてあげてよ。その人と一緒に逃げてきたんだ」

ドクトルに言われ、ヴェルナーとエルフリーデは警戒しながらも、組み伏せた人物の上からどいた。

「ひどい。レジスタンス、ちがうの、君たちは。私はやっと逃げたのによぉ」

片言のドイツ語で抗議したその男は、服を手で払って、倒れたまま挨拶した。

「ハイム・キンスキー。ポーランド人。ユダヤ人。でもアメリカ軍兵士なんだよ」

痩せているが、目に生気があり、見た目にはその辺のドイツ人と変わらないような風貌の男だった。

見知らぬ男に戸惑っていると、ドクトルが近づいてきた。

「これ、重い。持って」

え？　と呟いたヴェルナーに、分厚い鉄板のようなものが手渡された。

ドクトルが説明した。

「土産の対戦車地雷だ」

ハイム・キンスキーと名乗った彼が、起き上がって付け加えた。

「これを運ぶの手伝ったら、隠れ家教えるって、博士の坊やが言ってたのよ」

ずしりと重たい対戦車地雷と、ドクトルの顔を見比べる。

「絶対にこれ、必要になると思ってさ」

強制収容所からの脱走者に対して即席の取引を持ちかけた彼は、得意げに笑っていた。


レオンハルトはハイム・キンスキーと大体同じ背格好だったため、前の日まで自分が着ていた洋服を貸してやった。ハイムの着ていた囚人服は、トンネル内の土嚢をどけて隠し、彼ら一行は五人となって、元来た道のりを戻った。運行の事情によるものか、列車がやってくることはなかった。

昨日ヒトラー・ユーゲントに追われたことを考えれば、彼らや警官たちが待ち伏せしていてもおかしくはないはずだったが、その気配はなかった。ハイムが言うには、彼と同時に脱走した大勢の人たちは森の方に逃げたので、そちらの捜索に動員されているのではないか、とのことだった。空襲と脱走の混乱が自分たちに味方したことは確かであり、彼らは来たときと同じ野営地に泊まり、そして人目を盗んで村へ、そしてヴェルナーの家へとたどり着いた。

ハイム・キンスキーは足の裏に傷を負っていたので、ヴェルナーのベッドに横たえた。手持ちの薬がないため手当はできなかったが、レオンハルトが、後日薬と包帯を調達する、と彼に約束した。

そして四人はハイムの身の上話を、まとめて聞いた。彼は英語とポーランド語をともに完璧に話すことができた。彼のドイツ語は妙なものではあるが、三カ国語を話せるわけだから、自分よりは言語ができるし、頭がいいのだろうな、とヴェルナーは思った。込み入った局面になると英語を交え、それをレオンハルトが通訳した。

私が生まれた場所は、ポーランドのクラクフです。当時、そこはまだオーストリアの一部でした。私が多少はドイツ語を話せるのもそのためです。祖国ポーランドが独立したのは翌一九一八年。私が育ってゆくその過程というのは、ポーランドのユダヤ人からすれば、迫り来る悪魔の足音を聞いているようなものです。両親が一九三二年にアメリカ移住を決めたのは、隣国ドイツでヒトラーが台頭していたからではありますが、彼らがポーランドに攻め込むと見越していたわけではありません。そうでなくても、私たちには居場所がなかったのです。

というより隣国ドイツで反ユダヤ主義が過熱すると、ポーランドも呼応するかのように、そうなってしまうんです。

歴史的経緯のため、ドイツには「ポーランド国籍でドイツ在住のユダヤ人」という人たちが大勢いたわけです。私もそうなっていてもおかしくなかったんですけども。

私がアメリカの自動車工場でせっせと働き、二十歳を迎えた一九三八年には、ドイツとポーランドの国境で悲惨なことが起きました。ユダヤ人の押し付け合いです。ポーランドがパスポートの更新を発表して、流入するドイツ在住のユダヤ人の排除を決めると、あの金髪の悪魔、RSHA（国家保安本部。警察および親衛隊の公安部署を統合しドイツとその占領地で政治犯、『敵性民族』の摘発を指揮した）トップのラインハルト・ハイドリヒが、ドイツ在住のポーランド国籍ユダヤ人を一斉検挙してポーランドへ送り込もうとしました。対してポーランドも国境を封鎖し、ドイツ、ポーランド国境付近には大勢のユダヤ人が、まるで動物のように捨て置かれたのです。国外脱出に成功していたフランス在住のユダヤ人同胞、ヘルシェル・グリュンシュパンという青年が、家族がこの窮状に置かれていることに心を痛め、世界にユダヤ人迫害の惨禍を伝えるべく在仏ドイツ大使館職員を射殺したのはこの頃で、その結果が、あの国策ポグロム（ユダヤ人に対する暴力的迫害行為）、通称「水晶の夜」であることは皆さんに言うまでもありませんね。

私はヒトラーに憤慨し、ナチスを恨みましたけれど、でも私が住んでいたアメリカを含め、世界各国がユダヤ人を救おうとしていなかったことにも悲しみを覚えました。同じ年の夏にフランスのエビアンで開催された会議では、どの国もユダヤ人難民に同情すると言いつつ、自分の国には入れようとしないんですから。そりゃあ、ドイツはユダヤ人を排斥しながら財産持ちだしに制限をかけているから、無一文の難民が大勢おしかけたら大変でしょうけど、でも、そういうわけで難民受け入れは困難なのだ、と主張することで各国内にユダヤ人差別があることを体よく隠していると思いましたね。ともあれ私が軍隊に入ったのは、もう自分で助けに行くしかないと思ったからです。周りは、ドイツがヨーロッパ相手に戦争するなんて信じていませんでしたけど、私は遠からずそうなると確信していました。ただ、ヨーロッパとドイツが戦争になったとして、アメリカが参戦するのだろうか、という疑問はありました。まさかドイツの方からアメリカに宣戦布告してくるとは思いませんでしたが。

ともあれ私の心は燃えました。とにかく祖国、あるいは全ヨーロッパのユダヤ人を解放するためには、ナチスを打倒しなければなりません。ノルマンディー上陸作戦では真っ先に先陣を切り……

ハイムの身の上話で一番熱が入ったのは、ノルマンディー要塞でドイツ軍として戦わされていたポーランド人部隊数十人に母国語で投降を呼びかけたところ、彼らがすぐさまドイツ軍士官を射殺して全員で投降してきた、ということだったが、ヴェルナーたちはこのあたりをほぼ聞き流していた。

ともあれフランスを突破、ドイツ領内へ至ったものの、私たちの部隊は道を間違え、車が地雷を踏み、ドイツ軍の大軍に囲まれて、一カ月前に捕虜になりました。

「そうしたら捕虜だろう」レオンハルトが口を挟んだ。「アメリカ軍の兵士なら、ユダヤ人だとしても戦争捕虜として扱われるはずじゃないの」

その質問に、ハイムは気まずそうな顔をしてから、ドイツ語で答えた。

「そう。私は捕虜だった。みんなが見たあそこは、捕虜や体制に逆らった囚人、それに外国から拉致された労働者を働かせている収容所よ」

エルフリーデが驚いた様子で尋ねた。

「あれが捕虜や囚人の扱いなんですか」

ハイムは一度返答に詰まってから、英語で答えた。

「あそこだけじゃない。ドイツ中の収容所で、いろんな人がああいう扱いを受けている」

ヴェルナーは気が進まないながら、重ねて尋ねた。

「あの強制収容所について教えてください」

ハイムは深くため息をついて、再び英語で説明した。

人間がこんなにも残酷になれるとは、私には信じられませんでした。先にいた囚人たちに聞いたところでは、あの収容所は元々、一九四〇年頃に建設され、当時は主にドイツ人を主体とする様々な収容者で構成されていたそうです。目的は、ナチ政権に敵対する人々を、ナチ・ドイツの軍需産業のために使役することです。戦争の開始とともに、戦争捕虜や東欧から拉致された外国人労働者も連れてこられ、作業に従事させられるようになりました。

私はポーランド出身の兵士たちのグループに入れられました。そのグループが開戦の当初からあてがわれていた作業は、主に行進です。そう、あのみんなで歩く行進。軍靴《ぐんか》を履いて、一日に十時間かそれ以上、ただひたすら歩くんです。なぜかといえば、ドイツ軍は軍靴の性能、それを履く人間の足の性能を知りたいからです。軍隊に納入する軍靴はどの程度の行進に耐えられるのか。軍隊と同じ重さの荷物を背負って、どの程度歩けば、疲労を感じるのか。どの程度歩けば靴擦れが起きるのか。さらにどの程度歩けば、足から血が出るのか。そしてさらにどれだけ歩けば足が限界に達して歩けなくなるのか。どれほど歩けば人間として使い物にならなくなるのか。私たちは軍靴の性能と人間の限界を示すため、来る日も来る日も歩き続けました。注文通り、足の限界に来た人たちは皆、苦痛にうめきます。そこまでが実験ですから、傷を観察され、さらに歩けと命令されます。さらに歩かされ、傷が悪化すればその経過を観察され、さらに歩いて歩行不能となると、実験が不可能になります。

かつて労働不能になった人はトラックに乗せられてどこかへと運ばれ、そして死んでいったと聞かされました。しかし現在は焼却炉があるので、そこで燃やされます。

もちろん、歩行が限界に達するまでに行進を休もうとすれば棍棒で殴打されますし、ひどいときには杭に縛り付けられて殴打されます。なぜか知りませんが、そんなときに監視兵たちはいつも笑っていました。彼らがサディスティックだからというより、笑っていないと残酷になれない、互いに笑うことによって自分たちがしていることは、嘘なのだ、と考えているようでした。

私は、強制収容所に着いたその日に、周囲に脱走を呼びかけました。

ここにいたら、きっと遅かれ早かれ全員が殺されてしまうから、皆で脱走しようと。

ですが、開戦時より長らく収容されているポーランド軍捕虜でレフという名の理知的な男が私を止めました。

彼はこう言うわけです。合理的に考えてみろ。外には地雷が埋めてあるから、脱走は容易なことではない。それに、ナチの連中は俺たちを意味も無く殺してるわけじゃあない。意味がある行為をさせているんだ。だから俺たちは協力して生き残らなければならない。俺は軍隊式の傷の手当を学んでいるから、足が限界に来た奴は手当してやるし、行進がきついときは、隊列の中に入って、そっと俺の肩を摑め、そうしたら支えて、少しは楽にさせてやるから。とにかく、脱走を試みて失敗したら全滅だ。重要なのは、ここで生き残ることだ。どちらにせよドイツが負けるのは時間の問題で、そうすれば俺たちは連合軍に解放されるのだから。

そう言われてみると、確かにそんな気もしてきます。かつてノルマンディーで使役され、私たちの部隊が救出したポーランド人兵士も言っていましたが、ポーランドやソ連には、ヨーロッパ中のユダヤ人を絶滅させることを目的とした虐殺収容所があり、そこではさらに人語に絶する苦役と、殺害そのものを目的とした大量殺戮がおこなわれているらしいのです。私たちが収容されていた強制収容所に比べ、「さらなる地獄」と呼ぶべきものです。我々がいるのは、殺害ではなく労働を目的とした場所だから、強制労働に耐えられれば、囚人の全員が殺害されるわけではありません。それに私が捕らえられた一ヵ月前の時点で、終戦が間近であることも分かっていました。私も耐えることにして、一日に何十キロという行進に耐えました。

空襲に期待する人たちもいました。連合国がここを爆撃してくれれば、脱走できる。もちろんそれによる被害も出るだろうけれど、大勢が逃げられます。しかし事情も色々あるでしょうが、連合軍が収容所を攻撃する気配はありません。

そして、収容所は徐々に変わってきました。

元々、この市よりも北西の方の街には別の収容所があるのですが、私が収容される一年ほど前から、双方の囚人たちはトンネルの掘削や架橋工事に駆り出されていたようです。私が収容された頃からは、レールの敷設工事にも従事させられるようになりました。囚人の作業量は人間の限界を超えていて、どんどんと人が死にます。ナチ・ドイツのための作業によりナチの敵が死ぬのです。私から見て、それは明らかに意図されたことでした。

その経過を知った私は、やはり脱走した方がよくはないかとレフに尋ねました。ここでも彼は、労働不能と見なされないように耐え抜く他はないと答えました。

そしてつい先日、そのレールは収容所にやって来ました。

そこから先に起きたことは、誰にとっても予想外の出来事でした。レールの開通とともに、北西部の強制収容所からは新しい囚人が日々ローテーションでやってきて、東からは、トラックに満載された機械部品がやってきました。新たに工場で始まった作業が何であるかは、多くの囚人には分かりませんでしたが、私の目には一目瞭然でした。ドイツが「奇跡の報復兵器」と呼んでいるV2ロケットの、部品組み立て作業です。それを裏付けるように、ドイツ軍の連中が周囲に対戦車地雷や高射砲まで置き始めました。

V2ロケットの生産が始まったからといって、軍靴による行進が終わるわけではありませんでした。新興メーカーが納入したという新しい軍靴の試験があるからです。およそあらゆる国の兵士にとって「歩くこと」は全ての基礎ですから、それを成立させる軍靴の性能管理は、新兵器に並んで重要なことなのです。

私たちは兵士に監視されるなか、一日十二時間、十五時間を費やして延々とナチ・ドイツの報復兵器の生産と、死に至る行進に従事させられました。元からこの強制収容所にいた私たちも、北西から新たに動員された囚人たちも、次々と過酷な労働に倒れ、あるいは押し込められた列車の中で力尽きてゆきます。そうして私たちは、ドイツの兵士たちの軍靴を検査し、イギリスやフランスの市民を殺害するための兵器を作っているのです。完成した部品は、北西からの囚人を運んだ同じ道を逆にたどり、鉄路で出荷されていきます。そしていずれどこかの罪なき人々の頭上へ降り注ぐのです。

レフは言いました。

私が間違っていた。というより状況が変わった。ドイツは敗色濃厚となった今、私たちを報復兵器の生産のために使い潰そうとしている。私たちが味方を殺すための兵器を生産することなど、許されることではない。この状況下で逃げることは義務だ。観察していて気付いたのだが、空襲警報が来たとき、兵士たちは内部への警戒が手薄になる。次に空襲警報が来たら、工具を持てる奴はそれを持ち、それがないものは素手で監視兵に立ち向かおう。そして二重ゲートを越えて収容所の外へ逃げ出すのだ。北西から来ている囚人たちのうち逃げ切れるのは、その日居合わせたもののごく一部だが、それでも逃げないよりはましなはずだ。たとえ死すとも、ナチの報復兵器を生産するという悪行から逃れることはできる。

皆はレフの言い分が正しいとは思っていたけれど、今まで逃げるなと言っていた彼が逃げろと言い出すことに反発する向きもありました。レフはそれを察して言いました。

私が最初に立ち向かい、先頭に立って走るから、その後についてきてくれ。

昨日、皆さんがこの収容所に近づいていたとき、誰もそのことには気付いていませんでした。

しかし空襲警報が鳴り、監視兵たちが防空警戒に気を取られたとき、行動の時がきました。

予定通り、土木作業をしている一団が、まずゲートの監視兵につるはしやシャベルで襲いかかり、レフがハンマーで監視兵を殴り殺しました。すぐさま発砲が始まり、大勢の仲間たちが倒れますが、あらかじめ襲撃対象を割り振られていた収容者たちが次々と彼らに襲いかかり、計画を知らされていなかった者たちもそれに加わると、もはや洪水のような脱走を止めることは叶いません。

私が隠し持っていたのは釘のついた棒きれ一本でしたが、それを手近な監視兵の首に突き刺しました。まるで噴水のように血が噴き上がります。私は彼の担いでいた銃を奪い取り、監視塔から射撃する兵士たちを撃ちました。彼らの射撃が最も危険でしたからね。

レフは奪った拳銃を振りかざして脱走者たちの先頭に立って突き進み、最初のゲートを越え、次のゲートを越えて……そこで、監視兵の誰かに撃たれました。私が駆け寄ったときには、既に彼は息絶えていました。

多くの収容者たちは目に涙を浮かべて森へ走ります。残念ながら、地雷を踏んだ仲間たちを助けることはできません。多くは足を負傷しても息がありますが、彼らをかばおうとすると、より多くの仲間たちが死ぬことになります。地雷を踏んだ者は諦める。最初から、そう取り決めていたのです。

ゲート正面の森を抜けて農村へ。野菜を盗んで、山菜を食べて、野山に潜伏し、可能ならば、連合軍が現れるその日まで生き抜こう。

彼らはどこまでも走ってゆきました。しかし私の場合はそうもいきません。私は未だ任務の途上にあります。逃げた仲間を救わねばならず、戦争に勝利してヨーロッパ中のユダヤ人を救うという使命も終わってはいません。市街地をやり過ごして町へ、この村へ、その向こうの連合軍占領地域へ、私は行かなければなりません。詳しい道を知らないので、危険ですがレールの上を行くしかあるまいと思いました。そして踏切のあたりまで行ったところで、妙な少年と出会いました。対戦車地雷を抱えた彼は、腰が抜けているようです。動揺する私に、彼は言いました。

僕らは少年レジスタンスです。あなたをかくまうので、ついてきてください。あ、ついでに地雷も交代で運んでください。

「お手柄だね」

エルフリーデが冗談めかしてドクトルに言った。

「少年博士くんに感謝」とハイムは拍手した。

ドクトルは笑っていた。実際、彼がハイムを助けたことは両者にとって得がたい幸運だった。

ハイムは、ふうっと息をついて、ドイツ語で話した。

「私、戦うのやめないですよ。でもドイツの子どもたちがナチスと戦っているの。驚きですねえ。恩人。してほしいことあったら言ってね。なんでも力になるよ」

エルフリーデは視線を床に落とした。そして、何度か口を開いたり、閉じたりして躊躇する様子を見せた。ヴェルナーも、彼女が何を言おうとしているか、そしてそれが尋ねづらいことであることを察して、代わりに質問した。

「質問があります。その収容所に、この周辺の地域から収容された人は……」

「ヴェルナー」

エルフリーデが、たしなめるように彼の名を呼んだ。

それで質問が途絶えて、ハイムは答えた。

「えっと、近所からいたのは、元社会民主党と、なんとかいう新しい教団で徴兵を拒否する人たちね。あと、ファゴット（男性同性愛者を指す侮蔑語）がいた」

「え？」

「シュヴーレ。男性の同性愛者よ。男同士で、えーと、そういうことしたのは捕まるね、今。ピンクのマークつけられてたの」

話がそれているな、と感じたが、レオンハルトが重ねて尋ねた。

「その人たちって、どういう扱いを受けていましたか」

ハイムが露骨に顔をしかめた。

「一番ひどい扱い。囚人からもばい菌みたいに思われてた。監視兵だけじゃない、見張り番役の囚人にも棒で殴られるし、けど、長く閉じ込められてるでしょ。男でもいいから、そういうのしてくれよという人に無理矢理、その、ひどいことされてた」

レオンハルトの顔が曇った。ヴェルナーも今、自分が似たような顔をしているのだろうと思った。

「あ、私はちがうよ。私は絶対ごめんだけどね。男となんてのは気持ち悪いの」

レオンハルトが急に立ち上がった。その顔が蒼白となっていた。

「レオ」

エルフリーデが彼の名を呼んだ。

ヴェルナーが首をかしげて、ドクトルと目を合わせた。ドクトルも動揺した様子で彼ら仲間たちの様子をうかがっている。レオンハルトが、今の話のどの部分に、どう反応したのかが、ヴェルナーには分からなかった。

「どうしたんだ」

ヴェルナーはレオンハルトに尋ねたが、答えは思わぬものだった。

「前に会った、アンケとベティのこと、どう思う」

「どうって」

ヴェルナーは懸命に考えてから、言葉を選んで話した。

「俺らに似てるなとは思った」

レオンハルトがヴェルナーの顔を、覗き込むようにして見返した。その表情に焦りがあった。

「僕らって、どういう意味」

「だから、エーデルヴァイス海賊団に」

そうか、とレオンハルトは答えた。その語調のうちに、安堵とも落胆ともつかない感情が含まれていた。彼は続けて尋ねた。

「えっと、どう似てると思うんだ」

「なんて言えばいいのかな、デュッセルドルフのリアって子と、フリーデも言ってたけど、俺らはそこにいるだけで、ナチスが目指さない社会に近づくことができる。俺たちがいない世界をナチが望んで、青少年を清く正しきナチズムへ導こうとしているのであれば、そこにいることに意味があると思った。それは、アンケとベティもそうだし、収容されていた男たちもそうなんじゃないのかな」

ヴェルナーは一通り言い終えたつもりだったが、レオンハルトが言葉の続きを待っていた。

その表情に促されて、ヴェルナーはまとまらないままに話した。

「つまりナチが目指してるのは、アーリア人の男は働き、女は家庭にいて、そういう人同士が結婚して、出産して、繁栄する牧場みたいな世の中なんだろう。だから、多分、ナチからすると、同性愛者が当たり前にいると困るんだと思う。そこにいるだけでヒトラーたちを苛立たせる。俺たちが政治的に生きたいわけじゃないけど、自分らしくありたいって思って生きようとすると、ナチと戦うしかなくなるのと、その人たちも同じなんじゃないの。そういう意味では。……もちろん一人一人は俺らとは違う生き方をしたいんだろうし、本来は別に戦いたいわけではないだろうし、あんまりその、おなじ区画に入れるのも違うとは思うけど」

我ながら要領を得ない話し方だとヴェルナーは思ったが、他に適切な話も思い浮かばなかった。

そうか、とレオンハルトは答えた。

ハイムは、ドイツ語でなされた趣旨が不明瞭な会話が理解できないのか、ベッドに横たわったまま、ぼんやりと自分に話が向けられるのを待っていた。

はたと気付いて、ヴェルナーは問い直した。

「キンスキーさん。その収容所に、周辺から収容されたツィゴイナーはいましたか」

「ジプシー？」とハイムは答えた。「いや、いなかった。最初の頃いたと、話は聞いてたよ。でも皆、いなかった。私が来たときには、全員他の収容所行ってた」

他の収容所に移された。その言葉の意味するところを考えて、エルフリーデの顔をうかがった。彼女は懸命に感情を押し殺していた。

おそらく、それを言葉の意味が伝わらなかったと誤解して、ハイムが補足した。

「移される先で殺される。皆、もういない」

ああ、とレオンハルトが嘆息し、下を向いた。ドクトルは意味が分からず、困惑していた。

エルフリーデは目に涙を浮かべたが、すぐに汗を拭うような仕草でそれを隠した。

「気にするなよ」

ヴェルナーに視線を合わせて、彼女は答えた。

「本当は、うっすら知ってたから」

経緯は分からない風でありながら、気まずそうにしているハイムに、今度はレオンハルトが尋ねた。

「行進させられるとき、あなたが履いてた靴、メルダースって書いてなかったか」

ヴェルナーは彼の問いに驚いた。確かにメルダースの家は新興の靴メーカーであって、それを軍隊に納入して財をなした。知ってはいたが、今の今まで、強制収容所の行進とメルダースを結びつけて考えはしなかった。

驚いたのはハイムも同様のようだった。

「なんで分かるの。そうメルダース。新しい軍靴のメーカーよ。私たちはメルダースの靴の実験に、ものすごい距離歩かされて、何人も死んだ」

「クソ……」

レオンハルトは絞り出すような声で悪態をついて、何事か口の中で悪罵を重ねていた。

「これで決まったね」

唐突に、ドクトルが言った。どことなく得意げな口調だった。

「決まったって、何が」

「俺らは皆、それぞれの理由であの収容所が気に入らない。今回の脱走で逃げられた人は一部だし、まだまだあそこには新しい人たちが送り込まれて、強制労働をさせられ、殺されるんだ。それを黙ってみていられるか」

ドクトルの言葉が、一瞬、その場で空転したような気配がした。

しかし次の瞬間、全員がその言葉を受け止めた。

すうっと全員が深く息を吸う。

その通りだ、という気持ちを全員が共有し、それとともに、それぞれが異なる動機により高ぶらせた感情と、それがもたらしていた波長の異なる精神の揺らぎが、瞬く間に凪《な》ぐのを感じた。

それはハイムも同様のようだった。彼は共感を示すように、深く頷いた。

「俺がこの対戦車地雷を持ってきたのは、そのためだよ」

ドクトルが、今度は明瞭に得意げな調子で話し始めた。

「こいつは、炸薬量が五・五キロある。蒸気機関車を破壊することは難しくても、レールは破壊できる。設置地点としては、レールの下だね。こいつをレールに噛ませて上を汽車が走ったら、レールは吹っ飛び、もうあの強制労働と虐殺の現場に、汽車が入ることはない」

「ダメですよ、それは」

ハイムが驚いた様子で答えた。

「博士くん、あなた、知識あるねえ。でも実戦のことよく分かってない」

「どこがダメだって言うんですか」

作戦に自信があったのか、ドクトルは不満げだった。しかし、工事現場での経験が長いヴェルナーにも、彼の案の弱点は分かった。

「ドクトル、敷設のときを思い出せよ。レールってのはパーツでできてるんだよ」

指摘を吟味したドクトルは、あっ、と声は出さずに口を開けた。

「損壊した機関車を撤去し、レールを入れ替えるだけで終わる。復旧までは一日か数時間だ」

「それと、危険すぎる」エルフリーデが補足した。「乗せられている人たちが、だよ。先頭の蒸気機関車を爆破すれば、そりゃ列車は止まるけど、かなりの確率で脱線する。中に乗せられた人たちは、あんな風にぎゅうぎゅう詰めにされているんだ。列車が転覆したら大勢が死にかねない」

最悪の場合、自分たちの手で収容された人たちを殺害してしまい、レールは即座に復旧して、死に至る苦役は滞りなく続く。

だめだ、という結論が出ると同時に、先ほどまでの盛り上がりが嘘のように、部屋の空気は停滞した。全員が沈黙し、あの虐殺を止めることの困難さに思いをはせた。

……？

しばらく沈黙が続いて、ヴェルナーが立ち上がった。何か尋ねようとする周りを手のひらで制して、彼はドアの方へ向かった。人の気配がする。

「……俺の、親父かも……」

レオンハルトが小声で言うのを、ヴェルナーは制止した。

ドアを開けると、そこに、今まさに自分の家の戸をノックしようとしている男が二人いた。

その凡庸な顔貌《がんぼう》に見覚えはない。しかし黒スーツ、丸めがねという出で立ちには覚えがあった。秘密警察《ゲシュタポ》だ。

「こんばんは、君は、ヴェルナー・シュトックハウゼンかね？」

太ったゲシュタポが、妙な猫なで声で彼に尋ねた。ヴェルナーの首筋に、じわりと汗が滲《にじ》んだ。

おそろいのような黒スーツに身を包む秘密警察の姿は、間近で見ると存外に滑稽なものではあったが、今はそんなことを笑っている余裕も無かった。

ヴェルナーは即座に一人だけ外に出て、ドアを後ろ手に閉めた。

「はい。何の用ですか」

「私は、ヘネス・ミュラー。君が誰かと勝手に徒歩旅行をしている姿を見たって言う人がいるんだけど、本当かなあと思ってさ」

ヒトラー・ユーゲントのうち、顔を知るものの密告だろうか。それにしては大立ち回りについて触れないのは変だ。こちらは避けたつもりの目撃者がいて密告したのか、どちらでもあり得る話だった。

「何の話ですか。知りません」

断定的にヴェルナーは答えた。

「近所の人に聞いたらね、ここ数日君を見てないって言うんだよ。何をしていたのかな」

「仕事もないときは、そういうこともあるでしょう」

「すると君は、家の中にいたのかね」

ミュラーの問いに答えられなかった。外にいたと言ってもだめだが、家の中にいたと言ってもまずい。だがゲシュタポは一瞬空いた沈黙も利用した。

「少し、家の中を見せてもらおうか」

まずいことになった。ヴェルナーは焦りを顔に出さないことに苦労した。

「なんの権限があって……」

権限も何もない。相手は秘密警察で、こちらは失業者だ。押し入ろうと思えば力尽くでも入ることはできるし、恐れるのはその結果だ。ユダヤ人の脱走兵が見つかったらおしまいだ。

と、そのとき、ゲシュタポ二人の背後に、新たな人影が現れた。表の路地からヴェルナーの家の前まで来たらしいその男を見て、ヴェルナーは思わず首をひねった。

灰色の中折れ帽を被り、同系色の三つ揃いスーツを着ている見知らぬ男。

身なりは間違いなく上等なもので固めた、その四十歳前後の男は、しかし、まるでその上物の洋服が似合っておらず、むしろ服を着せられたかかしのようだった。顔つきに覇気がなく、体格は貧相で、およそ感情のうかがえない、木偶人形のように見えた。男は、ゲシュタポのすぐ後ろに立つまで、その存在を気取《けど》られることもなかった。

「こんばんは」

ゲシュタポ二人組が不意を突かれたように振り返る。

秘密警察を驚かせたのだからたいしたものだが、その中年は気にする様子もなく続けた。

「私はトーマス・メルダースです。息子がここにいると思ってきました」

メルダース、という言葉に反応して、ヴェルナーは再び彼の表情を観察する。

「お父さん、遅いよ。もっと早く迎えに来てくれるはずだったろ」

背後の戸から、レオンハルトが飛び出してきた。

「一緒に帰ろう」

レオンハルトが、わざとらしく甘えるように父にすり寄る。その姿にも特に反応することはなく、彼の父はただぼうっと突っ立っていた。

こうまで人間としての生気を感じさせない者がいることにも驚くが、それがレオンハルトの父親だとは。驚きながらもヴェルナーは、今しかない、と判断した。

「なあレオ、この人たちはなぜか、俺が勝手に旅行に行ってた、なんて言うんだよ」

「そんなわけないよ。だって今まで僕はこの家に入り浸っていたもの。昨日も父さんは僕を呼びに来たけど、あんまり楽しいから泊まっちゃったんだ」

レオンハルトはヴェルナーのアリバイを作ると、即座に父を巻き込んだ。

ゲシュタポ二人組がトーマスを見る。露骨に探る目つきだった。

「ああ、そうだな。早く帰るぞ。レオンハルト」

トーマスは平然と答えた。その茫洋《ぼうよう》とした顔つきは、玄関先に現れてから全く変化せず、その表情からいかなる感情も読み取ることは困難だった。

ゲシュタポが軽くため息をついてからヴェルナーに向き直った。

「一応、中を見せてくれるかな」

その様子を見て、ヴェルナーは確信した。ゲシュタポ二人組は、自分たちが戦争捕虜のユダヤ人をかくまっている、などとは全く思っていない。ただ自分が徒歩旅行をしていたという通報を得て、事実であっても大した実績にはならない、面倒な仕事をこなしているだけだ。

ならば追い返せ、と思ったとき、玄関先にエルフリーデが現れた。

「おつとめご苦労様です。私はエルフリーデ・ローテンベルガーです」

若いほうのゲシュタポが答えた。

「あ、ローテンベルガー少佐のご令嬢ですね」

彼はミュラーに睨まれて口をつぐむ。すらすらとエルフリーデは答えた。

「私は、友人宅へ旅行へ行った後、先ほど知人であるレオンハルトに誘われてこの家に来たところですが、家の中に不審な点はないことをはっきりと申し上げます。私と私の友人の証言をお疑いになるのであれば、それ相応の根拠をお示しいただきたいですし、後日私の父に報告を……」

「帰るぞ、馬鹿馬鹿しい」

ヘネス・ミュラーが吐き捨てるように答えて、部下を伴って帰って行った。一度も振り返ることはなく去ってからしばらくして、自動車の発進音が聞こえた。俺たちは御用会社の大金持ちと武装親衛隊少佐の威光に恐れをなしたのではなく、くだらない仕事を早く終えたいのだ、というポーズが見て取れたし、実際本音を言ってもそんなところだろう。

はあ、とヴェルナーはため息をつく。

「帰るぞ」

トーマス・メルダースは、目の前で起きた出来事にも、自分の息子が嘘をついたことに対しても、何らの反応さえ見せることもなく、レオンハルトとともに帰って行った。

エルフリーデも帰って行き、ヴェルナーは一応周囲を見回してから家に入った。

ドクトルが不安そうな表情で立ち尽くしていて、ベッドが空になっていた。

その下を覗き込むと、ハイムが隠れていた。

「みんな帰ったよ」

はあっと彼は安堵の息を漏らした。

「結局何も決まってないし、また集まらなきゃね……」

ドクトルもそう言って去り、家にはハイムとヴェルナーだけが残された。父が眠っていたベッドにハイムをそのまま寝かせ、ヴェルナーは床に毛布を敷いて寝た。ハイムは恐縮していたが、別に気にしなかった。かくまっている客人、それも、怪我人を床に寝かせるのは気が引ける。だからといって同じベッドで寝るというのもいまひとつ気乗りしない話であるし、父がいたときにも、自分は床で寝ていたのだ。

ヴェルナーは眠りに落ちるまでの間、レオンハルトの父について考え続けた。レオンハルトはゲシュタポの姿を見る前に、彼が迎えに来たのかもしれない、と言いかけた。つまり最初から帰宅予定日には父が来るように仕向けていたのだ。それはおそらく、今日のような事態を想定していたからだろうが、父トーマスがレオンハルトの嘘に付き合わず、ゲシュタポなり刑事警察《クリポ》なりに引き渡す可能性はみじんもないと考えていたことになる。そしてそれが、レオンハルトが、あのトーマスから無償の愛を注がれていると確信しているからだ、とは、どうしても思えなかった。

翌日、村は市街地の空襲の話でもちきりだった。田舎の住民たちにとって市内が空襲されたことは衝撃的であったが、その体感に反して投下された爆弾の数は大したものではなかった。あの爆撃隊の目的地は山をさらに二つ越えたところにある別の大都市であったので、単なる通過地点にすぎないこの地域への攻撃は、対空砲に反応してなされた、おまけ程度のものだったことが判明した。しかし、そのおまけのような攻撃で地域の防空網は壊滅し、十二人が死んだのだった。

海賊団の面々はヴェルナーの家に自然と集まり、討議を重ねた。

しかしレールの爆破を却下したはいいものの、他に妙案が思いつくでもなかった。

ヴェルナーは、自らが盗み見た記憶と、歩いた経験から、再び市販の地図に強制収容所までの道のりを展開し、どこかに弱点は無いか、そもそも自分たちに残された時間はどれほどなのかと考えた。一カ月前までの戦況を知るハイムは、おおよその戦況をその地図上で説明した。

「まあ、多分あと数週間でこのあたりも全部占領されるとは思うけど」

数週間。その言葉の重みをどう受け止めたものか、とヴェルナーは思う。

「レールが交換可能なら、あの鉄橋を壊せないかな」

エルフリーデが尋ねた。ハイムは首を横に振った。

「橋を壊す。悪くない考えです。でも地雷じゃ無理ですね。火薬の量、足りません」

「トンネルを埋めるっていうのは」

彼女は重ねて尋ねたが、やはり答えは同じだった。

「それもいいです。でも力が足らない」

ヴェルナーも同じように思った。あのトンネル内部を走って逃げたとき、その造りがレンガ製であることが分かった。特段に堅牢ではないが、炸薬五キロ程度で破壊できるようであれば、そもそも自重を支えていないだろう。

ドクトルが、家の奥にあるコンロの方から答えた。

「やっぱり対戦車地雷で破壊工作ってのは、無理があったみたいだね」

コンロを使っている彼は、ハイムに教わったやり方で旧式の対戦車地雷を分解すると、内部から粘土のようなものを取り出して、なぜか湯煎をしていた。

「……お前、さっきから何やってんの」

ヴェルナーが尋ねると、振り返った顔が笑っていた。

「いや、破壊工作が無理なら、武器として使いやすくしようと思って」

ドクトルの足下に転がっているのは、先端に重りのついた竿のような形状のものだった。

「外側は作ってあったんだ。中身はＴＮＴだから、成形炸薬にして、信管は生かしつつ爆薬を減らし、起爆重量を調整して、そのまま投擲爆弾として使えるようにする。爆風にある程度指向性が生じるから、使いようによっては最高に役に立つぞ」

何を言っているのか分からなかったが、ドクトルが楽しそうに加熱しているのは爆薬だ。

「誘爆させないでくれよ」

「信管は外してあるから大丈夫だ。ＴＮＴは、直接火にくべても爆発しないし」

「そうか」

ヴェルナーが適当に答えると、会話が途絶えた。

エルフリーデが、なおも食い下がった。

「考え方を変えて、今までのビラに、私たちが見た内容を書き加えて、周りのみんなに知らせられないかな」

彼女の問いに、緊張が走った。

「それは……」

レオンハルトが何か異論を唱えようとすると、彼女はそれを遮るように言った。

「考えてもみな、武装親衛隊も軍隊も、あの強制収容所の存在を隠して、私たちに知らせないようにしていた。要するに知られたらリスクがあるから隠していたんだ。だったら、私たちが見聞きしたことを吹聴すればいい。これは本当なのか、と噂になって、役所に詰めかけるような人たちが出れば、きっとあいつらは事態を隠すために輸送をやめたり、虐待をやめるんじゃないかな」

ヴェルナーは、理屈としてはそうであるように思えた。ただ、実際にそうなるとは思えないし、エルフリーデ自身の表情にも自信のなさが現れていた。

レオンハルトが、気まずい表情で答えた。

「それを撒いたのが僕らだと分かったら即殺されるし、ビラを見た人は、多分なにもしないよ」

何か言い返そうとする彼女に対して、ヴェルナーは諭すように言った。

「フリーデ、君があそこに強制収容所を見つけたとき、意外だと思ったの？」

「思ったに決まってる」

「両親を探しにあの旅をしたのに？」

エルフリーデが、ぐっと言葉に詰まった。二人だけになって彼女の出自を聞いたあの日、彼女がこの旅で両親を探しているのだと語ったことをヴェルナーは覚えていたし、その意味するところは明らかだった。ヴェルナー自身も同じだった。衝撃を覚えたのは、その眼前にくりひろげられる地獄絵図そのものに対してであって、そこに死と強制労働の現場があったという事実に対してではない。市内であるかはともかくとして、強制収容所の噂は何度となく聞いた。東部戦線から帰ってきた兵士たちが、占領地では何か恐ろしいことがおこなわれていると語った、と人づてに聞いたこともある。そもそも自分たちの活動には連合国によるラジオ放送の聴取とそれに基づくビラ撒きがあって、ドイツが占領地および国内に設置された収容所で残虐な行為をおこなっているると吹聴していた。ヴェルナー自身、レオンハルトから聞いた話で、レールの先には捕虜のいる軍需工場があるのではと想像していた。目にしたものは、「工場」という言葉からはかけ離れたものだったが、ある意味で正解だった。その「工場」の意味するところがつまり強制収容所と死に至る苦役ではないのか、と心の奥深くで疑ったのは、おそらく、あの旅に出るよりも前のことだった。

「あの場に行くまでの俺たちがそうだったように、この村も、隣町も、市街地の人も、皆うすうす気付いていているんだよ。あそこに強制収容所があるんだと。そこで人が殺されていることも。素人の俺たちがハイキングで見破った場所だもの。でも、だからこそ気付くことを恐れている。ビラを見ても、その内容を信じないために全ての努力を惜しまない、ビラを見ればそれが本当かと尋ねる誰かはいるかもしれないけど、その人は他の誰かに嘘だと言われて、喜んで騙されるよ」

喜んで騙される。口にした言葉が残酷に思えたが、適切な表現とも思った。

「そうだろうな」とレオンハルトも言った。

ヒトラー総統はドイツを輝かしい勝利へと導いている。国民社会主義ドイツ労働者党は、祖国ドイツを繁栄させる。ユダヤ人の除去された未来は輝かしいものである。ゲットーや近所から連れて行かれたユダヤ人は快適で自律した収容所にいるのである。戦局は厳しくとも我が国は必ず勝つ。

思えば、皆そうだった。喜んで騙される行為を続けていた。

室内の空気が弛緩していることにヴェルナーは気付いた。無力感が諦観に変わりつつある。

「君たちにはありがとう、でも、気にしないでよ」

沈黙を破ったのはハイムだった。

「どのみちね、もうすぐ戦争終わるのよ。そうしたらここだって、占領されるでしょう。危なすぎるよ、破壊もビラまくも、やめたほうがいい。戦争終わってから……」

「それじゃ、周りの奴らと同じだろ！」

エルフリーデが突然立ち上がり、怒鳴った。座っているハイムに摑みかかろうとした。今までにない反応にヴェルナーは驚く。

両肩を摑んで制止するヴェルナーに全力で抗いながら、彼女は叫んだ。

「私たちは何も見なかった、私たちは何も聞かなかった、私たちは、ただ自分たちが生きられるように精一杯頑張っただけですって。そうやって、他人をごまかして、自分をごまかして、本当の自分に向き合うのを避けて一生を送ることになる。私は嫌だ、私は見た、私は聞いた、私は、人の焼ける臭いを嗅いだんだ。その責任を果たす。そうでなければ私は、あのクソ、偽物の親と……」

エルフリーデの目から涙がこぼれた。

ヴェルナーは、彼女の異変の正体に気付き、尋ねた。

「お父さんたちは、つまりその、育てのお父さんたち、どうかしたの」

「死んだ」

エルフリーデは簡潔に答えた。

全員が押し黙り、エルフリーデが、声にならない声でうめくのが明瞭に聞こえた。

彼女は明らかに無理をして笑った。

「あいつらが遠くに行ってて、その隙に出かけたわけだけどさ。あいつら、飛行機で行ってたじゃん。制空権は大丈夫だと思ってたんだろうね。この間、私たちが逃げ回ってたあの空襲があった日に、戦闘機も飛んでたよね。目的地のある都市に、飛行場もあった。着陸する前に撃墜されたんだってさ。ふん、私も行かなくてよかった」

ヴェルナーは、エルフリーデにかける言葉が見当たらなかった。

エルフリーデが、ローテンベルガー夫妻から、彼らなりの愛情を注がれていたことは、今までの彼女の言動から想像に難くなかった。しかしその二人は彼女の実の親を見殺しにした張本人でもある。エルフリーデの感情が控えめに言っても複雑なものであることは、ヴェルナーにも痛いほど分かった。

「今、どこで生活してるの」

慰めの言葉も励ましの言葉も出ず、代わりにそう尋ねた。

「親戚の家。あの、前にアリバイに使った人。大丈夫だよ、ヴェルナー、もう放して」

ああ、とヴェルナーは答えて両手を離した。

「大丈夫だ」レオンハルトがエルフリーデに言った。「泣くのも無理はないし、悲しいと思うことも自然だろう」

「悲しんでなんかいない、あんな偽者」

「無理に切り捨てようとするな。自己欺瞞だ」

レオンハルトの指摘に、エルフリーデは舌打ちした。ヴェルナーは両者に対して曖昧に言った。

「自己欺瞞でもいいだろ」

彼女が育ての親に悪態をつくことで気持ちを整理したいのであれば、それを無理に止めるのも酷だと思った。覚えがある感情だし、ときには自己欺瞞も必要だ。

だがそれが限度を超えると、自分を殺しにかかる。

自分たちはどうしたらいいのだろう。

ふと、ヴェルナーは思った。エルフリーデだけではない。レオンハルトも、ドクトルも、もちろん自分自身も、自己欺瞞を抱えている。そしてそれは、どういうわけかは分からないが、あの強制収容所をどうにかしなければ解消されないように思えた。

あの人たちを強制収容所へ運ぶ列車、あの人たちを死に至らしめるレール。そのレールによって、この田舎は豊かになっていく。ナチスに反抗し、戦争終結のため戦えとビラを配っていた自分たちが、部分的であれそれを享受しながら生きることは、耐えがたい種類の自己欺瞞なのだ。

ふとハイムを見ると、彼は神妙な面持ちで自分たちを見守っていた。ドイツ語で、それ以上に込み入った話であるから、全て理解できたわけではないだろう。ただ、おそらくは自分たちの安全を慮っていた彼に、何かが伝わっている。ヴェルナーはそう思った。

エルフリーデは涙を拭い、呼吸を整えていた。

ふと、ドアをノックする音が聞こえた。全員が顔を見合わせる。

ゲシュタポ。同じ単語を連想していることが分かった。会話に気を取られすぎたか。

ヴェルナーは記憶を遡《さかのぼ》る。どこまでが聞かれていい会話であったか。

ドアが再度ノックされる。ヴェルナーはハイムの姿を見て、次に爆弾を加工しているドクトルを見て、最後に彼の方に行き、傍らにあった包丁を手に取り、背後に隠した。

皆が黙ったままその様子を見守っていた。

ある種の決意を固め、ヴェルナーはドアを開いた。

そこにいたのは、ゲシュタポではなかった。

「久しぶり、ヴェルナー・シュトックハウゼンさん」

ヴェルナーは訝しんだ。目の前にいる、ちびで間抜け面でドイツ少国民団の制服を着たガキが誰であるか、記憶の片隅にもなかった。

たっぷり十秒ほどかけて記憶を探って、それでも思い出せないと分かって、彼は問い直した。

「誰?」

間抜けな少国民団員《ピンプフ》は、はつらつと答えた。

「僕は、フランツ・アランベルガー。あなたに命を助けられました」

フランツ・アランベルガー……?

聞いたことのない名前であり、彼の言葉を検分しても、ヴェルナーにはやはり心当たりがなかった。しかし、彼がすっと差し出したヒトラー・ユーゲントナイフを見て、それを受け取り、鉄橋で捨てたものだと思い出したとき、彼はついに思い当たった。

「お前、あのペーターってのと一緒にいた、あいつか」

思い出せば、確かに自分はペーターと格闘したあとで、邪魔な少年を放り投げていた。

「覚えていてくれて光栄です」

フランツの表情が喜色満面に輝いた。

「僕はペーターの前に立ってたから、自然と一緒にトンネルに入ったんだ。あのときは足がすくんで動けなくなっていました。今、僕の命があるのはヴェルナーさんが投げ飛ばしてくれたからです」

彼の単純な脳みそは、その主に、自分が憧れを抱いているヴェルナーは、当然自分にも好意を持っていると勘違いさせていた。

「ああそう。そのお礼を言いに来たんだな。どういたしまして。さようなら」

「いや、それとナイフを返しに来たんだ」

フランツが言うと、ヴェルナーは答えた。

「はあ、どうも」

ヴェルナーは、本心では既に、こいつをどう追い払おうかと考えていた。

フランツはそこに気付かず、勝手に話し始めた。

「あ、そのナイフがなぜヴェルナーさんのもので、ここに住んでいると分かったかと言うとね、そのナイフは、昔ヴェルナーさんがパトロール隊員を何人も叩きのめしたとき、ハンスから奪ったものでしょう。ハンスがそう言って、いつかヴェルナーを叩きのめしてやるって、陰でいつも言ってたよ」

「ふうん」

「でもハンスは警察には言えなかったんだ。あのとき別にヴェルナーさんは悪いことをしていたわけでもないのに、殴りかかった上に、五対一で負けて、そのうえ逃げられました、なんてのは」

「そうだろうね」

ヴェルナーはそのことを理解していたし、知っていた。

「それでね、そのハンスのナイフを見て、これを持っていた、橋の上のあの人が、つまりヴェルナーさんだと分かった僕は、さりげなくハンスにヴェルナーさんの家を尋ねたの」

「そうしたら教えてくれたからここに来たんだな」

ヴェルナーは答えを先回りしつつ、自身の苛立ちを、大人びた精神でもって懸命に抑えた。

「いやね、話すのを忘れてたけど、最初僕は、帰り道も同じ道を来るものだと思って、鉄橋で一人で待ち伏せしてたの。ペーターはなぜか、もうあいつらにかまうなと言ってたけど。でも僕は会いたかったから。鉄橋のたもとで待っていたら、空襲警報が鳴って、僕はそれでも待っていたんだけど、敵の飛行機が飛んできた。それでまた川に飛び込んで水中に逃れたんだ」

「ありがとう、フランツ・アランベルガーくん。ナイフは確かに受け取ったよ。さようなら。あと次からちゃんと防空壕か、無理ならトンネルに入りなさい」

「待って、まだ用事は済んでないよ」

フランツは図々しくも足を差し込んでドアが閉まるのを阻止した。彼が、ほとんど唯一正しく理解していたのは、ヴェルナーが強引に扉を閉めないということだった。

「僕を仲間にしてほしいんだ」

フランツにとっては、自分の命の恩人に対してそう言うことは、特におかしなことではなかった。ヴェルナーはうんざりしながら、はああ、と大きくため息をついた。しかし反応がない。フランツはため息から拒絶の意思を感じ取れないでいる。

「土産を出せ」

角度を変えた切り返しに、フランツが首をかしげる。

「だから土産だ。仲間に入りたければ土産を持ってこい。このナイフは俺の落とし物だから勘定に入らないぞ。武器だ武器、なんか武器を手に入れて、俺のところに持ってこい」

言い終えて、ヴェルナーはフランツの足を外に蹴り出し、乱暴に扉を閉めた。

はあ、と室内でため息をつく。

面倒なのを追い払ったはいいが、自分たちの難局は何も解決していない。

「爆弾のありかを知ってるんだけど、それでいい？」

扉の向こうから聞こえた声が、ヴェルナーの脳内で意味をなすまでに数秒を要した。

室内の面々の顔を見回す。全員が、当惑したように互いの顔を眺めていた。

ヴェルナーは今一度ドアに向き直り、おそるおそる、戸を開いた。

相変わらず間抜け面をした少国民団員が、朗らかに笑った。

「でっかい爆弾。鉄橋のところに落ちてるよ」


ハイムは家に残したまま、一行はフランツに連れられてその場所へ向かった。

鉄橋までの道のりは、ワンダーフォーゲルの成果もあって、正確に地図上に再現してあった。今回は旅行ではないため調達してあった自転車を使い、数時間走り続けて、市街地を流れる川まで行き、そこからは徒歩で、遡るようにして斜面を登ってゆく。川沿いに歩いてしばらくすると、前方百メートルほどに、自分たちが立ち回りを演じた、あの、市街地を一望できる鉄橋が見えた。

フランツというガキは、ヴェルナーがペーターというヒトラー・ユーゲントと死闘を演じた場所の近く、川の水面に近い場所を指さした。

「あそこだよ。エンジンが二つある大きな機体が黒い煙を吐き出して飛んでいった。そのときに、落としていったんだ」

ヴェルナーはドクトルに、どう、と尋ねられ、一応答えた。

「状況としては合ってる」

「それじゃあ、問題はあそこにどんな爆弾があるかだな。危険がないか見てくるから、待ってて」

ドクトルはそれだけ言って、迷わずに歩いて行った。

投下された爆弾を見に行く、ということ自体が危険だろうとは素人にも分かるけれど、彼が行く以外に方法もなかった。百メートルほどの距離を歩いて行った彼は、ほどなくして地面をみつめ、一カ所に留まり、腕を組んで様子を観察してから、大きく手招きした。

ヴェルナーたち四人は、浅い草を踏みしめて、ゆっくりとその場所へと向かった。

ドクトルが指さすところに、問題の物体はあった。

周囲は草に覆われているとはいえ、特にぬかるんだ場所ではない。地面にめり込んでいるのだから着地の衝撃も相当なはずだが、なぜか、それはそのままの形をとどめていた。

長さは、百二十センチ程度。太さは人の腹回りほど。両端がそれぞれ緩やかに細くなった紡錘《ぼうすい》形で、角度がやや尖った片側に、魚でいうなら尾びれを直角に交差させたような形状の鉄板がついていて、その周囲を四角く囲って翼部を形成しているため、そちらが後部と分かる。金属製の冷たそうな外観は、ただそこにあるだけで、内在する圧倒的な殺戮の力を感じさせた。

「二百五十キロ爆弾。長延期信管を搭載した爆弾だよ」

ドクトルが簡潔に述べた。少し間があって、レオンハルトが問い直す。

「長延期……ってなんだ」

「投下後に、わざと時間を置いてから爆発させる爆弾のことさ」

見て、と彼は爆弾の先端部を指す。

「通常、投下爆弾は弾頭を下に落下するように設計されている。だから爆弾の前方には弾頭信管があって、その先端が外側に小さく突き出しているんだ。そこが接触すると爆発に至る」

ヴェルナーは爆弾の前部を注視した。紡錘形の最前部はつるんとしていて、特に突起物等は見当たらない。

「なにもないな」

そうさ、とドクトルは爆弾の先端をノックした。ヴェルナーは小さく声を上げたが、ドクトルは気にするそぶりさえみせない。

「そこが長延期信管の特徴だよ。爆撃の際にはみんな防空壕に逃げるでしょ。もし防空壕が充分で避難の時間も余裕があった場合で考えると、爆弾が一斉に地面で爆発したら、投下する基地や町の設備を破壊することはできるけど、避難した人たちは無事だから、すぐに復旧にとりかかることができる」

ドクトルが全員の顔を一瞥する。こちらの理解が追いついているか確認しているようだった。

フランツ以外は全員理解していた。

「でも長延期信管による爆弾があれば、戻ってきた人を狙うことができる。たとえば道路にこの爆弾がめり込んでいて、それに気付かずに皆が防空壕から戻ってきたとき、これが爆発すれば人員に被害を与えることができる。あるいは、それを考えさせることで復旧作業を遅らせられる」

またか、とヴェルナーは思った。地雷のときといい、ことが武器の詳細に及ぶとき、なんとも言いがたい嫌な気持ちになる。——え、待てよ、と彼は思った。

「じゃあこの爆弾は、今にも爆発するかもしれないっていうことか？」

レオンハルトとエルフリーデも、同様に表情を硬くしていたが、ドクトルが笑って答えた。

「もしそうだったら、俺たちはとにかく逃げるしかなかったよ。この爆弾は安全な状態だ。二つの点から確認できる。まず一つ目、このワイヤーだ」

ドクトルが、翼部に取り付けられたワイヤーを指さした。手つきが慎重になっていた。

「爆撃機の飛行中に爆弾が起爆しないように、こうやって信管に安全装置をつけるんだ。で、このワイヤーのついている場所をよく見て。今のこれは安全だから」

一行が爆弾にさらに接近して翼部を注視する。

「あの爆撃隊の目的地はもっと先で、この機体は黒い煙を吐いて下がっていくところだったんだよね。だからこうなったんだよ。投下前のまま放り出している。つまり、これは投下じゃなくて投棄。多分、対空砲を食らって一部のエンジン出力が落ちて、助かるために機体を少しでも軽くしたくて、投下準備前の爆弾を、そのまま捨てたんだ。飛行機の飛ぶ速さから言って、他の爆弾は市街地に落ちて、もうとっくに回収されているだろうね。これの後に投棄された爆弾があるかは知らないけど、あったとしても山の向こうだ。投棄だからこそ、ワイヤーがここにつながっているというわけ」

信管の先端部から突き出したワイヤーは、側面の小さなアーチをくぐって、後方の翼部の内部に入り込んでいた。そのワイヤーが固定しているものがあった。小型のフィン。翼部に隠れていてよく見えなかったが、爆弾は、紡錘形後方の頂点から翼部内側にかけて、細い棒のようなものを突き出す構造になっていた。棒の先端には小型のフィンが突き出していて、そこにワイヤーの末端がくくりつけられていた。

ドクトルが、全員が観察を終えたのを確認して、さらに説明する。

「このフィンが突き出しているのが、もう一つのポイント。爆撃機は、投下前にまずワイヤーを外す。そして投下すると、プロペラは下からの風を受けるよね」

ヴェルナーはその様子を想像した。投下と同時に、下からの風圧を受けて、この小さなプロペラがぐるぐると回り出す。ネジのように……と思ったとき、レオンハルトが答えた。

「ひょっとして、それでこのプロペラが回転すると、この出てる棒が中にねじ込まれていくのか」

「そうだよ。この棒は回転軸なんだ。それが起爆工程につながっているんだ」

ドクトルの口調が速くなっていた。

「風を受けて回った回転軸は、信管の内部に押し込まれてゆく。その先端が信管内部を進んでいく。最後まで押し込まれると、回転軸の先端は、爆弾の中でアセトンの入ったアンプルを砕く」

「アセトンっていうのは……」

問い返したエルフリーデに、その溶剤の名前を知るヴェルナーが答えた。

「塗料や油脂を溶かすのによく使う薬品だ」

「薬品で爆弾を爆発させるの?」エルフリーデが意外そうに尋ねる。

「いや、それじゃ空中爆発だ。アンプルは空中で砕けて、爆弾はその後地面に落ちる。そしてアンプルから流れ出したアセトンは、徐々に徐々に、周辺を守る樹脂製ディスクを溶かしてゆくんだ。このディスクが、内部で前進しようとしている撃針が雷管を叩くのを止めるストッパーになっている。アセトンがディスクを溶かしきると、もう何も止めるものはない。撃針が雷管を叩き、爆発する」

完全に理解することは難しかったが、概ねは理解できた。つまりワイヤーを外して爆弾を投下すると、フィンが回転して起爆の工程に入り、落下後に時間を置いて爆発に至るわけだ。

ん、とヴェルナーは思って尋ねる。

「アンプルが砕けてから、起爆までの時間は」

ドクトルが初めて答えに詰まった。一度呼吸を置くその様子が、答えの重大さを物語っているように見えた。

「時計を用いる設計ではないから、誤差が十分程度あるけれど、一時間、ないし二時間」

「決まっていないのか」

レオンハルトが驚いたように尋ねた。そうだ、とドクトルが答える。

「それが重要なんだ。投下時間から推定できないから、いつ爆発するか分からない。だから大変」

「外から見破る方法は？」

エルフリーデの問いに、ドクトルは「ない」と即答した。

「それも重要だ。多分爆撃機のパイロットがここにいても、爆弾工場の人間でも分からない」

ヴェルナーは思った。確かに厄介な爆弾だ。だが、これは……。

「つまりドクトル、今からこいつのワイヤーを外して回転軸を手作業でねじ込みきれば、あと一時間、または二時間で爆発する、ってことだな」

全員の視線がドクトルに行った。

そうだ、と彼は頷いた。そして結論を口にした。

「事実上、俺たちはいま、軍用爆弾、それも時限爆弾を入手した」

全員が顔を見合わせた。

軍用爆弾でしか破壊できないトンネル、鉄橋。それを破壊することは、不可能だと思っていた。

だが……。

「俺たちのやるべきことが決まった」

ヴェルナーが言い切った。


爆弾が周囲に発見されないよう、心許《こころもと》ないが葉っぱをかけて一応隠し、彼らは今来た道のりを飛んで帰った。先頭を走るヴェルナーは、風を全身に受けながら、懸命に考えていた。地雷が効果を持たず、爆弾が手に入らないならばどうしようもない、と考えていた。それは事実そうでもあったが、どこかで、不可能な理由があることで安心しているような部分もあった。だが軍用爆弾は手に入ってしまった。もう言いわけはできない。手段が手に入った以上は……。

村に帰り、ヴェルナーの家に戻った一行は、すぐさま事態をハイムに報告した。

「ロングディレイの爆弾か。私、陸軍なのだから詳しくないけど。あるのは知ってるよ」

ハイムは驚きはしたが、確かに二百五十キロ爆弾ならば破壊工作にも使えるだろう、と述べた。

「問題は設置場所だ」

ヴェルナーはテーブルの上に地図を広げた。

「トンネルか鉄橋、ということだったけど、トンネル内部で起爆させて、全体を崩壊させられるのか」

「できるだろう、けれど……」

ハイムは言いよどんだ。理由は分かった。手元にある爆弾はこの一発のみであり、他に入手する手立てがあるはずもない。一度しか機会はないのだ。

「一番ね、壊しやすいのは端っこ。上の土とかが、全部落ちてくる」

「なるほど」

ヴェルナーも納得した。トンネルの出入り口付近は、設計上、最も脆弱となる。崩落事故が起きやすいのもここだ。トンネルは、当然通る場所の重さに充分耐えうる設計で掘削されるが、せり出し部についてはバランスでできている。せり出し部が半分でも崩れてしまえば、そこに土砂が殺到する。残る部分で重さに耐えることはできず、トンネルは閉塞《へいそく》される。復旧まで、どんなに急いでも一週間はかかる。

「うーん、できる。まずできるよ。それでもねえ、確実ではないのよね」

「鉄橋はどう」とエルフリーデがハイムに尋ねた。

鉄橋を思い出す。おそらくは急造のためだろう、アーチ等の構造が上下にない、桁橋の構造だ。長さ百五十メートル。桁は中央部の一つのみ。もし、鉄橋の両端いずれかが破断すれば、中央の橋桁までは自重で崩壊する。やはりこれも復旧は簡単ではない。

それならば……。

ヴェルナーは、二度にわたり死ぬ思いで走りぬけた鉄橋を思い起こした。

トンネルを出て、すぐさま始まるあの鉄橋。桁は中央部の一カ所のみ。ならば。

「爆弾の設置箇所はトンネルと鉄橋の境界付近。そこで起爆させ、トンネルの崩壊、または鉄橋の崩壊、あるいはその両方を狙う」

結論を一気に口にした。周囲を見回す。異存なしの顔。ドクトルが、爆弾の専門家として補足した。

「万全を期すなら、穴を掘って、トンネルの基底に置き、上から蓋をしよう。その方が爆発はレンガを直撃するし、爆風を上に逃がさないから」

よし、とヴェルナーは答えた。爆破計画は決まった。

「可能な限り迅速に爆破しよう。何か質問は」

ない。聡明な海賊団員全員が表情で答えた。

一人だけ、まったく聡明ではない少国民団員が挙手した。

「はい、フランツ・アランベルガーくん」

ヴェルナーに指名されたフランツは何も分かっていなかったので、その通りに質問した。

「なんでトンネルと橋を爆破するの？」

はあ、とヴェルナーはため息をついた。しばらく彼は、フランツの、よくいえば純粋無垢《むく》、悪く言えば何も分かってはいない目を見つめて、説明した。望むと望まざるとにかかわらず、フランツが発見した爆弾を自分たちが利用する手前、そのフランツに爆破の意義を説明しないわけにもいかなかった。放っておいて誰かに話されても困るのだ。

ヴェルナーは、面倒な前置きは省きつつ、あの日、自分たちが鉄橋に至るまでにどのような旅をしたか。そしてどのような人に出会い、そのレールの先に何を見たかを、目の前の少国民団員が彼なりに理解できることを期待して、丹念に説明した。

自分に憧れていて、かつ少国民団員であるフランツが理念を理解できるかというのも、ある種の試金石たり得るように思えた。

すなわち、あの鉄橋、あのレールの先には恐るべき虐殺の現場があり、そこでおこなわれている殺戮を止めるために、自分たちは列車を止めなければならない、ということを、ヴェルナーは丹念に、ときにハイムの証言を借りながら、フランツに説明した。

「ええ……」

フランツが示した反応は、困惑であった。

ヴェルナーが目にしているのは、ヒトラーが政権を握ったその年、一九三三年に生まれ、以来、アーリア人の「国民社会」形成のためになされる学校教育とドイツ少国民団による小軍隊のしつけを五体に叩き込まれた、小さな、そして生粋のナチ・ドイツ国民であった。

そんなフランツは、世の中の全ての問題に「正しい」回答があり、それらは当然、相互に矛盾せず成立しているものと思い込んでいた。すなわち、ヒトラー総統は正しく、国民社会主義ドイツ労働者党は正しく、ヒトラー・ユーゲントとドイツ少国民団は正しいし、そして当然、鉄橋の上で自分の命を救ってくれたヴェルナーも正しいのだから、ヒトラー総統の味方であるはずだった。そのヴェルナーがナチ・ドイツの作った収容所に破壊工作をすると言うのだ。

当のフランツは、自分を支配している理念が一面的だという自覚さえなかった。

「でも、強制収容所に入れられるのは凶悪な犯罪者と国家への裏切り者たちだし、ユダヤ人はみんな悪党で、お金で世界を支配して、みんなを奴隷にするための悪だくみをしているんだと、学校の先生も言ってたよ」

「私もそう見えますか?」

ハイムの問いにフランツは口ごもった。彼はとても、フランツが今までに絵本や教科書で教えられた邪悪な存在には見えず、彼が強制収容所でされたのは恐ろしいことだと判断していた。そして自分の命を救ってくれたヴェルナーが行動と志をともにしている以上、ハイムもまた「正しい」側にいるのだと思えたが、彼がユダヤ人だということで、フランツの理解は阻害されてしまう。そう考えてみると、ハイムは絵本や教科書で見たユダヤ人の見た目、つまりかぎ鼻で肌が浅黒く唇が厚くて耳が大きく髪の毛がちりちりで肌がたるんでいる姿とは違うな、とも思えた。

そうであれば、自分が学校で受けた人種教育に照らし合わせて考えて、彼をもっと価値のある人種であると結論づけた方が、ハイムにとっても良いように思えた。

「ハイムさんは本当は地中海人種かアルプス人種なのではありませんか?」

その愚問にハイムは呆れてものも言えず、ヴェルナーが代わりに質問した。

「おかしいだろ。なんでそんなにユダヤ人が悪いって思えるの。ユダヤ人に何かされたのか」

「僕はされてないし会ったこともない」

フランツはそう言って、はたと何かを思い出した。

「あ、でも学校の先生の友達は、娘さんをひどい目に遭わされたんだよ」

その場の全員が、初めてフランツの言葉に反応して、彼を一斉に見た。愚かなフランツはそれに気を良くした。

フランツの回想は、アマーリエ・ホルンガッハー先生についての自分の思い入れから始まった。いつも生徒たちの自主性を重んじ、それでいて、ふとしたときに話した雑談の中からも生徒たちの抱える問題についての兆候を発見する正義の心を持った人だ。家庭環境について問題があると分かれば、自分の時間を犠牲にして個別に家を訪れ、生徒の親と話し合うこともしばしばの人だった。

「そうだな」

とヴェルナーが言ったことは、はっきり記憶している。

フランツはそれでますます調子にのって、ホルンガッハー先生がある日、教えてくれたとびきりの恐ろしい話を彼らに披露した。

その日は、在仏ドイツ大使館職員がユダヤ人によって卑怯にも殺害されたことへの「国民的反撃」がおこなわれた、「水晶の夜」の記念日だった。まだ十歳のフランツは、フランスで事件が起きたからといって、どういうわけで国中のドイツ人が一斉にユダヤ人へ「反撃」できたのだろうな、と思う程度の知能はあった。しかしホルンガッハー先生はいつもと違い、真剣な顔でお話をしてくれた。

ホルンガッハー先生の友達に、今はベルリンに住んでいるイルゼさんがいる。イルゼさんには、とてもかわいい金髪の娘、八歳のドーラがいる。そのドーラがある日、目が痛い、と言い出した。イルゼさんが彼女の青い目をよく見てみると、ものもらいができているのか、右目が赤く充血し、まぶたが腫れている。イルゼは迷った。いつもなら目医者に付き添って行けばいいのだが、その日に限って彼女にも夫にも用事があったのだ。ドーラに一人で行けるかと尋ねると、病院がある区画への道を間違えずに答えた。そのため、イルゼは彼女を一人で行かせることにした。

この頃はまだ、ユダヤ人がドイツ人を診察することができたのです、と、ホルンガッハー先生は念を押すように言った。

前後のつながりが分からず、急に何の話だろう、と思った。しかしそれ以降、この事実を念頭に置いてホルンガッハー先生の話を聞いていた。

さて、ドーラは最初知り合いの目医者さんに行きましたが、そこには本日休診の札がかかっていました。けれどそのあたりには他の診察所もあります。仕方が無いので、知らない診察所へ行きました。

ドーラは待合廊下のベンチに座りました。ドーラの前にも、一目見てそれと分かる、アーリア人のかわいい女の子がいました。こんにちは、と二人は挨拶しました。

次の方、どうぞ。診察室から男の声がかかりました。それで診察室の方を見たドーラは驚きました。ドアの向こうから、こちらを見ている顔です。その顔は浅黒く、かぎ鼻、唇は厚く、耳が大きく、肌がたるんでいました。

ドーラは恐ろしくなって、その見知らぬ子に声をかけました。やめた方がいいわ。けれどその子は、どうして？　私は目が痛くてたまらないの、と言って、診察室へ入っていきました。

ドーラの胸に悪い予感が立ちこめました。診察室は、しばらく、しんとしていましたが、やがて悲鳴が聞こえてきました。

「先生、やめてください！」

ドーラはいったい、なにが起きているのだろうと考えました。治療には痛いこともあるでしょうし、怖いこともあるでしょう。でも、それにしては悲鳴が大きすぎます。何かが変なのです。

「先生、先生、誰か助けて、やめてください！」

ドーラは涙を流して、耳を塞ぎました。彼女はじっと足下を見ました。それでも悲鳴がはっきりと聞こえます。先生、嫌です、やめてください、助けてください。誰か、誰か助けて。

しばらくして、悲鳴は終わりました。待合廊下は元の通り静かになりました。

ドーラが涙を流していたとき、再び声がしました。

「次の方、どうぞ」

ドーラは診察室を見ました。あの男です。あのかぎ鼻の男が、にやりと笑っていました。

ドーラは診察所の扉へと走り、外へ逃れました。その後、全力で彼女は家に帰りました。

この話を聞いたイルゼが、二度とあの診察所へ行ってはならない、と周囲へ教えました。しかし、その後もしばらくは、法律上、ユダヤ人はドイツ人を診察することができたのです。

フランツが記憶にこびりついたその話をしたとき、彼の脳裏には、その記憶とともに植え付けられたユダヤ人への憎悪と嫌悪が、生々しく蘇っていた。

室内の一同が、自分への哀れみと嫌悪を抱いていると気付けるほど賢明ではない。

フランツは、自分がこの話を聞いたときは、女の子の身に何が起きたのかが理解できなかったが、今ならそれが分かるのだ、と胸を張って答えた。

ヴェルナーは彼の話を聞き終えて、ふうと一つため息をついた。

そして、傍らのエルフリーデに問いかけた。

「これは、どれだったか知ってる?」

「知ってるよ」

エルフリーデはそう言って、勝手知った様子で室内を歩いて、本棚から一冊の本を持ってきた。

彼女が机の上に広げて、フランツに示したのは、一冊のスクラップブックだった。それは彼ら四人組が、ナチスのデマゴーグに反撃するビラを撒く際に、材料として用いるべく保管していたものだった。

「これだ」

彼女はフランツに、スクラップブック上の記事を指さして見せた。

フランツはそれを食い入るように見つめた。そして記事を読み終えた後、この世の不条理に直面したような顔をして、ヴェルナーとエルフリーデに尋ねた。

「どういうこと？」

ヴェルナーは聞き返した。

「どういうことだと思うんだ」

「だって、だって……」

フランツは、阿呆丸出しの表情を見せ、ただ目の前で読んだことをそのまま口にした。

「全く同じことが書いてある」

エルフリーデが指さした記事は、絵本の一部から切り抜かれたものだった。その内容は、かつてフランツがアマーリエ・ホルンガッハー先生に教わり、今まさに彼らに披露した「本当の話」とうり二つ……というより同一だった。先生の友人の話がついに絵本に載ったのか、という考えもバカのフランツの脳裏にはよぎったが、さすがにナチの十二歳児といえど、それはあるまいと思えた。第一それにしてはおかしいのだ。目の前の絵本と自分が聞いた話は根本的な流れが全て同一でありながら、人物の名前が異なり、診療科目も違った。

では、まったく同じ出来事が違う人物に起きる、ということがあるのだろうか。すなわちこの話と同じ出来事が、ホルンガッハー先生の友達の娘の身にも起きたのか、と思ったとき、フランツは突然ある種の理解に至った。

あの日、あるいはあの時期、ドイツ全国の教室で、無数のドーラ、無数のイルゼさん、無数のかわいそうな女の子と、無数の悪辣ユダヤ人医師が誕生したのだ。そっくり同じ話を大勢の先生たちが話し、知り合いの娘が目撃した恐怖を幼い生徒たちに植え付けたのだ。

フランツが、今の今まで思ってもみなかったことを口にした。

「ホルンガッハー先生は、嘘をついた」

ヴェルナーは無言のまま頷いた。やっと気付いたのか、という思いだった。

フランツは震えていた。今の今まで、己は世界を二分する正邪の正であり、「正しいもの」の側であり、それはすなわち国民社会主義ドイツ労働者党であり、ドイツ少国民団とヒトラー・ユーゲントで、そして、ホルンガッハー先生であるはずだった。

その「正しいもの」の一側面がフランツの中で崩壊したと悟って、ヴェルナーはため息をついた。

「お前は信じていたんだな」

フランツは力なく頷いた。実際、この話は、他のどのプロパガンダよりも強力に、彼の精神を侵食し、ユダヤ人憎むべしの観念を植え付けていた。このプロパガンダの巧みなところは、その話の意味をおぼろげに摑ませつつ、完全に理解できない年齢の子どもたちに話されたことにあった。女の子が何をされたのか、という部分については幼児たちには正しく伝わらず、ただ、なんとなく聞いてはいけない雰囲気であることは察しがついた。したがって少年少女たちは、少なくともフランツ・アランベルガーの場合は、性的な知識を身につけるにつれて「女の子は性的な意味でひどい目に遭ったのだ」、という「答え」にたどり着き、そこから「自発的に」ユダヤ人は憎むべきである、ユダヤ人は性犯罪者である、ユダヤ人がドイツ人を診察するなどとはとんでもないし、両者はそもそも一緒にいるべきではない、という観念に至った。

フランツの肩に手を置いたヴェルナーは、深くため息をついた。

「俺たちは、それだから、やっぱりあのレール、あのトンネル、あの鉄橋を破壊すべきなんだ」

ヴェルナーは、目の前にいるフランツが、せめて直感的に言葉の意味を理解してくれることを願っていた。それは、彼が未来へ託す祈りのようであった。

「俺たちは、元々べつに崇高な理想のために戦っているわけじゃない。ただ自分の思うがまま愉快に生きたい。けれど、あそこにあのレールがあって、あの鉄橋があって、その先に収容所があって、それを放っておく限り、俺たちは愉快に生きることはできないんだ」

フランツは、じっと目を合わせて聞いていた。ヴェルナーは、付け加えるように言った。

「たとえ、戦争が終わっても」

しばらく無言でいたフランツが頷いた。少なくとも、それは自発的な意思の表れだった。

「僕もそれをしたい」

フランツが、やっとの思いで言うと、レオンハルトがぱっと笑った。

「よかったよ、お前が理解してくれて」

うん？　とヴェルナーが首をかしげた。レオンハルトが説明する。

「爆弾の重量は二百五十キロ。あの場所からトンネルまで移動させなきゃいけないけど、とても僕らだけで運ぶのは無理だ。何人か騙して、協力を取り付ける必要がある。フランツには、それを頼みたい。俺たちのことを知らない、力のある、命令に素直に従う奴らを五人集めてくれ」

爆破の計画に気を取られるあまり、重量のことを忘れていたヴェルナーは、なるほど、と思いつつ、それを目の前の愚かなフランツに託す、という発想には疑問を抱いた。

「レオなら、自分でできるだろう」

「僕では人望がなさ過ぎるよ」

理解に苦しむ答えだった。実際レオンハルトによってエーデルヴァイス海賊団になったヴェルナーは、レオンハルトの求心力について疑ってもいなかった。

ヴェルナーの疑問を無視して、レオンハルトは爆破を実行するまでに必要な事柄を、具体的に整理し始めた。爆破工作は、それが軍隊の作戦であると偽装することにした。

一、爆弾を運搬する人数の確保
二、同、運搬用具の確保
三、爆破地点を掘削する用具の確保
四、命令を偽装する文章の作成

「あと数日はかかるな」

レオンハルトが、気乗りしない口調で言うと、全員が沈黙した。確かに、準備は完璧に済まさねばならず、それにはあと数日を要する。しかし、収容所の環境の劣悪さを考えれば、その数日の間に死ぬ人もいるだろう。

「もうひとつ、見落としてること、ありますよ」

ハイムが口を挟んだ。

「なんですか」

ヴェルナーの問いに、彼は明瞭な口調で答えた。

「あなたたちが生き残る方法」

その場の全員が、虚を突かれたように黙り込んだ。確かにその通りだった。爆破のためには何人かを騙すわけだが、爆破の直後には、自分たちによる破壊工作だと発覚する。

そのことは、全員が見過ごしていたというよりは、意図的に話から外していたことだった。

ハイムは諭すような口調で続けた。

「あなたたち、真剣なこと、よく分かりました。なので、私も協力します。私も足がだいぶよくなりましたし、逃げた仲間を救うためにも、早く軍隊に合流しなければなりません」

ハイムはそう言うと、すっくと立ち上がった。

体格は相変わらず痩せたままであったが、その立ち姿は今までで最も活力に満ちていた。

「私は、今夜この村を出て、連合軍の支配地まで行って、軍隊に合流します。三日ほどかかります。あなたたちのこと、話します。その後に爆破してください。このあたりにたいした戦闘能力がないことは、私が報告します。アメリカ軍、この村を攻めます」

「爆破は、アメリカ軍からも分かるんですか」

エルフリーデの問いに、ハイムは頷いた。

「ここで過ごしていて気付きました。毎日、味方の飛行機のエンジンの音します。この前の空襲で、対空砲なくなってるから偵察に来てます。鉄橋かトンネルが崩れるの、目立つ。すぐに分かるよ」

レオンハルトたちが同意し、作戦の詳細が決まった。

まずハイムは村を脱出して連合軍に合流する。

その間にフランツがドイツ少国民団とヒトラー・ユーゲントの数名を騙して、爆破のための人員を確保する。

エルフリーデがシェーラー少尉の名義による命令文を起草する。

ヴェルナーが掘削の用具、レオンハルトが運搬の用具をそれぞれ確保する。

騙したヒトラー・ユーゲントらとともに長延期爆弾をトンネル内に設置し、起爆工程に入る。

すぐにそれぞれがワンダーフォーゲルに用いた資材によって、山に逃れ、潜伏する。

連合軍が一帯を占拠したら、自分たちは名乗り出て投降する。

一通り意見が出尽くしたのを見てから、ハイムが嘆息した。

「かなり危うい作戦」

確かにそうだろうとは思った。特に危ういのは、騙した相手を爆弾の運搬に利用するということと、連合軍が素早くこの地域を占拠するという保証がない点だった。

だが、やるしかないとヴェルナーたちは思っていたし、ハイムもまた、それを止めることができないと分かっている。だからこそ、せめて最大限彼らが生き残ることができるように、自身もまた命がけの脱出を決めたのだ。

エルフリーデが、懸念を口にした。

「もし、爆破の前に、国防軍の誰かに見られたりしたら……」

「籠城するしかないな。場所としては向いているし、二時間耐えられればこっちの勝ちだ」

ヴェルナーがそう答えると、レオンハルトも同意した。ドクトルは何も答えなかった。

ともあれ、とヴェルナーが話をまとめにかかる。

「そうと決まれば、もうみんなは帰ってくれ。計画のうち細かい部分を今日全部決めるのは無理だろう。また人目についたらまずいし」

レオンハルトは、了解、と言って立ち上がると、去り際にハイムと固い握手を交わした。エルフリーデ、ドクトル、それに意味がよく分かっていないがフランツもそれに続いた。

ヴェルナーの胸が痛んだ。誰も口にはしないが、これが最後の別れかもしれないのだ。

ハイムは特に気負う様子も見せず、笑顔でそれに応じていた。


そして深夜、ハイムはヴェルナーの家を後にした。

「お気をつけて」

ヴェルナーの挨拶に対して、ハイムは笑顔でウインクして見せた。

彼自身にしてみれば、家に潜伏し、間近に迫る連合軍の占領を待つのが一番安全だ。

そうすることを潔《いさぎよ》しとせず、自分たちの爆破計画に最大限貢献してくれる彼という存在を、ヴェルナーはなによりも心強く思った。

付近の工事現場を知悉《ちしつ》するヴェルナーにとって、シャベルとクワをくすねることは簡単だった。したがって準備段階における自分の役割は早々と終わってしまい、彼は爆破までの日々を無為に過ごすことを疎ましく思った。掘削を先にやっておく、という考えもあったが、その場所がトンネルのせり出し部直下であるため、却下せざるを得なかった。外光が入るため、機関車の乗員に発見される恐れがあるのだ。

しかし幸か不幸か、彼は暇になることはなく、別の仕事が彼のスケジュールを埋めていた。国民突撃隊としての訓練である。

訓練の現場は、かつての工場地区、改め現在は駅舎の周辺であった。

「返事の仕方だの敬礼の角度だの、形式的な訓練は全て省略だ。君たち全員を兵力として鍛え上げる！」

ルドルフ・シェーラー少尉は、持ち前の陽気さでもって手持ちの兵力を激励した。

ヴェルナーは周囲を見回す。国民突撃隊、と仰々しく名付けられたそれは、素人の集まりであり、この村に限っていえば、ヒトラー・ユーゲントの制服のままの少年たちが十五人。前大戦の制服を着た老人たちが八人。それに、ヒトラー・ユーゲントに入る前にクビになった自分が一人という有様だった。

駅前広場で、彼らは銃の取り扱い、手榴弾の投げ方、そして大量に在庫のあった対戦車無反動砲、パンツァーファウストの発射方法などを学び、当地で市街戦をする際の火線がとれる場所、死角を補い合うための守備位置などを学んだ。

その後は、走り込みと行進の訓練の時間だった。今更基礎体力の訓練をして何がどうなるのかは不明だったが、とにかくそれが「実践的な」訓練であるらしかった。

「三十分休憩してよし」

シェーラー少尉が告げて、全員が地べたに座り込む。

周囲の様子を観察すると、少年たちにも老兵たちにも、悲壮さや絶望といったものは見当たらなかった。

「パンツァーファウストの威力ってすごいんだな。やっぱりシャーマン戦車に出会ったら、これをぶち込むのが一番いいのかなあ」

「それよりも、まずは随伴歩兵を撃つことだよ。私は前大戦で経験があるんだ。歩兵を剥がされた戦車は絶好の的になるぞ。視界が取れないからな」

むしろ習ったばかりの銃の取り扱いを互いに確認し、どうしたら効率よく敵を殺傷できるかと語り合う彼らは、連合軍と相対することを心待ちにしているようでもあった。

こんなところにいたくない、とヴェルナーは思った。自分には、もっと価値のある仕事と、それに打ち込む仲間がいるのに……。

と、あたりに汽笛の音が響いて、彼は駅舎の方を見た。

また、例の貨物列車が駅に進入してくるところだった。ヴェルナーは、胸を焼かれるような思いがした。自分たちはレールを爆破する。そのためには準備が必要である。それは確かにその通りだ。だが、あの貨物列車に押し込まれた人たちはこれから強制労働に直面し、それに耐えられない人は命を奪われる。彼らに声をかけられるなら、なんと言えばいいのだろう。あなたたちは必要な犠牲なのです、というのは、最悪の欺瞞であるように思えた。

罪がのしかかるような感覚とともに貨物列車をうかがったヴェルナーは、そこに見えた様子に驚愕した。車両の一つから、腕が伸びていた。何かを求めるように、その腕はゆらゆらと揺れていた。水だ、とヴェルナーは直感的に思った。中の人が水を求めているのだ。

腕が、一つ、また一つと貨物車両から伸び上がる。無数の人たちが水を求めて苦しんでいる。あの中に押し込められた人たちのうめき声が聞こえるように思えた。

「パンツァーシュレックってのもあるんだよな、あれはもらえないのかな」

「いやあ、あれは高級品だし、扱いが難しいらしいからなあ」

駅舎に止まった貨物車両を見ていたヴェルナーは、周囲の男たちが話をやめない様子に気付いて、さらなる驚きを覚えた。

「おい」とヴェルナーは、手近に座った、自分の祖父ほども年の離れた男に声をかけた。

怪訝そうな顔でこちらを向いた老人に、ヴェルナーは問いかけた。

「あれ、何だと思う」

老人は一言だけ答えた。

「貨物列車だな」

彼は視線をそらすように横を向いて、他の男と話し始めた。

それよりも、新しい銃がもっとほしいな。

連合軍から鹵獲《ろかく》したら、それを使えばいいんじゃないのか……。

「おい、見えないのか」

ヴェルナーは老人の肩を摑んだ。

「何がだ」

老人の答えには、苛立ちと不安の両方が含まれていた。

「腕だよ、あの腕。なんで貨物列車から腕が伸びているんだ。あれが荷物に見えるのか」

老人は一度車両を見てから、顔をしかめて答えた。

「知ったことか、そんなのは……貨物列車に乗せられているならば、犯罪者だろう。レールの先には操車場があるというじゃないか。そこで働いているんじゃないのか」

しかし怖いのは狙撃兵だと聞くな。

なあに、祖国を守る側が有利なんだ。こちらが手強いと知ればあいつらは逃げ出すさ。

ヴェルナーは大声で彼らの会話を遮った。

「嘘だ。お前たちは、レールの先に何があるのかも、あの人たちがどういう目に遭っているかも知っているはずだ」

「さっきからなんだお前は、犯罪者の息子が！」

老人が色をなして叫ぶと、あたりの視線が集まった。

蒸気機関車はもう一度汽笛を鳴らし、ごとりごとりと重い音を響かせながら、村を去って行った。

周囲を見渡したヴェルナーは気付いた。誰もがあの貨物列車を見ている。けれど彼らの共通認識として、彼らはあれを見ていないことになっている。貨物列車を見たとしてもそこから突き出た腕は、見ていないことになっている。あのレールの先には、操車場があるのだと、皆が信じていることになっている。

「まったく、諸君は偉大な歴史の時代に生まれたものだ」

唐突な声に、ヴェルナーは顔を上げた。

ルドルフ・シェーラー少尉が、朗らかな笑顔を絶やさぬまま彼に告げた。

「およそ青年は道を踏み外しやすく、己の中の衝動によって人生を誤るものだ。けれども戦争は、人を正しい道へ歩ませてくれる」

シェーラーの口調には、よどみがなかった。彼自身が、己の言葉を正しいと確信している様が、その笑顔から見て取れた。

「三十年前もそうだった。ランゲマルクでは、ドイツ人の若者たちが、フランス軍を相手に突入していった。ドイツ国歌を力強く歌いながら、命を散らしていったのだ」

それは当時のドイツ人なら、誰でも知っている。そして史実と信じ込まされた神話だった。

「だが考えてもみたまえ。ランゲマルクの若者たちが名を残し、英雄となったのはなぜだ？　戦争があったからだよ、ヴェルナーくん。戦争があればこそ、自分を内側から悩ませる衝動は全て闘争へと向かい、若者の不安は解消される。老人もまた存在意義を得る。私の親戚もこの地域にいるが、彼もヒトラー・ユーゲントとして戦うつもりだそうだ。以前は非行に手を焼いていたが、彼を含む青少年の総員戦死は、ランゲマルクと同様にこの地の名をドイツの栄光として永遠に記憶させ、青少年の栄誉もまた永遠となるだろう。このように、全ての人間は疎外から解放される。ここにある光景が、その証明だと思わないかね。誰もが祖国のために戦うことができるのだ。のみならず、戦争というものは、人間の本質であり、人間が生み出した大いなる営みだ。偉大なる事業だ。飛行機が初めて飛んでから僅かに四十年で、我が国はジェット機という偉大なる兵器を生み出し、今や無人の飛行爆弾と宇宙まで届くロケットが、ロンドンに反撃を加えている。このように、戦争があればこそ科学技術は進展し、人間を孤独から救うのだ。およそ生きる人間は全て死ぬ。それならば、全ての人間に帰属を与え、進化を促す、戦争に感謝しようではないか、ヴェルナーくん。疑問を抱いてはならない」

こいつは本気で言っているのだな、とヴェルナーは思った。ことシェーラー少尉に関して言えば、戦争がなければ生きがいのない人生を送っていたのだろう。

訓練が終わり、家へと帰る道すがら、ヴェルナーは思った。

自分たちの計画は、爆破で終わるべきではないのかもしれない。エルフリーデが言った通り、周囲の人たちに、あの虐殺の現場を知らせ、そして彼らに、自分たちがそれから目を背けているということに気付かせなければならない。だが、それにはどうしたらいいのだろう。

「ヴェルナー」

ふと、涼やかな声が後ろからかかった。

振り向いて、その声の主を見て、ヴェルナーは心底ぎょっとした。

アマーリエ・ホルンガッハーがそこにいた。

「よかったわ。やっとあなたに話しかけることができた」

「何か用ですか」

毒づくように答えると、ホルンガッハー先生はにこやかに答えた。

「エーデルヴァイス海賊団、っていうのね」

ヴェルナーは、驚きを表情には出さなかった。

ホルンガッハー先生は、笑顔を絶やさずに続けた。

「誤解しないで。私はこの間、あなたの家に食糧を届けに行ったのよ。あなたが心配だったから。だから自分の分の配給食を分けて、ついでに話を聞こうと思ったの。そうしたら中から……」

「どうでもいいから、結論だけ言え」

ヴェルナーが、制するように尋ねた。

目の前のナチ公が何かを聞いたとするならば、それを聞くことは自分を不利にする。

ホルンガッハーは笑みを絶やさない。自分が一段上の大人という存在であることを疑いもせず、彼女は哀れみといたわりの視線を向け続ける。

「ヴェルナー。自分が反体制的な人間だと考えているのなら、それを表に出すのは、もう少しあとでもいいと思うのよ。私がそうであるように。どのみちもうすぐ、この戦争は負けて終わる」

ヴェルナーは吐き気がこみ上げてくるのを感じた。

シェーラー少尉とは別種のおぞましさをまとった大人の姿だった。

「俺になにか頼みたいんでしょう」

「ええ」

悪びれもせずに彼女は答えた。

「私は、今のあなたを不利にする話なんて、言いもしないわ。だから、占領軍がやってきたら、私が黙っていた、ということを彼らに伝えてほしいの。悪くない話でしょう。じきにこの世界はひっくり返って、鏡の国のようになるわ。私には、政治がどうあっても、子どもたちを教育によって正しい方向へと導く義務があると思っている。そのためにも、お互い助け合わなくちゃね」

「悪くない話ですね」ヴェルナーは答えて、こいつを今すぐ殺してやりたい、という思いに駆られた。「あんたの友達の娘さんは、たまたま絵本と同じようにユダヤ人に陵辱されかけ、そして今度はあんたが連合軍捕虜をかくまう手助けをしたわけだ。おとぎ話は得意なんだね」

ホルンガッハーの顔から笑みが消えた。

「あなたにとっても悪くない話、と言ったはずよ」

含意は明らかだった。アメリカ軍捕虜をかくまっていることを、ホルンガッハーは知っている。

「勘違いするな。俺がお前と共有してることがあるなら、弱みだけだ。俺が捕虜をかくまっていることをお前は知っている。そしてお前はそれを黙っている。お前は戦争に負けるとも言った。そして本当に価値観がひっくり返ってくれるなら、俺が話すべきことは一つ。お前が反ユダヤ教育を熱心におこなったナチの手先だということだけだ。軽蔑するよ、ホルンガッハー先生」

ヴェルナーは彼女に背を向けて、家に向かって走った。ホルンガッハーが自分を密告するだろうか。怖くてできまい。こちらが詳細を吐けば彼女も道連れだ。先を読んだつもりなのだろうが、そのあくどさが、かえって弱みとなっている。

連合軍に占領されたなら、俺が脅されたことを含む全てを話してあいつの息の根を止めてやる。家につくと、粗末なベッドにひっくり返って、ヴェルナーは深く息を吐いた。分かってはいた。ホルンガッハー先生が誰にとっても「いい人」であり、周囲に自分を合わせることが得意であることは。間違っても国民社会の団結を乱す反乱分子になり得ない人であり、犯罪者ではあり得ないことも。

悪態をついたところで、ホルンガッハー先生程度の迎合主義者は無数にいるし、戦後も彼女は生き残るのだろう、という確信があった。自分の被った仮面を付け替え、戦時下に明かせなかった本心なるものを用意し、そうして彼女は戦後における「いい人」となるのだ。多分、何の疑問も抱かずに。

だがこの国、この地域、この村において、あのレールの先、そしてあまたある虐殺の現場を支えているのは、そういう人たちなのではないか。

ヴェルナーは考えた。なぜ、人が収容され死んでゆくことに対して、普通の市民が冷淡になれるのだろうか。彼ら市民が「国民社会」の内側にいるからか。そしてその外側にいる存在は、思いやりや同情の対象ではない、という価値観が公認されているからか。——収容され、死んでゆく者たちは自分たちとは違う——与えられるその基準を疑いもせず、進んで同化することによって「国民社会」の内側に留まれば、権力が自らを弾圧することはない。

そしてふと、ヴェルナーはかつて自分を悩ませた「居場所」について考えた。自分はドイツ少国民団をクビになり、死刑囚の息子となったが故に国民社会、つまり国が用意した「居場所」の外側にいた。エルフリーデだって事情は違うけれどそうだ。個人として爆弾を爆破させることに執念を燃やすドクトルもそうだったのだろう。だからこそ自分たちは皆ナチを憎んだし、エーデルヴァイス海賊団という居場所に居心地の良さを覚えた。レオンハルトが何を思ってこの海賊団を結成したのかは分からないが、彼も多分、同じ気持ちでいる。

爆破するしかないのだ。俺たちは、俺たちが本物の人間であるために。

そのためなら、命などは惜しくなかった。

内なる決意を認識するとともに、強烈な眠気が襲ってきた。


全ての準備が終わり、ヴェルナーがエルフリーデの苦心の作である偽造命令書をタイプした翌日。決行の日がやってきた。

ヴェルナーは戦利品であるヒトラー・ユーゲントの制服をまとい、所定の集合場所へと急いだ。自転車で移動するさなか、地域の様子を観察した。連合軍の地上侵攻を間近に控えて、人々は混乱の渦中にあった。その混乱ぶりを物語るのが、種々様々な服装だった。少数の国防軍、少数の武装親衛隊、ヒトラー・ユーゲントの少年たちと素人をかき集めた国民突撃隊。それらはいずれも異なる制服を着ていたし、国民突撃隊に至っては統一された制服が準備できず、与えられているのはよくて外套のみ。多数の者は、鉄道職員や消防隊といったそれらしい制服、あるいはまったくの私服の上に腕章を巻き付けているだけだった。伝令や検問の一部にはドイツ女子青年団の少女たちも動員されている。この驚くべき乱立状態を任されているのはシェーラー少尉であり、その命令を騙《かた》る文書は、素人同然の者が見張り役をする各所の検問を突破するのに充分な威力を発揮した。

もとより短時間をしのげればいい嘘だ。

市街地を流れる川まで行く。レオンハルト、エルフリーデ、ドクトルの三人がそこにいた。エルフリーデはドイツ女子青年団の制服、他の二人はヴェルナーと同じ、ヒトラー・ユーゲントの制服だった。皆、身のうちの緊張を隠すこともできず、こわばった表情をしていた。

ふと、エンジン音に気付いて、空を見上げる。雲間に、ドイツのものではない飛行機が飛んでいた。

ハイムの言った通り、制空権を得たアメリカ軍は偵察機を悠々と飛ばしていた。

「やあやあやあ、仲間を連れてきたよ！」

朗らかというにはあまりに間抜けな声がして、ヴェルナーたちはそれが誰であるかを知った。ドイツ少国民団のフランツ・アランベルガーが、五人の「仲間たち」を連れて現れた。彼は任務を完璧にこなしたと強固に思い込んでいたので、自分が集めた連中を、ヴェルナーに得意満面でお披露目した。

五人のヒトラー・ユーゲントは、それぞれ武器をかついで、彼らの前に現れた。

「モーリッツ、エドヴィン、ゲオルグ、オットー、ペーターだよ」

ヴェルナーは啞然としてその面子を眺めていた。

「おい」フランツを引き寄せて、耳元でささやく。「俺たちのことを知らない奴って言ったろ」

「うん。だからみんなヴェルナーのことを知らないよ」

フランツは声を潜めることもなく答えた。確かにフランツは、力持ちで、ヴェルナーやレオンハルトらと面識がない者を探していた。念のため、彼らの名前を示しても誰だか分からないと答えた者たちだけを五人選んでいた。

しかし、そのうちの一人は鉄橋で戦った、ペーター・ライネッケだった。

確かにペーターはヴェルナーたちの名前を知らないのだが、フランツはこの二人が対決した姿を見ているのだから、自明の前提として排除すると、ヴェルナーたちは賢いが故に確信していた。

ヴェルナーは、フランツの幼さを甘く見ていたと痛感しながら、ペーターの表情をうかがった。百九十センチ超の大男も、困惑をあらわに海賊団の表情をうかがっていた。しかし殴りかかってくるような様子はない。かつて橋の上で相まみえた、肉食獣のような獰猛さとは、気配が異なっていた。

相当悩んだあと、ヴェルナーは覚悟を決めて、偽造された文書を読み上げた。

「当地域防衛の任務遂行のため、充分な検討をおこなった結果、小官は以下の結論に達した」

彼が読み上げた「命令」は以下の通りであった。
一、当該地域の防衛にあたっては、同地を要塞化し、敵の猛攻を凌《しの》ぎ、外部からの救援を待つことのみが唯一の方策である。
二、前項に挙げた戦闘方針を貫徹するにあたっては、敵の侵攻路のすべての阻塞《そそく》が必須である。
三、当地域に新たに設置された鉄道網は、現在のところ我が軍の掌中にあるが、いつ敵の手に落ちるやもしれず、また、万が一にも当地域が失陥した場合には、重要拠点たる操車場の露見が予想されるほか、鉄道網を通じた侵攻路が開拓される恐れがあり、郷土を敵の橋頭堡とすることは、絶対にこれを阻止しなければならない。
四、我が国防軍は、長延期信管による爆弾を入手している。
五、現状を鑑みるに、国防軍、および武装親衛隊の人員を割くことは困難である。
　各項目を読み上げたあと、ヴェルナーはとどめのように、結びの一文を読み上げた。

「以上の検討の結果、我が軍は当地域ならびにドイツ全土に亘る国防的見地によって、ヒトラー・ユーゲントの勇気ある諸氏に対して、長延期爆弾を利用してトンネルの阻塞、または鉄橋を破壊し、鉄道が敵の支配下に落ちる事態を防止することを命じる。国防軍少尉、ルドルフ・シェーラー」

　エルフリーデはよくここまで「それらしい」文章を作ったものだ、とヴェルナーは感心した。実際のところ、ここが連合軍の手に落ちたところで、彼らが蒸気機関車で他の町まで攻めていくことはあるまいが、このように列挙されると確かに防衛のためには鉄道を爆破した方がいいように思えるし、なにより命令を発出する名義人が、ルドルフ・シェーラーであることが効果的だった。

ヴェルナーは、ヒトラー・ユーゲントの少年たちを観察した。

「重要な任務だな」

「ああ、俺たちはこの町だけじゃない、ドイツを守るんだ」

まだ十代の、小軍隊の兵士たちは、今や地域における国防の顔、シェーラー少尉から直々に命令を受けたという感動に心動かされていた。

ヴェルナーは、命令文の一部に、「操車場」という場所が「露見」することをシェーラー少尉が恐れていて、それを阻止せよという一文があることについて、彼らがどう受け止めているのかが気になった。しかし、それについては誰も言及することはなかった。

つまりは何の違和感もなく受け止められ、かつそのことを言うべきではないと皆が考えているのだ。

「おじさんが俺にこんな命令をくれるなんて」

モーリッツという名の少年が、やたらと喜びをあらわにしていた。

言い回しで気付いた。彼がシェーラー少尉の言っていた「親戚」なのだろう。自分より年上だろうが、目と耳が大きく、全体的に幼い顔つきをしていた。上気した頬が赤らんでいて、目の前にある冒険に興奮している様子が見て取れる。どんな非行に走っていたかは知らないが、彼と、彼を含む青少年の全てを戦闘の末に死なせることが、シェーラー少尉にとっての現時点での生きがいなのだ。

おそるおそる顔色をうかがったペーターは、一人なにか、沈痛な表情をしていた。

彼だけが興奮も高揚もなく、浮かれる仲間たちをどこかしらけた表情で一通り眺めてから、地に視線を落として、一つため息をついた。

ヴェルナーにとっては意外な反応だったが、そこを追及することができるはずもなかった。

四輪車を転がして鉄橋の下まで行くと、長延期爆弾は依然としてそこにあった。起爆する心配はないこととその理由を、ドクトルが充分に説明していたが、葉と土を払ってその姿があらわとなったとき、皆が息をのんだ。それほどまでに、二百五十キロ爆弾はある種の威容に満ちていた。

事前の打ち合わせ通り、エルフリーデを除く九人で、爆弾を四輪車に載せ、急な坂道を押して、レールの上へと運んだ。都合、一人二十七キロ以上を持つわけだが、予想に反してスムーズに作業は進んだ。その要はペーターの怪力であり、フランツが彼を選んだのはその愚かさの故ではあったけれど、結果的にものの三十分で、彼らは爆弾を鉄橋の上に運び、そこからトンネルの中へと運んだ。

あとは、穴を掘って爆弾を埋め、隠蔽して逃げるだけか……。

ヴェルナーが思ったとき、フランツが言った。

「よかったね、ヴェルナー。これで、レールが連合軍のものにならないで済むし、かわいそうな人たちが収容所に運ばれていじめられることはなくなるんだね」

ヴェルナーは賢い人であったから、フランツがバカであること、バカのバカたるゆえん、本物のバカの恐ろしさを充分に理解できてはいなかった。

愚かなフランツの中では、今もって世界は曖昧だった。収容所にいたる道のりを破壊して虐殺を防ぐのだというヴェルナーの「正しさ」と、連合軍と戦うという「正しさ」が両立するものではなく、後者は単にヒトラー・ユーゲントを欺くための嘘であると理解できなかった。そしてヒトラー・ユーゲントの連中からすれば、自分たちは連合軍と戦うための破壊工作をおこなうのだと信じていることも充分に理解できず、両者の視点を結合させた、奇妙な理解に至っていた。

「おい、なんだそれ」

即座に反応したのは、モーリッツ・シェーラーだった。

ヴェルナーはため息をついた。露見の可能性は織り込み済みだ。意外な形ではあるが。彼はレオンハルトから借りていた拳銃を抜き出し、振り向きざま、モーリッツの眉間に突きつけた。

「クソッ、スパイかお前ら！」

モーリッツは背中に回していた短機関銃を手に取ろうとした。よせ、とヴェルナーは警告する。モーリッツは動きを止めようとしない。撃つしかない、とヴェルナーは覚悟を決めた。

「よせ、よせ、待てって」

巨体を盾にするようにして間に割って入ったのは、ペーターだった。

ヴェルナーとモーリッツ、両者の怪訝な視線を浴びた彼は、二人を諭すように言った。

「ここで撃ちあったら大勢死ぬぞ。お互い、それが目的じゃないだろ」

ヴェルナーは目をしばたたかせた。確かにそうだが、なぜペーターがそのように理性的なことを言うのだろう。動揺はあったが迷いはしなかった。

「その通りだ。だから全員動くな。そうすれば撃たないし、動いたら撃つ」

ヴェルナーは拳銃を左右に振ってヒトラー・ユーゲントの全員を牽制する。いつでも射撃可能な体勢である彼に対して、撃たれることを覚悟で動くものはいなかった。

代わって口を開いたのは、レオンハルトだった。

「聞いての通りだ。このレールの先は強制収容所につながっていて、僕たちは鉄道を爆破する」

レオンハルトはナイフをちらつかせてモーリッツに近づき、彼が銃口を向けようとしていた短機関銃、MP3008を受け取って、構えた。五人のヒトラー・ユーゲントが真意に気付いたときには手遅れだった。銃を構えることができない彼らに向けられる銃口が二つとなり、完全に動きを封じられた。

手を挙げろ、と命じられ、彼らは渋々それにしたがった。

本当はこの場で彼ら全員を射殺するべきなのだろうか、とヴェルナーは思った。

それは、他人を騙して爆破に利用するほかないと決まったときも考えたことだった。直接の目撃者の口を全て封じておけば、なにも潜伏する必要さえないかもしれない。家に帰って終戦を待てば、全員助かるのかもしれない。目に見える、敵とおぼしき人間を皆殺しにすれば。

だが、そういう考えと戦うために、自分はここにいるようにも思えた。

「よかったら、お前たちも仲間にならないか。鉄道を破壊すれば、この先でおこなわれている残酷な行為を止められるんだ」

自分の声が、どことなく疲れているように聞こえた。

トンネルの中、彼の声が木霊して消えてゆく。余韻を上書きするように、ペーターが言った。

「あの旅行でそれを見つけたのか」

面食らった顔を見せつつも、レオンハルトは答えた。

「そうだ」

「でも、なぜ、それをお前たちが止めるんだ。自分の命を懸けてまで」

レオンハルトが答えに詰まった。ヴェルナーが代わりに答える。

「見てしまったからだ」

そうだ、と自分で納得した。目の前にいるヒトラー・ユーゲント。年齢は同じ程度で、同じ市に生きてきた。ただ、彼らが目を背け続けたものを、自分たちは見てしまった。

「嘘だ」

モーリッツが答えて、他の数名も、我に返ったようにそれに同調した。

「そうだ、嘘だ。第一この先にあるのは操車場だろう」

「お前たちは連合軍のスパイなんだ」

レオンハルトがひとつため息をついた。ヴェルナーが彼に代わって問いを返す。

「あそこが本当に操車場なら、なぜ敵に露見するのを阻止する必要があるんだ」

全員が言葉に詰まった。ヴェルナーは、フランツに視線を合わせた。

目の前で交錯する「正しさ」の正体がつかめない彼は、一体、大切な仲間たちがなぜ突然仲違いをはじめたのかが理解できず、目に涙を浮かべていた。

「フランツ」

ヴェルナーは尋ねた。

「お前はこの後、爆破が終わったらどうするんだ」

フランツは声を震わせながら答えた。

「戦うよ」彼は、実際、迷いもなくそう思っていたのだ。「連合軍と戦って、故郷を守るんだ。僕はドイツ少国民団員だから、ランゲマルクの英雄たちみたいに……」

ヴェルナーは答えを最後まで聞かなかった。回答の代わりに、フランツの腕を撃った。

阿呆の絶叫がその口からほとばしって、トンネルに響き渡り、幾重にもこだました。

銃声というものの大きさに、ヴェルナーは驚いていた。それは、拳銃という、文字通り手に収まる小さな用具が、人を殺傷可能な武器であることの証のようにも思えた。

ヴェルナーは決然と告げた。

「全員、武器を捨てろ、でなければ撃つ」

フランツを撃たなければ、本気にしなかったかもしれない。しかし実際に、十二歳児が撃たれて血まみれになり、トンネル内をのたうち回っている。

「なんてことをするの、ヴェルナー。大変だ。これは治療が必要だ」

エルフリーデが予定通りの立場に回り、口早に言った。彼らが逃げる口実を上乗せしてやった。

第二案、籠城の作戦通り、ヴェルナーは彼女ににじりより、大声で告げた。

「いいか、国防軍か親衛隊に会ったら、こう伝えろ。俺たちはエーデルヴァイス海賊団。エルフリーデ・ローテンベルガーを人質にとり、トンネル内部に爆弾と地雷を埋めて、今まさにここを爆破しようとしている。行って通報するならそう言え。もし俺たちのことを理解したと思ったのなら、黙っていろ」

しばらくの間、沈黙があった。

最初に反応したのは、巨漢のペーターだった。背にしていたパンツァーファウストをそろりと地面に置くと、ドクトルがそれを手に取った。一人、また一人と、支給された簡易な武器を置いて、彼らは武装解除された。そのなかの一つに奇妙なものがあった。Y字形の木。枝分かれの先端部に、工業用ゴムの切れ端が横方向に張ってある。思わず、疑問がそのまま口を突いて出た。

「なんだこれ」

「スリングショット」

持ち主のフランツが、痛みにもだえながら答えた。ヴェルナーが呆然としていると、フランツはその意味を誤解したのか、さらに説明を重ねた。

「ゴムで石引っ張って投げるんだよ」

「もういいよ、行け」

ヴェルナーは嘆くように答えた。語尾がトンネルに反響して消えてゆく。スリングショットは論外としても、と考えながら、彼は目の前にある武器を眺めた。訓練で型番を知っている。MP3008、VG-45、VG-1。いずれも素人が一瞥しただけで理解できるほどに構造が粗末であり、弾丸が発射可能なパイプのような外観をしていた。一応まともな武器は、パンツァーファウストと、見るからに古びたモーゼル拳銃、前大戦で使用された旧式銃、ゲヴェーア98。

これが使用可能な武器なのか、こんなもので戦うのか。という諦観のため息とともに、狂っているのはどちらなのだろう、と不意に疑問がよぎった。これでドイツ国防軍とやり合おうという自分たちなのか、それとも、これで連合軍と戦おうとしている今のドイツなのか。

「どうして……」

フランツは、撃たれた腕を押さえながら、ヴェルナーに尋ねた。意外と傷が浅いということに、やっと気付いた。

「どうして僕を撃ったの、ヴェルナー。僕らは仲間だろう。一緒にトンネルを爆破して、あの人たちを助けるんだろう？　それで、連合軍と戦って、祖国を守るんじゃなかったの」

「生きて会えたら、また教えてやるよ」

ヴェルナーの言葉は冷静そのものであり、愚かなフランツにもその真摯さは届いていた。

「俺たちがなんなのか、俺たちは、何のために戦ったのか、お前に話してやりたいんだ」

聞きたい、とフランツは答えた。愚かなりに懸命に生きようとした十二歳児は、今までに目にしたどんな大人より、ヴェルナーに対して憧れを抱いていた。

武装解除されたヒトラー・ユーゲントの一団は、フランツを引きずるようにしてトンネルを去って行った。引きずられていくさなか、フランツは、意図的にじたばたしたし、やれ腕が痛いの、持つところが違うだのと叫んでいた。彼は愚鈍なりに必死だったので、ヒトラー・ユーゲントの仲間たちが素早く通報することに対して、できるだけ妨げになろうとしていた。

「掘削して、起爆だ！」

彼らの姿が消え、レオンハルトが、トンネル構内の仲間たちに対して叫んだ。

彼とヴェルナー、それにドクトルがシャベルでトンネルせり出し部の直下を掘削する。その間、エルフリーデは爆弾の起動にかかった。彼女は安全のため爆弾に取り付けられていた、フィンを固定するワイヤーに手をかけ、それを一気にむしり取る。爆弾はあっさりと安全装置を外され、起爆工程を待ち受ける。まるで抜刀されたサーベルだ、と、それを見ていたヴェルナーの背筋に冷たい汗が走る。

「掘削、早めに頼むよ」

エルフリーデはフィンを時計回りにぐるぐると回した。説明通り、フィンがつながる棒は回転軸となっていて、爆弾から突き出していたその部分は、フィンが回るたびに爆弾内部に沈み込んでいく。ヴェルナーは、内部で起きている現象を脳内に思い浮かべた。あの沈み込んでいく回転軸の先端にアンプルがあり、そこに溶剤が眠っている。軸の先端が、徐々に、徐々に、そこに近づいていく……。

思い浮かべた爆弾内部の様子に不穏さを感じたとき、エルフリーデは手を止めた。

「そっちは、どのぐらいで終わる？」

「予定じゃ二十分」とレオンハルトが答えた。

「こっちのペースにかまわずに、そのまま急いで回してくれ」

ヴェルナーが、焦った口調で答えた。エルフリーデが、でも、と言い返す。

「アンプルを砕いたら、起爆の工程に入るんでしょ。タイミングを合わせないと危なくない？」

エルフリーデの言い分は理解できた。そもそも本来の予定では、充分な掘削後にフィンを回して起爆工程に入るはずだった。時間差があるとはいえ、爆発までのカウントダウンに入った爆弾のすぐ隣で、明確にいつ終わるとも分からない穴掘りをするのは危険すぎるのだ。しかしヴェルナーの言葉に迷いはなかった。

「今はとにかく、起爆までの時間を短くするべきだ。アンプル割ってから爆発まで、最低一時間だろ。その間に穴掘りが終わらないなんてことになったら、どのみち作戦失敗だよ」

「確かにそうだ」レオンハルトが納得した様子で答えた。「エルフリーデ、アンプルが砕けたら時間は測るから、一気に回してくれ」

エルフリーデは、分かった、と答えてすぐにフィンを回す作業を再開した。ヴェルナーも一心不乱にシャベルで土を掘り起こす。市街地へ戻った彼らヒトラー・ユーゲントが通報し、戻ってくるまでにそう時間はかかるまい、と彼は思う。エルフリーデが回す回転軸はぐんぐんと爆弾内部に沈んでゆく。望みうる最高のシナリオは、設置を終えて首尾良く山へ逃げ、敗戦まで逃げおおせることだ。だが、目の前の土は存外に固い。さらに工事中に紛れ込んだバラスト（レール周辺の砕石。）が掘削を難しくしていた。エルフリーデが取り組んでいる作業は、自分たちが取り組むそれより遙かにたやすい。どうしても時間差は生じる……。暗い予感がしたとき、エルフリーデの手が止まった。

「なにか割った、回転軸も止まった！」

彼女が叫ぶと同時に、レオンハルトが懐中時計を取り出し、十二時ちょうどにあわせていたその針を動かした。

「ここから最低一時間で爆発だ」

ヴェルナーは冷や汗がにじむのを感じた。自分で言い出した計画ではあるが、やはりとてつもない危険に身を置いていることを自覚せざるを得なかった。穴の様子を観察する。掘っても掘っても、土砂が穴の中に流れ込んできて、一定以上の大きさにならない。

「ああ、くそっ」

レオンハルトが珍しく苛立ちをあらわに叫んだ。その声に気を取られて、ヴェルナーには、彼の作業の様子を観察する余裕が生じた。焦りのあまり土を浅く搔《か》いてそのまま外に放り出し、すぐに同じぐらいの土が流れ込む、という動きを繰り返していた。ヴェルナーは気付いた。レオンハルトは、掘り慣れていないのだ。

エルフリーデがやってきて、掘削にかかろうとした。

ドクトルが、それを制して叫ぶ。

「いや見張り、見張り頼むよ」

あっと叫んでエルフリーデはトンネルを出て、鉄橋に腹ばいになり、市街の様子を見守った。

「まだ、誰も来ないみたい」

「おお」

ひとまず安堵の声を出し、ヴェルナーはレオンハルトとドクトルに声を張り上げた。

「土を引っ搔くんじゃなくて、もっと深く、こんな風に、耕す感じで頼む」

土木作業に慣れたヴェルナーが、実演してみせる。シャベルの刃先を地面に突き立て、上から右足で押し込み、空いている穴側にぐっと回してから、上に乗せた土を持ち上げる要領でレールの上にどけた。

レオンハルトとドクトルが、その様子を見て自分たちの掘り方を改良し、掘削のペースは改善された。全長百二十センチ、広さは確保できた。あとは深さだ。

「あ、あ、なんか人が大勢避難していく」

エルフリーデが震える声でこちらに告げた。

「あいつらの通報のせいか」

レオンハルトがため息交じりに言った。

「いいじゃねえか」ヴェルナーはシャベルを捨てて、クワを取り出す。他の二人もそれに続く。

「住民たちが俺たちのやることを知ったってわけだ。これで俺たちの名が残る」

あからさまな強がりに、レオンハルトも苦笑した。

「そうとも、俺たちはきっと歴史に名を残す」

強がりを言いながらクワで穴を深くしてゆく。少年たちの額に汗が浮かび、手がしびれる。穴はどんどんと深くなり、見る間に、二百五十キロ爆弾とそっくりの形に仕上がっていった。まるで墓穴だな、と思ったヴェルナーは、その不吉な連想を打ち消した。

それと同時に、クワの刃先が何かに当たり、金属的な音を立てた。

「基底だ！」

ヴェルナーが言って、三人は、穴が掘削可能な最深部に達したと確信する。掘ってみて、その深さが膝の高さを上回っていることが分かった。この除去された部分の土砂がすべて、いわば緩衝材のように機能したであろうことを思えば、これを除去してむき出しの基底部に爆弾を接地させることは、確かに有効だろうと確信させる光景だった。

掘削を終えた彼らは、すぐ隣の四輪車に飛びついた。ヴェルナーとドクトルが下から持ち上げようと試みる間、レオンハルトはシャベルを使って、てこの原理でそれを支えた。あとは爆弾を転がして落とすだけだ。

分かってはいるのだが、それでも不安にはなる。

「ドクトル……落として、大丈夫なんだよな」

「大丈夫だよ」

彼の答えは簡潔で、むしろ幼子を諭すような口調だった。

「この程度の衝撃で爆発するようにできていたら、長延期の意味がないだろう。本来はこの状態になって、そのあと空から地面に落ちるんだもの」

確かにそうだ。そして自分たちはもはや、その言葉にかけるしかないのだ。

「せえのっ」

全力で四輪車を押すと、二百五十キロ爆弾を搭載したそれは徐々に持ち上がり、少年たちは歯を食いしばり、重荷に耐えた。底が浮いたのを確認して、レオンハルトもシャベルを捨てて、押すのに加わる。だが、力が足りない。あと少しのところで足りない。せっかく掘った穴に、力が足りないという理由で落とせないのか……。

ヴェルナーの足が滑りそうになった瞬間、エルフリーデが飛んできて、助走をつけて体当たりするように、四輪車を押した。それが最後の一押しとなった。コップの縁まで満たされた水が最後の一滴によってあふれかえるように、四輪車は横転し、爆弾は転げ落ちた。そしてそのまま横に転がって、掘削されたばかりの穴に、自ら飛び込むようにして再度落下した。金属同士が衝突する鈍い音が、トンネルに反響した。

よし、と思うまもなくエルフリーデが言った。

「ひ、人が、人が大勢こっち来てるのが見えた。軍服着てる」

「手早いな」

レオンハルトが嘆いて、ヴェルナーは立ち上がり、最後の仕上げに取りかかった。

「土砂は省略して、土嚢だけ乗せよう」

四人は流動的に二人一組になり、トンネル内に残されていた土嚢を、爆弾の上に積み上げる。爆風を上に逃がさないようにする機能としては、土砂がある場合より低下するが、もともと土をかぶせるのは隠蔽もかねての計画だった。計画が露見したこの際、爆弾の上に土があろうがなかろうがほとんど効果は変わらない。とにかく時間を短くしなければならない。

数個の土嚢が爆弾を覆い、その姿を上から見えなくした。

レオンハルトは懐中時計を取り出して、叫んだ。

「もう二十分経ってる」

予想を上回る時間経過の速さを、どう受け止めるべきかヴェルナーは悩んだ。爆破まで時間が残り少ないのはいいが、時間のロスが多すぎる。

「行くぞ！」

レオンハルトに言われて、全員が武器を取り、鉄橋の上に腹ばいになった。

土嚢から顔を出す。予想通りの光景があった。

眼下にひろがる緩やかな斜面。その向こうの市街地で、市民が列をなして防空壕に去って行くのが分かる。空襲警報などないから、自分たちの破壊工作を知らされたはずだ。

そして市街地からやってくるのは、四、五十人程度の、国防軍人と武装親衛隊の面々。

正規軍が総数二百名程度で、一帯が連合軍との戦いに備えている中では、驚くべき人数の投入と言える。

彼らが、一応間隔を空け、しかしそれでいて今ひとつ緊張感を欠いた様子のまま、こちらに向かってくるのが分かる。

かつて最初にここに立ったときに考えた通り、市街地までの優れた眺望を楽しめるこの場所は、鉄橋という高所であり、おまけに土嚢が積んであるのだった。

レオンハルトが、はっと笑った。

「最高だな」

ああ、とヴェルナーも返事をする。レオンハルトが、汗を拭ってから再度、最高だと言った。

エルフリーデも笑って答えた。

「ここは籠城にはうってつけの場所だよ」

作戦変更。山へ逃げての潜伏は無理。とにかくここで、爆破を待つしか無い。

ぞろぞろやってくる兵士たちは、自分たちが鉄橋から丸見えであることも分かるだろうに、木々に身を隠すでも匍匐前進するでもなく、申しわけ程度に間隔を空けてこちらへ接近を試みている。おそらく、相手が不発弾で火遊びをする不良どもで、自分たちがその場を制圧すればいいのだ、という程度に考えているのだろう。

まずはそれが間違いであると教えてやらなければ。

レオンハルトは、ヴェルナー、エルフリーデ、ドクトルに目配せし、それぞれの役割を確認した。特に重要な役割を演じるエルフリーデが、気持ちを切り替えるように深呼吸した。

「近づくな！」

ヴェルナーが絶叫とともに、ワルサーを一発発射する。弾丸は中空を切り裂いて、彼らが歩いているあたりの真ん中、川の中に飛び込んだ。

銃声一発。それだけで事態は一変した。発砲への対処は、兵士たちにとって、軍隊を軍隊たらしめる根幹であるとともに、自己の生存という最重要問題に対する根幹である。兵士たちは、本能的と形容すべき俊敏さで散開し、遮蔽となり得る木々に身を隠した。

第一の反応、待避。それがなされたのを見て取ったレオンハルトは、第二の反応、反撃がもたらされるまでに与えられた、僅かな静寂を破って、よく通る声で叫んだ。

「近づくな。こっちには人質、ローテンベルガー少佐のご令嬢がいるんだぞ！」

ヴェルナーがエルフリーデに視線を移す。彼女は思い切り深く息を吸ってから、絹を裂くような悲鳴をあげた。人間の本能に呼びかけるような甲高い悲鳴が、息継ぎを挟んで、たっぷりと十数秒も続いた。

「銃を向けないで、来ないでえ！」

エルフリーデは合間に分かりやすく叫んでから、再び悲鳴を五秒ほどあげて、黙った。

見事なものだった。エルフリーデがこのような悲鳴をあげる姿は想像したこともなかったが、演技として見ている自分も若干恐ろしくなるほどだから、事情を知らない兵士たちは、さぞ緊迫した事態を連想するだろう。

籠城となった場合は人質の役を演じる、という案に、当初エルフリーデ自身は気乗りしない様子だった。だが籠城の性質を考えればやはり合理的だし、ヴェルナーはそれ以外の意味でも、彼女はその役に徹するのが必要だとも信じていた。

眼下を観察する。兵士たちは木々に身を隠したまま。しかし、おそらくは小声で上官に指示を請い、上官が即断できないでいることは想像に難くない。

とどめだ、とレオンハルトに言われて、ドクトルが、二、三度咳払いしてから、叫んだ。

「わ、我々が仕掛けたのは、長延期信管による、二百五十キロ爆弾である。しょ、諸君らも知っての通りであるが、アンプルが砕ければ、解除はもはや不可能なのである。ト、トンネルの内部には、あとその辺にも、こ、この先から調達した対人地雷も埋めてある。……おとなしく引き下がれえ」

声が震え、要所で裏返り、変に間が空いてしまったが、レオンハルトは「お見事」と言った。

「爆弾に関するところは詰まらないんだな」

ドクトルは何も言わずに顔を伏せた。

しかしレオンハルトは別に皮肉を言ったわけではなかろうし、そう思うヴェルナーも実際、上出来だと思っていた。内容が伝わればそれで良いのだ。作戦立案の段階で、籠城となった場合について話し合ったのは、とにかく、彼らが攻めにくいと思う状況をいかに演出するか、ということであった。

眼下の兵隊たちに、依然として動きはない。ということは、もくろみは成功している可能性が高かった。彼らのうちに爆弾の性質について詳しい兵科の者がいれば話は早いし、そうでなければ長延期信管について知る者に連絡を取り、真偽を確認せざるを得ないだろう。

長延期信管の爆弾の実物を見たヒトラー・ユーゲントがいて、さらに籠城中の実行犯が起爆工程を正確に告げていれば、確かにそれが本物だと確信するだろう。事実、そうなのだ。爆弾は起爆の工程にある。そしてその少年たちは、あろうことか地域の戦死者として最も高い階級の将校、ローテンベルガー少佐の娘を人質に取っている。そしてレールの先に地雷があるのは確かなので、あたりにそれが敷設されていてもおかしくはない。

虚実ない交ぜの情報の中では、それなりに慎重に進まざるを得ないのだ。

ややあってから、兵隊たちの最初の反応があった。

「お前たちに逃げ場はないぞ。命は保障する。投降しろ!」

「定型文の寄せ集めみたいだな」

レオンハルトが言って、少年たちは笑った。

それは望みうる限りで最高の呼びかけと言えた。兵士たちは、このまま数を頼りに攻め込むという手法をとれなかった。投降を呼びかけるということは、手詰まりを迎えている。

ん、とヴェルナーは気付く。

「ドクトル、あの長延期爆弾は、起爆の工程に入ったら解除不可能だって、前に言ったよな」

「言ったよ」

「それは、あいつら、つまり本物の軍隊の手に渡った場合でも同じか」

「同じだよ。そうでないと長延期の意味が無い。長延期爆弾なら、脱落防止機構ってのが入ってて、起爆工程で外部から解体しようとすると即座に起爆するようにできているはずだ」

もう止める手立てはない。それなら……結論を言うのに若干のためらいを感じていると、レオンハルトが彼に代わるように言った。

「それなら、もう投降していいってことにはならないか。だってあれ、もうどうしようと最長で二時間後には爆発するんだろ。俺たちが捕まったあとでも、爆破はなされるんだよな。アンプルを砕いた時間を知らないあいつらからしたら、いつ爆発するかも分からないわけだし」

彼が口にしただけで、少年たちに共有されていた緊張にある種の鈍麻《どんま》が生じたのを、ヴェルナーは感じ取った。重労働による手のしびれが、突然思い出したように彼を襲った。

「それは、いや……あいつらが、どのくらい正気かによるよ」

ドクトルの言い回しに、一同の視線が集まる。彼は少し苦しそうに続けた。

「つまりさ、俺たちが捕まったあと、自爆覚悟で除去作業に入られたらどうしようもないんだ。もちろん作業中に爆発すれば、破壊工作が成功するついでに兵隊が吹っ飛ぶだけだけど、そうならない可能性もある。……本当は、土も念入りにかけて隠すつもりだったけど、結局、充分には隠蔽できなかったから、どこに仕掛けたかも一目で分かるだろ。あの人数で土嚢をどかせば、爆弾を取り出すのに、それほど時間はかからない。しかも真下が川だもの」

最悪の可能性は、作業中に爆死する可能性を承知の上で兵隊たちが爆弾の除去作業に取りかかり、そして爆発に巻き込まれることなく川へ投げ捨てること。

普通に考えれば、この撤去作業に命がけの作業をする意味などない。もとよりこの鉄道が破壊されたところで、ドイツ軍に生じる打撃は、V2の生産が多少遅滞する程度だ。あの「報復兵器」で戦局を逆転できるなど、本当は誰も信じていない。

だが、ヴェルナーはその馬鹿げた行為に取り組む兵隊たちの姿を、ありありと思い浮かべた。

「あいつらの正気に期待するのは危険だと思う。決死隊とか爆死覚悟とか自己犠牲とか、むしろ兵隊どもが大好きな言葉だろ。ルドルフ・シェーラーがいたら大喜びで陣頭指揮を執るし、可能ならヒトラー・ユーゲントを連れてきて撤去作業をするんじゃないか」

確かに、とレオンハルトも同意した。

エルフリーデも、そう思う、と言った。

「将校を間近で見ていたから分かるけど、目の前で破壊工作がおこなわれていて、それを除去できるのに、『危険だから』で諦めるってのは考えがたいかな。戦うことが仕事の連中だから」

結局、投降は不可能という結論にまとまった。

「爆発するまでここで踏ん張るしかないか」

そもそも、とヴェルナーは思う。

戦争捕虜や囚人へ、死に至る強制労働を課してロケット兵器を生産し、外国の市民の頭上にそれを落とすという行為が合理的で、死ぬほどの行進を強いて軍靴の性能をテストするという発想が、正常であってたまるか。

末期戦のさなかに捕虜や囚人に強制労働を強いて彼らを死なせ、それで作ったロケットで「報復」を続けることが正気なら、そんな正気は願い下げだ。

シェーラー少尉は、戦争を偉大なる事業と言った。偉大かどうかはともかくとして、国力を注いで遂行される計画は、すべてある種の事業であることは確かだろう。事業なくして、ジェット戦闘機やロケット兵器が完成することはないのだから。異常な酷使も、その「事業」に必要なのだ。そして同じ論理、すなわち国策としての「事業」の一部に、ナチスにとって好ましくない人間たちの大量虐殺がある。人々を区分し、管理し、そして移送し、殺害する。さらには、デュッセルドルフグループのポーランド人、ヨーゼフの家がそうであったように、残された財産を奪い取る。それらが国策の下になされる以上、そのすべては事業であり、経済活動と化して人々に還元される。

俺たちはそれを拒絶する。ヴェルナーはそう思った。

ナチスを憎み、それに愉悦を見いだした俺たちは、奴らの事業に組み込まれることを拒否し、爆破をもってその意思を証明してみせる。

俺たちが直面し、戦うべき相手は、ドイツを席巻する事業と、その仕組みなのだ。

眼下の兵士たちは、やはりじりじりと接近してきている。

ヴェルナーは兵士たちに銃口を向けて、そのまま二発撃った。狙い撃ちにしたわけではないが、彼らの間近にある石で、弾丸が跳ねたのが見えた。じわじわと迫る進軍が再び止まる。

兵士らからすれば、充分な遮蔽がない状況で、土嚢に隠れた敵から撃ち下ろされているのだから、たまらない話だろう。爆発まで粘れる、とヴェルナーは思った。

「まずいぞ」

レオンハルトが、その慢心に水を差すように時計を見て叫んだ。

「もうじき起爆から一時間経つ」

右を見ると、目と鼻の先に、爆弾を覆う土嚢があった。距離が近すぎる。本来的に鉄橋の損壊まで狙った作戦なのだから、ここが安全であるはずもない。露見のタイミングが早すぎた。

一時間ないし二時間で訪れる爆発のタイミング。どちらであるかは分からないが、一時間の方であった場合、自分たちも死ぬことになる。爆破としては成功するわけだが、と思うと、レオンハルトが言った。

「僕らはごめんだぞ。爆破して、美しく死ぬとかいうのは」

「確かに」

流儀ではないよな、とヴェルナーも答えた。それに結果を見届けられないし、と彼は思う。レオンハルトは簡素な短機関銃を指さして言った。

「よし、じゃあヴェルナーはまずここで銃を連射して、僕たちを援護してくれ。三人で向こうに渡ったら、今度は僕らが撃ち下ろして、援護する」

よし、とヴェルナーは答えた。

レオンハルトは残る武器をドクトルとともに抱える。

ヴェルナーは手に取った銃を眺める。MP3008。その外観は、銃に機能美として現れる洗練とも無骨さとも無縁だった。まるで水道管を組み合わせたようなみすぼらしい姿をしている。土嚢から僅かに顔を出して、接近して来る彼らに狙いを定める。確か原型はイギリスが大量生産したステン短機関銃だと聞いた。全体ががたついていて、工作性能が低いことが分かる。とても精密な射撃は望めない。それでも連射可能だから弾幕は張れる。今はその設計が、むしろありがたかった。

「行けっ」

ヴェルナーの声とともに、レオンハルトが先行し、エルフリーデは演技のため悲鳴をあげて、その後ろをドクトルが追い立てるような格好となり、三人が走り出す。

ヴェルナーは向かって左手の一群の、一番右端の兵士に銃口を向け、とっさの判断で銃を横倒しにしてから引き金を絞りきった。耳を聾《ろう》する破裂音がリズムよく聞こえ、反動で左側に跳ね上がる銃口から、次々と弾丸が吐き出される。なぎ払うような掃射を加えられた左手の一群が、斜面を転がり落ちるように後退してゆく。

右手に狙いを切り替えて、さらに一掃射を加えると、そちらも頭を下げ、じりじりと後退して行った。どの弾丸も当たりはしなかったが、こちらが本気だと感じさせるには充分だった。

不意に、自分が身を隠す土嚢に、ぼすっと気の抜けた音がした。

訝しんだ瞬間、ライフルの銃声が、遅れて聞こえた。

それが合図であったのか、次々とヴェルナーに射撃が浴びせられる。彼は線路上に倒れ伏した。当たってはいない。しかし、明確に命を狙った射撃が自分に浴びせられているという現実は、彼に今までにない恐怖をもたらした。そして倒れる間際、パンツァーファウストを肩に担え、こちらを狙っている兵士がいたことに気付いた。そんなバカな、と思ったが、現実問題として、対戦車ロケットが発射された音がした。倒れ伏す自分が顔だけ上げると、目の前を、弾頭が白煙を引いて通過していった。

目で追う先にトンネルのせり出し部があった。

轟然《ごうぜん》。狙いがそれた対戦車ロケットが山の中腹に命中し、舞い上がった土煙がヴェルナーにかかる。

爆弾に当たったらどうするんだよ、とヴェルナーは呆れたが、それどころではなかった。

「ヴェルナー、こっちだ！」

対岸へ渡ったレオンハルトが、手招きしていた。彼の元へ、腹ばいになったままヴェルナーはじりじりと接近する。相手が仰角《ぎようかく》を取っているため、土嚢の陰に伏せていれば狙いようがなく、当たる心配はほぼなかった。だが、そのまま匍匐前進していくわけにもいかなかった。

「もう時間がないぞ！」

レオンハルトが焦ったように言って、眼下めがけてVG－45を射撃した。ドクトルも拳銃でその援護に加わり、ヴェルナーは立ち上がり、走り出した。

ヴェルナー自身が予想した通り、たった二人による射撃で兵士数十人の射撃を封じ込めることは不可能だった。射撃が次々と彼を襲う。百五十メートルの鉄橋を走り、前方と兵士たちを首を振って眺めるヴェルナーの精神は、確かに恐怖に支配されていたが、一方では奇妙に冷静な部分が、自分の置かれた状況を観察していた。兵士たちの射撃は正確とは言いがたい。仰角を強いられ、発砲した者は、次の瞬間に撃ち下ろしの射撃が浴びせられている。

鉄橋の上を走り、向こうの様子が鮮明に見えてくる。レオンハルトは、ヴェルナーに向けて発砲した兵士へ向けて報復するように撃っている。そのため兵士からの銃撃は、走っている者を撃つべきなのか、レオンハルトら二人を撃つべきなのかを迷っているような、中途半端なものだった。

きいん、と耳元で何かが空を切る音がした。

それはそれとして、とヴェルナーは思う。相手は大人数で、自分は無防備に鉄橋を走っていて、一番狙いやすいのだ。自分が走るたびに隣の土嚢が砂煙を吐くのは偶然ではないし、人質もそばにいないから、ということか、まったく遠慮無しに撃っている。

口から悲鳴があがりそうになったが、荒い呼吸に紛れて声は出なかった。

エルフリーデ、と彼は気付いた。

彼女は、予備として地面に置いてあるゲヴェーア98に手を伸ばそうとしていた。無理もないと思う。少しでも力になりたいのだろう。それをしては彼女が人質だという根拠が崩れてしまう。だが、エルフリーデは多分、我慢がならない。自分がただ守られる存在だということに。周囲の発砲に紛れれば誰が撃ったかなど分かるまい、という気持ちもあるだろう。

あと少し、もう十メートルで走りつく。

彼女に銃を取らせてはならない別の理由が、ヴェルナーの眼前に出現した。

彼が走ってゆく向こう。対岸のさらに先、射撃に夢中になるレオンハルト、ドクトルと銃を拾おうとしているエルフリーデの背後に、新たな兵士たちがにじりよっていた。兵士たちの指揮官は射撃に紛れて数人を迂回させ、背後を突こうとしていたのだ。

短機関銃と、着剣した銃剣を構えて、レオンハルトとドクトルの背後に忍び寄ろうとしている。エルフリーデが人質だと信じて、誤射を避けるべく二人に近寄ろうとしていた彼らが、こちらに気付いて驚愕の表情を浮かべる。

「あ、あ、ああ」

ヴェルナーは声が出ない。拳銃を、その先の兵士に向けた。引き金を絞ろうとするが、動かない。安全装置を解除し忘れていると気付く。

もうだめだ、と思った瞬間、エルフリーデがヴェルナーの狙っている先に気付いて、振り向いた。そこに兵士の姿を認めた彼女は、次の瞬間叫んだ。

「来ないで！　地雷が爆発する！　殺される！」

瞬間、兵士たちの動きが止まった。

レオンハルトが顔だけ振り向き、同じ瞬間にヴェルナーは安全装置を解除。続けて引き金を絞ると、兵士の一人が血しぶきを上げて後ろに倒れ、構えていた短機関銃をその場に落として、斜面を転がり落ちていった。

当たった……。異様な実感が彼を満たした。

拳銃を構えたまま対岸の土嚢に、頭から飛び込むようにしてヴェルナーは滑り込み、勢いでエルフリーデに飛びついて、彼女を組み伏せるような格好になった。そのまま続けて他の兵士に銃口を向け、引き金を絞るが、拳銃は反応しない。既に弾が切れていた。

レオンハルトとドクトルが銃口を向けると、彼らの背後に迫っていた兵士たちは、事態の急展開に対応できなかった。通常ならばそのまま撃ちあっただろうが、人質がいる。迷っている間に撃たれても困る。とっさの判断であろう、彼らは斜面を転げ落ちるようにして姿を消した。

はあ、はあ、はあ……。

ヴェルナーが自分の荒い息づかいを聞いてしばらく、静寂をかき消すような声がした。

ぎゃあ、痛い、助けてくれ、こっちだ。ああ、クソガキめ、ぶっ殺してやる……。

「兵隊ってのも、ああいう風に叫ぶもんなんだな」

レオンハルトが冗談めかして笑った。

「元気だよな」

ヴェルナーも釣られるように笑った。あえて笑ってみせることで、そうだ、これは遊びだと自分に言い聞かせようとした。

「起きてよ」

自分の体の下から声がして、ヴェルナーは慌てて身を起こす。

エルフリーデが体についた土を払い、鉄橋の対岸を覗き見た。

「向こうの兵隊も下がっていったみたいだ」

一連の攻防は彼らを有利にしていた。兵士たちに、本気で撃たれるという確信を与えることができたし、そうなれば兵士たちにとって攻めにくい。エルフリーデは本当に人質だと思われている。敵の第一波を、彼らはしのいだ。

「時間は」とヴェルナーが尋ねる。

レオンハルトは懐中時計を示した。アンプル破砕の瞬間、十二時ちょうどにセットされた時計の針が、既に十三時を数分過ぎていた。誤差もあるから、まだ安心はできない。眼下を警戒するが、兵隊たちも攻めてくる気配はない。

そのとき、腹に響くような重低音の響きが、天高くから聞こえた。

ヴェルナーは右手をひさしにして天を仰いだ。エンジンを両翼に二つずつ備えた、ずんぐりとした機影の飛行機が飛んでいる。ハイムの言っていた偵察機だ。先ほどよりも高度を下げている。

レオンハルトが、空に右手を伸ばして手を振った。

「ちゃんと見てておくれよ、アミーさんにトミーさん」

米英両軍の俗称を交え、冗談めかした口調で言うと、ヴェルナーとエルフリーデが笑った。

「きっとハイムさんはもう原隊に戻ってる。全部うまくいくよ」

エルフリーデがそう言って、額に浮かんだ汗を拭った。

そうかもしれないな。ヴェルナーは偵察機を見ながら思った。連合軍からしても、ドイツ軍が戦力を分散させているのは絶好の機会だ。事情を知っていれば、爆破どころか今すぐに援軍として駆けつけてもおかしくはない。

「生きて帰って、歌でも歌うぞ」

ヴェルナーはそう言って、右手を伸ばし、空に向けて揺れていたレオンハルトの右手を摑んだ。

レオンハルトは少し驚いたような顔をしたが、そのまま手を動かさずにいた。エルフリーデも、二人の手に触れた。自然と笑みがこぼれた。

おや、と思ってドクトルを見る。彼は三人に加わることはなく、冷静に「時間」とだけ言った。

慌てた風にレオンハルトが時計を見る。

「十五分経ったところだ」

ヴェルナーは深く息を吐いた。

「ということは、あと一時間……いや、四十分程度か」

口にしてみると、それが自分たちに与えられた、「全ての時間」であるように思えた。あと一時間足らずだ。ここで持ちこたえ、爆弾に接近する兵士たちを阻止することができれば、自分たちが勝つ。

ドクトルが額の汗を拭って答えた。

「そうだね」

彼の言葉が変に震えていた。無理もあるまいとヴェルナーは思う。

レオンハルトが、VG-45の狙いはそのままに、武器を確認しよう、と言った。

「MP3008は残弾なし、捨ててきた。ワルサーも弾切れ。残りはVG-1」

ヴェルナーは、ボルトアクション式の簡易銃を手に取る。連射のできない粗末な銃。木製部と金属製部の接合が甘く、丸太と金属片をつぎはぎにしたような仕上がりだ。素人が銃をでっち上げたらこういう作りになりそうだな、と彼は思う。確か装弾数は十発。

「あとは、こいつだ」

ペーターから奪ったパンツァーファウストを指さす。

ドクトルが手に持っているモーゼルも撃ちつくし、彼はゲヴェーア98を構えていた。これに、今ヴェルナーが撃った兵士が落とした短機関銃MP40が、彼らに残された武器の全てだ。

「なあ」とヴェルナーがドクトルに尋ねる。「対戦車地雷を改造して、何か作ってなかったか?」

ドクトルはしばらく無言でいたが、照準を確かめるそぶりをしながら答えた。

「あれは置いてきた。今フランツが持ってる」

「なんでだよ」

ヴェルナーは驚いた。この現場に持ってこないことも理解に苦しむが、なぜ爆弾をこよなく愛する彼が、密造したとっておきの爆弾をあのフランツに託したのか、皆目見当もつかなかった。

「まずい。見て、見て」

エルフリーデが土嚢から、目から上だけ出して注意を促した。

ヴェルナーたちも同じような格好で眼下を確認する。

兵士たちが散開し、木陰に身を隠しながら接近を試みている。頭を出して牽制の射撃を加えようとすると、遠くからの援護射撃にそれを遮られる。第二波の攻撃は、先ほどよりも統制が取れていた。

ヴェルナーは土嚢の内側を這って移動し、先ほどとは別の場所から銃口を覗かせて、彼らに射撃を見舞った。だが、すぐに援護射撃に襲われて頭を下げざるを得ない。こちらの発砲は散発的な牽制射撃にならざるを得ず、兵士たちの数を頼りにした力攻めが功を奏していることは明らかだった。

「なんかあいつら、変に張り切ってないか」

ヴェルナーが問うと、レオンハルトが、うん、と答えた。

「なにか焦ってるような……ああ、そうか、しまった！」

レオンハルトが、VG-45を撃ちながら叫んだ。

「周期がばれたんだ。さっきヴェルナーが走ってまで避難したってことは、そこでアンプルが割れてから一時間経ったってことだから、今なら爆発しないって分かったんだ」

盲点だった。彼らの立場からすれば、今こそが安全な時間であり、とにかく自分たちを排除して爆弾を除去しようと思うだろう。

「時間は」

ヴェルナーの問いに、レオンハルトが答える。

「あと三十分」

三十分。長すぎると誰もが思った。自分たちは頭を出すこともままならず、相手は援護と前進を分けることで充分に効果的な戦い方をしている。だが、あと三十分耐えれば、この苦痛から解放される。それならなんでもしてみせよう。射撃の瞬間、兵士たちの先頭の一群が、手前百メートル以内にまで接近していることが分かった。彼らを撃とうとした刹那、街の、橋のたもとで光が瞬き、ヴェルナーは伏せる。援護射撃はあそこからなされている。このままの戦い方を続ければ、ものの十分で前衛部隊が到達し、自分たちは制圧され、爆弾は除去されるだろう。

寝そべったまま、ヴェルナーはパンツァーファウストの安全装置を解除した。

敵の射撃を受けて頭を下げているレオンハルトが、焦ったように言った。

「それ撃って相手に死者が出たら、もう引き返せないぞ」

「やるしかないよ」

ヴェルナーは起き上がり、パンツァーファウストの照準を先頭の一群の、その数歩手前に合わせて、発射ボタンを押した。強烈な爆風が後ろへ吹き抜け、弾頭が飛んでゆく。土嚢の陰に隠れる間際、ロケットの弾頭が兵士たちの目の前に着弾するのが見えた。爆風を受けて彼らは斜面を転がり落ち、それを目にした兵士たちも、木陰に身を隠して前進を止める。ヴェルナーが叫んだ。

「残り時間は」

「あと十五分」

もう残弾を気にしている場合ではない。ヴェルナーはＭＰ40を取り出して、橋のたもとにいる兵士めがけて射撃した。狙いは荒かったが、安全と思った場所から援護射撃を繰り返していた兵士に対して、その発射地点が露見した、と告げるには充分だった。

街の橋にいた兵士が移動し、援護射撃が止まる。その時間差を利用して、斜面に取りついている兵士たちに射撃を見舞う。レオンハルトとドクトルもそれに加わり、兵士たちの前進が止まる。

一番近い距離にいるのは、手前五十メートルほどの位置にいる国防軍兵士たち。彼らにも銃撃を見舞うと、ガン、と鈍い音がして、ＭＰ40が弾切れを起こした。予備弾倉などない。

時間は、と問うよりも早く、答えが来た。

「残り五分だ」

ＶＧ－１を拾い上げ、ヴェルナーは撃った。斜面に取りついている兵士の手前を撃ち、彼らを下がらせ、遮蔽へと追いやる。無理に当てる必要は無い。むしろ彼らを遠ざけることが目的だ。

ざ、ざざ、と足下で音がした。先ほど、エルフリーデたちの背後に現れた兵士たちと同じコースを取って、迂回する兵士たちがいた。予想してはいたが、そちらを警戒する余裕がなかった。

レオンハルトが、そちらに掃射してから叫んだ。

「手榴弾！」

ヴェルナーが足下の雑木林を見ると、投擲姿勢に入った兵士が見えた。

VG－1の照準を彼に合わせた。撃つしかない。投げられる前に射殺するしかないのだ。

ヴェルナーが覚悟を決めたその瞬間、

「きゃー！」

エルフリーデが決死の形相で叫んだ。おそらく、こちらの抵抗に手を焼くあまり、手榴弾で手っ取り早く片付けようと思っていた兵士の動きが止まる。独断で人質を爆死させるわけにはいかない。既に解除した安全装置を元に戻すこともできず、彼は手榴弾をあさっての方向に投げ捨てた。爆音がとどろき、接近が露見したことを悟った兵士たちは撤退した。

「時間だ！」

レオンハルトが叫んだ。

全員で姿勢を低くした。

しかし、爆弾が爆発することはない。数秒そのままの姿勢を取ってから、再びそれぞれの銃を構えて、少年たちは射撃を再開する。

「誤差があるんだよな、ドクトル」

ヴェルナーが尋ねると、ドクトルが曖昧に頷いた。

その姿に、彼は違和感を覚えた。それは、先ほどから何度も感じたものだった。

ふと、あの爆弾と出会ったときの、ドクトルの行動を思い出した。爆弾の様子を確認してから、彼は自分たちを呼び出した。投下前の状態。爆弾にワイヤーがついた状態だったから……。

ヴェルナーは違和感の正体に思い至った。つまり、あの時点で爆弾を確認しに行ったら、既に起爆工程に入っている可能性もあった。その場合は逃げるしかなかった。だから彼が最初に確認に行った。だが、フランツがあの爆弾が投棄されたのを見たのは、前の日の昼間。二時間前どころではなかったはずだ。

起爆工程に入っている長延期爆弾が、一日半その状態のまま放置されている可能性があった？

「ドクトル」

ヴェルナーは問いかけながら、VG－1を撃つ。残弾三発。援護射撃を再開しようとしている市街地の方の兵士に狙いを定めて、一発撃つ。

レオンハルトが、ヴェルナーの問いを継ぐように撃った。

「長延期爆弾は、最長で二時間じゃないのか」

ドクトルは、青ざめた顔で頷いた。

エルフリーデが驚愕の表情で彼を見る。

「それを言ったら、爆破作戦が成り立たないって思ってたから」

ゲヴェーアを発砲した彼は、気まずそうに答えた。

「長延期信管は、大抵一時間か二時間で爆発することは事実だし……それに二百五十キロ爆弾を運ぶには、味方でもない誰かの力を借りなきゃいけなかった。どうしても籠城になることを見越して作戦を立てることになる。でも、立て籠もってから爆破までが二時間を超える可能性があるって言ったら、それは不可能という話になるって思ったんだ」

「ちょっと待ってよ」エルフリーデが問い直した。「じゃあ爆破作戦を実行するために、私たちを騙したっていうの」

ヴェルナーは眼下の兵士たちを観察した。既に四十名以上が、自分たちのいる地点の五十メートル以内にいる。代わる代わる射撃が浴びせられ、その隙に他の兵士が前進してくる。

「最長で何時間なんだ」

レオンハルトの問いに、ドクトルは辛そうな口調で答えた。

「二時間のあとは、四時間、八時間のパターンがある。ディスクの厚さによって……」

ヴェルナーが、それを遮って尋ねた。

「最長で、何時間なんだ。八時間なのか。十時間なのか」

ドクトルは、一つ呼吸を置いてから答えた。

「二週間」

ヴェルナーは耳を疑った。思わず、呆けたような口調で繰り返した。

「二週間……」

ドクトルが、もはや頭を出すこともできず、銃口だけを覗かせて眼下に射撃を見舞うと、弾切れを起こした銃を投げ出して答えた。

「これが長延期信管の特徴なんだ。空襲後に、起爆工程にある長延期爆弾が、たとえば工場に落ちていたとして、それを解除する方法はない。いつ爆発するかも分からない状態が最大二週間続くということは、その間は敵による復旧作業を阻害することができる。もし市街地の地面に埋まった爆弾が二週間後に爆発すれば、油断している市民に被害を与えることができるし、投下された方はそれを警戒する。空襲後に未発見の長延期爆弾が残存する可能性は常にある。投下された爆弾の中に、それがランダムに混ざっているというだけで、爆弾に対するプレッシャーは、二週間続くんだ」

ヴェルナーは、ドクトルに地雷の話を聞いたとき、そして長延期爆弾について最初の説明を受けたときに覚えた不快感を強烈に思い起こした。戦争を遂行するとき、人間はその英知を結集する。その知性によって、一体どこまで陰湿で、どこまで残忍なことを思いつくのだろうか。

「くたばれ！」

ヴェルナーは悪態をついて、あたりの石を兵士の方に投げつけた。長延期爆弾に見られる人間の悪辣さを呪う時間も、自分たちを謀《たばか》ったドクトルに憤る時間も残されてはいなかった。もう自分の手元には一発の弾丸もなく、それはレオンハルトもドクトルも同じだった。

ふと気付き、ヴェルナーはフランツから取り上げたスリングショットを腰のベルトから取り出して、それで投石した。石は兵士の顔面に命中し、彼は悲鳴をあげて斜面を転げ落ちた。

レオンハルトもドクトルも、次々と投石に入った。おそらくは人類の有史以来の攻撃方法であろう投石は、相手が生身であり、そして射程の範囲にいる限り、原始的な見た目に反して、凶悪な殺傷能力を発揮する。それに加わろうとしている者を、ヴェルナーは呼び止めた。

「フリーデ、待って」

「何が」

手元の石を摑んでいる彼女に、ヴェルナーは懇願する。

「君は人質だからだめだ。俺らがたとえ捕まっても、君だけは生きて還ってくれ」

「そんなの嫌だよ。私だって一緒に戦うんだ。仲間だろ」

「ヴェルナーの言うことが正しいよ」レオンハルトは投石しながら答えた。「君が生きて還ってくれないと、戦後に誰かが、僕たちのことを語ってくれないと困るんだ」

エルフリーデは躊躇していたが、ドクトルが続けた。

「そ、そうだ。まずフランツに会ってくれ」

「なに言ってるんだよお前、さっきから」

エルフリーデは苛立ちをあらわにした。

投石に一時はひるんだ兵士たちが勢いづいていることも明らかだった。原因は明白だ。彼らは二時間の経過を察知した。攻める相手は弾切れを起こし、石を投げている。次の爆発の機会は二時間後である。となればどうするか。可能な限り迅速に制圧し、誤差たる十数分の経過を待ち、爆弾を除去するに限る。

投石する彼らに浴びせられる弾が途絶えた。前進する兵士たちに当たることを恐れて、援護射撃がやんだのだ。兵士たちは投石に当たることなどもはや恐れずに接近してくる。投げる数にも限度があり、精度も百発百中とは程遠い。

足下の藪からもざわざわと接近する音がする。

そちらに気を取られた一瞬に、眼下三十メートルの木陰からMP40を構えた兵士たちが五人、銃を乱射しながら殺到してくる。投石しようとした瞬間、数十発の弾丸が雨あられと浴びせられ、彼らは土嚢の下に身を伏せる。ヴェルナーがヒトラー・ユーゲントナイフを手に取った瞬間、彼ら兵士たちは、鉄橋のたもと、足場にしていた陣地になだれ込んできた。

その間際、誰かの声がした。

「生け捕りにして吐かせろ！」

レオンハルトとドクトルが、瞬く間に組み伏せられた。大柄な兵士がエルフリーデを羽交い締めにして彼ら二人から引き離すように後退してゆく。彼女を守るように、その間に別の兵士が立ち塞がった。

ヴェルナーはナイフを振りかざして抵抗する。素手で取り押さえようとしていた兵士はヴェルナーのナイフを見て腰のベルトから銃剣を取り出し、それを右手に構える。

「抵抗はやめろ。もう終わりだ！」

叫ぶ兵士に対して、ヴェルナーは答えた。

「行かせない」

ここで最後まで粘って、爆弾の投棄を阻止してみせる。そう決めていた。だが多勢に無勢だった。後ろに回り込んだ兵士に膝のあたりを蹴られ、足がもつれたところに、銃剣を構えた兵士が向かってきた。彼はヴェルナーを切りつけようとして失敗、銃剣が空を切り、勢い余ってヴェルナーの方へ倒れ込んできた。ヴェルナーはそれに押されて仰向けに倒れ込む。

「ぐっ……」

ヴェルナーはうめき、ナイフを眼前に構えた。兵士の銃剣とつばぜり合いが生じ、刃物が徐々に自分の首筋に迫る。力の差、それ以前に体力の消耗の差が歴然としていた。生け捕りを命じられているとはいえ、刃物で抵抗していれば話は別だろう。明らかな殺気が、自分に浴びせられている。

ヴェルナーは上を見た。上下逆さまになった世界、その先に、あのトンネルの出口がある。先ほど二時間が経過してから、一体何分が経つのか。一向に爆発の気配がないそのトンネルに向かって、功を焦ってか、鉄橋上を兵士たちが十名以上走ってゆく。ここで終わりなのか。彼らが土嚢を取り除き、爆弾を投棄するまでに、数分を要しないだろう。自分たちは負けた、自分たちの戦いは終わったという思いが、ヴェルナーの内面を満たし、彼の力を奪っていった。ナイフを構える右手に力が入らず、首筋に冷たい銃剣の刃先が触れた。

その瞬間、トンネルの中で、光が瞬くのを見た。

頭蓋を揺さぶるような轟音が響き、トンネルから、凄まじい量の白煙が、まるで竜が吹く炎のごとく吐き出された。鉄橋を走っていた兵士たちが立ち止まり、一様に両手で顔を覆うのが見えた。その理由は一瞬遅れてヴェルナーにも分かった。小さな石つぶては数限りなく、大きくて頭ほどもある石が、横殴りの雨のように飛んできた。ヴェルナーにのしかかっていた兵士が悲鳴をあげて自分の体から転がり落ちる。ヴェルナーが頭を抱えて周囲を見ると、レオンハルトとドクトルを取り押さえていた兵士たちも大わらわで伏せ、頭を両手でかばっていた。

ヴェルナーもそうするべきだと理解はしていた。舞い上がった石と木材、それにレンガの破片は、上空でゆっくりと風に舞っているように見えたが、それは錯覚であり、次の瞬間には猛烈な勢いで地に降り注いだ。ヴェルナーは両手で頭を覆い、腹ばいになりながらも、顔を伏せることができなかった。彼はトンネルの出入り口を注視していた。

爆破されたのは、せり出し部の基底。弱点でもあるそこを砕かれ、トンネルは出入り口のうち半分を吹き飛ばされていた。そして脆弱化したそこに、上から木や土砂が押し寄せる。僅かな時間、その形を保っていたトンネルの残り半分は、すぐに歪み、崩落した。地すべりのように土砂が殺到し、連鎖的に奥の方のレンガも崩落、土砂に埋まってゆく。トンネルは阻塞された。

そして変化はそれに留まらなかった。基底から直結する桁橋もまた、爆破によって損壊した。数秒間、惰性のようにその形を保っていた鉄橋は、崩落した土砂に押されて沈み始める。途中まで進んでいた兵士たちが、上下逆さまの世界を必死で走ってくるのが見えた。その頭上から、石とレンガと材木が、雨粒のように浴びせられる。

兵士たちが逃げ戻ってきたとき、金属が破断されてゆく、すさまじい高音があたりに鳴り響いた。それは鉄橋があげる断末魔の悲鳴のように聞こえた。

数秒後、鉄橋のうち、橋桁からトンネルまでの五十メートルの部分がするりと落ちていった。鉄橋が川面に突っ込む音がしてしばらく、降り注ぐ諸々も地に落ちきって、あたりに静寂が訪れた。

ヴェルナーは、その様子をただ無心に眺めていた。

「十分だ」声に振り向くと、拘束を解かれたレオンハルトが、懐中時計を眺めていた。「やはり設定は二時間だったんだ。十分。誤差の範囲だよ」

レオンハルトは、ヴェルナーに向けて、ふっと微笑んで見せた。

「成功だよ」

ヴェルナーも、やっと力が抜けたように笑った。

エルフリーデの姿を探す。引きずられていった先で、彼女も兵士たちとともに頭を伏せていたが、顔をこちらに向けると、周囲には悟られぬように、一瞬だけ笑みを見せた。

トンネルは阻塞され、鉄橋は崩落した。それは、望みうる限りにおいて最高の結果だった。もう二度と、このレールを伝って、あの強制収容所へ人が運ばれることはないのだ――

「このあと、どうすればいいんだっけ」

ドクトルがつぶやいたとき、少年たちは顔を見合わせた。

この後――？

どうすればいいのか、誰も知らなかったが、逃げようがないことは明らかだった。全員が兵士に拘束され、町へと引っ立てられて行った。


かつてヒトラー・ユーゲントを攻撃した町の公園。そこにほど近い警察署に、エーデルヴァイス海賊団の全員が連行された。

ヴェルナーの取り調べを担当する尋問官は、お前たちのせいで何人もの兵士が負傷した、と最初に告げ、それで死者は出なかったのだということが分かった。

ヴェルナーは、尋ねられる全てに対して明確に答えた。

自分たちはレールの上を歩いて徒歩旅行を敢行した結果、強制収容所を発見した。そこでおこなわれている残虐な行為に対して怒りを覚え、これを阻止しようと思い立った。そして入手した長延期爆弾を破壊工作に使えると判断し、ヒトラー・ユーゲントの少年たちを騙した他、エルフリーデ・ローテンベルガーが人質として有用であると見なして彼女も騙し、爆破まで籠城した。すべては自発的な計画に基づくものであって、背後関係等は存在しない。

言葉にして並べ立てるとこうなるのか、とヴェルナーは不思議な思いがした。虚偽はエルフリーデにかかわる部分のみであり、隠していることはハイムとフランツの存在だけ。他は正直に話している。だが、これではまるで、自分は筋金入りのレジスタンスだな、と妙におかしく思った。自分たちはただ、愉快に生きようと思っていただけで、あそこに強制収容所があることが気に入らなかっただけなのに。そのことも尋問官には告げたが、彼らは怪訝な顔をするだけだった。

取り調べは連日続いた。いよいよ連合軍が迫っていることを示すように、空襲ではなく砲撃の音が時折聞こえ、着弾が大地を揺さぶる。

だが、着実に接近しているその彼ら連合軍が、市内に踏み込んでくる様子は依然としてなかった。あの日、偵察機は飛んでいた。するとハイムは味方に合流できなかったのだろうか。

独居房と取調室を往復して過ごした。隣の房にはレオンハルトたちがいることも、気配で察してはいたが、常に見張りが監視しているため、会話などはできなかった。

エルフリーデが果たして本当にただの人質であったのか、という点については、尋問官らは疑ってかかっていた。ゲシュタポがヴェルナーの家に来た時点で、エルフリーデとの間に交友関係があったことは知られている。だが現場で一貫して人質として扱い、爆破に利用したヒトラー・ユーゲントの連中もエルフリーデは人質だと認識していたし、彼女が起草した偽造文書についても作成はヴェルナーが自宅のタイプライターでおこなったものであった。エルフリーデ自身が破壊工作に関与していたと証明する物証はなかったし、一方で確かに彼女は、戦死した武装親衛隊少佐の遺児だった。

エルフリーデに関する質問が、彼女を人質として選定した理由、彼女を脅迫したか、危害を加えたか等に遷移していき、ヴェルナーはあらかじめ用意していた回答を返した。それで、エルフリーデの嫌疑が晴れたことが分かった。彼女の房が空になっていることも、物音が途絶えたことで察知した。

取り調べはさらに数日続き、ヴェルナーは徐々に話すことがなくなっていった。もはやハイムと連合軍を待つ気力も薄れ、果たしてこいつらの方は何を待っているんだろうな、という疑問が湧いてきた。

自分たちが費やした日数を忘れたころ、ヴェルナーが取調室に連れて行かれると、そこには三人がいた。レオンハルト、ドクトル。それに意外な取り合わせがいた。

「カール・ホフマン……」

存在を忘れかけていた街区指導者。かつて自分が刺し殺そうとした相手は、机の上で指を組み、まったく、とため息をついて首を横に振った。

「若者が過ちを犯すのは世の常とはいえ、大変なことをしてくれたものだ」

あらかじめ練習してきたのだろうか、と思うほど芝居がかった調子だった。

「この状況で君たちを救うことができるのは、この地域における党の代理人たる、この私だけだ。君たちを助けるために、私が自ら名乗り出たのだよ」

ヴェルナーは鼻で笑う。意図的にそれが伝わるように、明確に。

「俺の父親を処刑台に送ったお前がか」

「過去の話はやめよう。今はそんな話をしていない」

分かっている、とヴェルナーは思う。だからこちらは話を脱線させている。

ホフマンが何を言うのか、おおよその見当はついていた。ヴェルナーは再度口を開く。

「こういう夢を見たんだ。再臨した救世主が十字架に架けられることになったとき、彼は神に向かってこう言った。神よ、イエスが磔刑に処せられたときは、二人の極悪人とともに死んだはずです。ついては私もそうしてください。すると天から答えが来た。よろしい、今のドイツで最大の極悪人を与えてやろう。彼の右には十字架が現れ、そこには口ひげの生えた男がいた。左の十字架にはめがねの男がいた。救世主は安心して言った。神よ、安心でございます」

ホフマンは内心の動揺をごまかすように深くため息をついた。出鼻を挫かれている。

「カール・ホフマンさん。これで俺も死刑だね」

ヴェルナーは笑った。だがホフマンは間を置かずに答えた。

「君のお父さん、マルティンは、そのジョークを私に言わせようとしたんだ」

初めてホフマンの顔をまじまじと見た。初めて聞く話に、ヴェルナーはかすかに動揺した。

「あの工事現場を仕切っていたときだ。君も知っての通り、私と彼とはそりが合わなかったが、ある日、彼は、正確にはこう言ったんだよ。『すると天から答えが来た。よろしい、今のドイツで最大の極悪人を与えてやろう。なあカール、誰が出てきたと思う』。分かるかね、ヴェルナー」

とっさに言葉が出なかった。ただ、彼の言おうとしていることは分かった。

「私がその続きを言ったら最後だと気付いた。彼は私を密告するつもりなのだと悟った。それで尋ね返した。『誰が出てきたんだ、分からんよ』と。その後、彼はもごもごしていたが、笑ってその続きを答えた」

ヴェルナーは手元に視線を落とした。驚きはなかった。密告制度が世の中に浸透して久しい。嫌いな隣人も密告一つで除去されるということは、ある種の人々にとっては幸いなことであった。つまり単なる不仲や人間関係に由来する敵対者を、ナチスに取り除いてもらえるということなのだ。父の人物像と照らし合わせても意外ではない。

「それ、おかしくないか」口を挟んだのはレオンハルトだった。「ヴェルナーのお父さんからしたら、自分からそのオチを言わなきゃいいだろ、本当は全然違うオチを言ったか、忘れたとか言ってごまかしたんじゃないのか」

そうかもしれない、とヴェルナーは思った。だがその場合であっても、ホフマンが述べた通りであっても、ホフマンが密告した後の展開は同じだろう。親父はゲシュタポの取り調べに耐えられるほど強靱《きょうじん》ではないのだし、ジョークの不自然さなり、自分の考えたジョークを忘れたという不自然さなりを突かれれば答えに窮《きゅう》する。実際、民族裁判所では、ローラント・フライスラー（大量の死刑判決を下した民族裁判所の第二代長官）に代表されるナチスお抱えの裁判官たちが、真剣にジョークの性質を読み解き、真意について弁明する被告人を、ジョークに対する公式見解に基づいて死刑に処する、という出来事が起きているのだから。

「問題は、私の言うことは信用されているということなのだよ」

ホフマンも水掛け論を避けたいのか、話題を自らの主張に接続させた。

「鉄橋が連合軍の手により爆破されてしまったのは遺憾だ。しかし、私としては、徒歩旅行という微罪で逮捕された少年たちが死刑になることは避けたいのだ」

思わぬ言葉に、少年たち三人の視線がホフマンに集まる。

それを待っていたかのように、彼は悠然と一同の顔を見渡した。

「みんな、そうだね。あれは数日前に投下された遅延信管の爆破によるものだ。君たちが爆破したわけではないね」

全員が、彼の言わんとすることを理解した。自分たちが爆破したのではない。そう認めれば助かる……。

ヴェルナーは、歓喜に傾こうとしている自分の精神を、懸命に押しとどめた。あの鉄橋は自分たちが爆破したのだ。そう言うべきだ。だが、目の前に提示された「生存」という可能性に向かおうとする欲求を押しとどめることは容易ではなかった。

二人の仲間たちの顔色をうかがう。

ドクトルは目に涙を浮かべ、下を向いていた。

レオンハルトはヴェルナーに視線を送り、小さく首を横に振ってから尋ねた。

「お前がそれを言う理由は」

「君たちを助けたい」

ヴェルナーは、その言葉でふと気付いた。そうだ、これが単なる善意であるはずがない。

「もう少しマシな嘘をつけよ」

ヴェルナーはそう言ってから、答えを探った。繰り返し現れたゲシュタポ。陥落寸前のこの市

――


彼ら、つまりホフマンやゲシュタポらは、自分たち三人を一刻も早く死刑にしなければならない。戦時における破壊活動。冗談を言っただけで死刑となるこの国において、自分たちは鉄橋を爆破したのだ。それを見逃したなどということになれば、彼らの命もない。鉄橋の爆破という一大事が、未だ他に知られていないはずもない。理由の報告を先延ばしするのも限界だ。おそらく、中央から派遣された権力の手先たちが彼らを見張っている。自分たちが鉄橋の破壊を供述し、それを見逃したと知れれば、彼ら地元の警官たちと街区指導者は処刑される。

しかし……。

すぐに戦争は終わる。数日か、数週間か。そのときには、ここを統治しているのは連合軍だ。そのとき、彼らは別の支配者に言わなければならない。自ら言わずとも判明する。

少年たちは強制収容所へ向かう鉄橋を破壊し、それ故に、我々は彼らを処刑したのです。

「お前は、ナチの連中に処刑されるのも怖いし、連合軍に処刑されるのも怖い。だから鉄橋とトンネルは連合軍が爆破して、俺たちは無関係だということにして丸く収めたいんだな」

ホフマンが、しばし間を置いた。それが答えを雄弁に物語っていた。

「君たちにとっても悪くない話だろう？」

臆面も無く彼が答える。

ヴェルナーは答えに詰まった。確かに、自分はホフマンの思惑を見破った。しかし、だからといってその思惑から逃れる術があるともいえなかった。

薄々、気付いてはいた。爆破の瞬間を頂点として、動機を失ったが故に、自分たちは圧倒的なまでの無気力状態に陥っていた。

鉄橋の爆破。虐待の阻止。あの現場を見てから、ずっとそれだけを求めて生きてきた。その間になしたことの全てが、およそこれまでの人生で最も活力に満ちていた。しかしその目的を達した今、自分たちには何も目的が与えられていない。死ぬのを待つだけだという受動的な精神でいた。しかし「生存」という根源的欲求は、可能性として首をもたげたが最後、何よりも強烈に人間を魅了する。

もし彼らが言う通りに自分たちが助かれば、確かに、ナチの手先どもも助かる。無論、ヒトラー・ユーゲントやエルフリーデ、さらには兵士や自分たち自身という生き証人がいるのだから矛盾は生じる。しかし奴らは連合軍に支配されるまでの僅かな間、上層部を欺くことができればいい。敗戦を迎えさえすれば、敗北主義者としての彼らを処刑する者はいない。主人を替えた犬は、新たな主人に媚《こ》びるだけだ。

「俺たちは、ただ……」

ドクトルが口を開いた。

待て、とヴェルナーは言おうとした。しかし、言葉が出ない。何に基づいて、自分たちはこの条件を断り、死ぬことがいいと言うのだろう。

外でざわめく声がした。中に入ろうとする者と、阻止しようとする者が押し問答をしている。

ややあって、扉が跳ね開いて、制服姿の男が、入室するが早いか叫んだ。

「一体どういうことだ！」

ルドルフ・シェーラー。

若者の総員戦死を理想と考え、その理想へと導こうとしていたこの地域の防衛指揮官は、既に前線での戦闘を経験したのか、顔は煤で汚れ、制服にも乱れがあり、目が血走っていた。

「若者が敵側について、破壊工作をおこなったというのか！」

その様子と言葉から察する。あの鉄橋の戦闘で、シェーラー少尉は陣頭指揮を執っていたわけではない。だが、どこかで聞いたのだ。トンネルと鉄橋が破壊された。そしてそれを実行したのは、じつは地域の若者たちで、今警察に拘置されている、と。

街区指導者ホフマンは、シェーラー少尉に対して、おそるおそる申し述べた。

「いいえ、それは根も葉もない噂です。彼らはただ、数日前に無断で徒歩旅行をしていたというので、ここで取り調べを受けていたのです」

シェーラーは、はっと少年たちの顔を見直した。絶望にかりそめの希望を見いだした彼に救いを与えるように、ホフマンは滑らかに言葉を続けた。

「あの爆発は、長延期信管を搭載した爆弾によるものです。少尉どの。彼らは多少の逸脱を働きましたが、祖国防衛のための士気が挫けることはありません、そうだね、君たち」

言葉の途中で、彼の態度は、卑屈な小物から、哀れみ深い大人のものへと切り替わった。

ヴェルナーは、そこにいる全員の顔を見比べた。ホフマンとシェーラーの間に、救済としての虚構が共有されつつあった。おそらく、とヴェルナーは、ホフマンの内面を推し量った。彼は本気で慈悲深く振る舞い、シェーラーもまた若者を正しき道へと導こうとしているのだ。

これはおとぎ話だ、とヴェルナーは思った。フランツが反ユダヤ主義者に仕立て上げられた要因に、ホルンガッハー先生のおとぎ話があったのと同じく、ナチが必要としているおとぎ話なのだ。ナチがもたらす思想の全てがそうであるように、病的で悪しきものと、美しく善きものという二つの面によって、おとぎ話のコインは完成する。

かつて、デュッセルドルフのエーデルヴァイス海賊団、その団長のリアは言った。

自分たちは、ナチが鋳造するコインの、きらきら光る表の面だ。

古代ゲルマン風のレリーフのように凛々《りり》しい姿をした自分たちは、ナチズムの思想を正しく学び取り、国民共同体のために命を惜しまず、祖国防衛のために総員戦死を遂げるのだろう。その裏面には醜く戯画化されたユダヤ人、ツィゴイナー、黒人、非国民、同性愛者、障害者がいて、対をなすそれらを抹殺すべしと、コインは訴え続ける。

「あのトンネルを閉塞させて、鉄橋を破壊したのは俺たちだ」

ヴェルナーが冷徹なまでの口調で言い切った。

その言葉に対して、レオンハルトははっきりと頷き、ドクトルはうつむいた。シェーラーは提示された言葉が信じられないのか、呆然と言葉の続きを待っていた。ホフマンは、それでも自分が善き大人であるという体面を崩そうとはせず、深くため息をつくだけだった。

ヴェルナーは己の正しさを確信した。他人の作ったおとぎ話の中で俺の人生を終わらせはしない。口に出した途端、その結論は自明であるように思えた。

「俺たちはナチなんてクソだと思っていて、そういう自分がここにいると示すために行動してきた。今までも、これからもそうだ。そのために、俺たちがあれをやった」

シェーラーが、頭を支える力を失ったように、深くうつむいた。

自分の中で萎えかけていた闘志が再び燃え上がるのをヴェルナーは感じた。今、自分はルドルフ・シェーラーを通じて、彼だけではない何かを打ち負かしている。打ちひしがれる彼の様子に、エーデルヴァイス海賊団として戦い続けたことの意味があるように思えた。そしてまた、ドクトルを勇気付けたいとも思った。

「俺たちが全員戦死すれば幸せな幕引きなのだろうが、そのおとぎ話に俺たちが乗る理由はない」

少年たち二人を含む全員が、ヴェルナーを見た。

カール・ホフマンの視線が泳いだ。初めて見せる明らかな動揺だった。

「だから俺たちを処刑するなら、その動機を記録しろ。シェーラー、俺たちはお前が人生をかけた理想を実現させるための人形じゃない。お前はランゲマルクの神話を再現し、ここで若者を全滅させて自分も死ぬことが理想なんだろう。カール・ホフマンその他、この場にいるナチ公は、自分たちが敗北主義者として処刑されることと、子ども殺しとして連合軍に処罰されることの両方を回避して生き残ろうとしている。シェーラーとナチ公の両者が幸せになるおとぎ話は一つだ。俺たちがここから解放され、シェーラーの指揮下で連合軍と戦って、戦死することだ」

ドクトルが目を丸くしてシェーラーとホフマンの表情を見比べる。彼の中には、今もって「大人」に対する漠然とした期待があったのかもしれない。だが、二人の大人は黙して語らず、それ自体が答えであった。考えてみれば、当局の全てが公然と若者を戦闘員にして、戦死こそが理想と説いている情勢下で、破壊工作の実行者である自分たちが口裏を合わせたからといって、わざわざその後に手心を加えてやる理由などない。結局のところ、トンネルと鉄橋は連合軍によって爆破されたものであって、破壊工作については「何もなかった」ということが、戦後を考慮してもなお最も望ましい。そして戦時下に若者が戦って戦死することには何の問題も生じ得ない。したがっておとぎ話を完璧にするためには、自分たちもナチの理想の体現者として死ななければならない。

「ありがとう」

レオンハルトが唐突に礼を言った。

「僕たちは、どうせ死ぬのであれば、誇りを失わずに死にたい」

彼の両のまなじりに、うっすらと涙が浮かんでいた。レオンハルトにも恐怖があったのだ、という理解が、ヴェルナーをなぜか安堵させた。

「ふざけるな！」

シェーラーが、怒りをあらわに怒鳴った。

首をもたげるようにして一同を睨む視線に、以前の彼に感じた活力はみじんも見られなかった。

「誇りだと。戦線の後方で公共の資材を破壊し、貴重な戦力を分散させ、味方を負傷させて祖国への敵対者として処刑されることがお前たちの誇りなのか。国民社会を裏切り、背後から一撃を与えることの、どこに誇りがある。戦時における最も誇りある死とは、最後まで敵兵と戦い死ぬことだ」

言い切った言葉の後に沈黙が続いた。その間に、ヴェルナーはシェーラーの目をじっと見つめた。

シェーラーは目をそらさなかったが、かろうじてそうしていることは明らかに見て取れた。

彼自身の言動が演技じみているのは常日頃のことであるが、おそらく、いま彼は、自身の言動が演技ではないのか、と疑っているようにヴェルナーには見えた。

思えば、哀れな男だった。

この地域に、鉄道の開通にあわせて彼は僅かな兵士とともにやってきた。さしたる戦略上の拠点でもないこの地域を守る、という彼に与えられていた役割をつきつめて考えれば、結局、守るべき本当のものは、あの鉄道とそれがもたらすもの、すなわち報復兵器生産のための強制労働の、滞りのない継続。

だからこそ、強制収容所での残虐行為を知らないはずがない彼は、誰よりも熱心に、その事実から目をそらさずにはいられなかったのだろう。自分は地域防衛のために戦い、そして死ぬのだと信じる以外に自分の人生を正当化させる論拠はなにもなく、そのために必要とされた、戦死に至上の価値を見いだす発想こそが、全ての力を費やして若者を戦死させようとする、ルドルフ・シェーラーという存在を形作った。

そしてまた、ヒトラー・ユーゲントに代表される純粋なる若者たちが死を恐れず、進んで戦おうとする限りにおいて、シェーラーを非難する者は、彼が人生を終えるまで現れない。

そのように整理して理解することで初めて、ルドルフ・シェーラーという個人を、ヴェルナーは理解できると感じた。彼は狂信者故に戦死に価値を見いだしていたのではない。戦死に価値を見いだすより他にないから、狂信者となったのだ。

それは別に、彼に限ったことではないのだろうとも思えた。

「俺は、あんたを気の毒だとは思う」

ヴェルナーの口を突いて出たのは、本心から出た言葉だった。分かり合うには出会うのが遅すぎたし、自分もまた、生まれつきシェーラーよりも上等な人間であったと自負するつもりもなかった。ただ、シェーラーと彼を支えたであろう理念を、自分たちの存在が崩壊させたという実感を得ることによって初めて、自分たちの破壊工作に対して、僅かばかりの罪悪感を覚えた。

そしてヴェルナーは、またフランツのことを思い出した。

彼に反ユダヤ主義のおとぎ話の真実を暴露したときも、似たような思いはあったのだ。純粋な子どもが事実と信じるおとぎ話を、それは嘘なのだと暴露してやったような罪の意識だった。

シェーラーが口の中で何かつぶやいた。何度もぶつぶつと繰り返した言葉が、やっとといった具合に口から絞り出された。

「ふざけるな」

その一語に多大な時間を費やしてから、彼は続けた。

「そうだ、ふざけるな。この重大局面に鉄道を爆破する者などいるものか。お前たちは火事場泥棒をしたのだ。火事場泥棒は重罪だからな」

「何？」

ヴェルナーは問い直した。

死の淵から蘇ったかのように、シェーラーの目に生気が宿った。

「お前たちが狂気にうかされ、どんな戯れ言をほざこうが、鉄道は連合軍の投下した爆弾によって破壊されたことに変わりはない。どちらが自然だと思う。あの爆撃のとき、連合軍の投下した長延期爆弾が起爆したのだということと、お前たちが味方の軍隊と戦ってまで爆破したのだということ。そして、お前たちは火事場泥棒の容疑をかけられて追い立てられ逮捕を恐れるあまり愚かにも銃撃戦を演じて処刑されるのだということと、鉄道を爆破して死ぬのだということの、どちらが」

シェーラーは突如として自分の作った虚構に逃避しはじめた。

そしてその虚構によって救われるのは、決して彼だけではなかった。カール・ホフマンが静かに頷くのを見た。新たなる可能性が出現した。

少年たちは連合軍による空襲の後、火事場泥棒を働いた。それを突き止められた彼らはヒトラー・ユーゲントに追い詰められ、人質を取って籠城し、ドイツ軍に対して応戦した。そこで長延期爆弾が偶然爆発し、鉄橋は破壊されたが、ともかく軍隊に発砲した少年たちは死刑に値する。

「もういい」レオンハルトが投げやりにつぶやいた。「問答無用で俺たちを吊るせばいいだろ」

ヴェルナーも同感だった。全てがでっち上げられるなら付き合っていられない。そして「やっていられない」と態度で示すべきだ、と、額に汗を浮かべているドクトルを見て確信した。このままシェーラーの話を聞いてしまえば、全員が即座に死刑に処せられるよりもなお悲惨な事態が待っている、その予感がした。

だが、カール・ホフマンはなおも諭すような口調で言った。

「そうはいかないよ。即席とはいえ裁判の結果なら、サイン入りの供述調書がなければならない」

即座にヴェルナーは言い返す。

「そうでないと後々お前が困るもんな。俺らではなく、お前が。連合軍の支配に直面するお前は、死刑に処するのに正当な理由を証明できないと困るんだろう。お前を助けるために虚偽の自白をする理由など、俺たちにあるもんか。それとも今から悠長に拷問にかけるか。タイミングを誤ると悲惨だな」

ぐっとホフマンは言葉に詰まる。問答無用で処刑してそれらしい罪状をでっちあげる、という手法は多分、彼らも最初に考えただろう。それが一番楽なのだから。だが、肝心の証拠がない。当然、虚偽の自白を引き出すしかないが、終わりが見えていると分かっている今は危険すぎた。解放まで耐えきった場合、たとえば拷問をおこなうことや、筆跡の異なる供述調書を残すことは、むしろ不利となり、終戦後に自分たちの死に至る道のりを、自分で舗装するはめになる。

しかし、一人だけこの虚構に希望を見いだしている者がいた。ルドルフ・シェーラーだった。

「ことが軍用爆弾を運搬しての破壊工作などという大規模な事件ではなく、単なる火事場泥棒の末の籠城だというのであれば、犯人は二人もいれば充分だ」

彼は立ち上がり、乱れていた髪の毛を両手で整えた。

深く息を吐き、彼は覆《くつがえ》されかけた自分を支える物語を、自作の虚構でもって上書きすることで、なんとか正気を保とうとしているようだった。

明らかな越権行為であったが、カール・ホフマンもまたそれを必要としていた。

「誰か一人が、証人として残る二人の犯行を証言すれば、そいつは解放してもいい。あとの二人が死刑になって終わりだ。全員で白状するなら、全員の死を免じていい。あと一時間経って誰も吐かなければ、全員殺せ」

少年たちにとって最悪の事態が訪れた。

シェーラーは青ざめた表情で取調室を後にし、カール・ホフマンもまた退出する。入れ違いのように、ゲシュタポが一人入室した。

そして彼ら三人は、これまでと同じく独居房に移された。

鉄格子越しに、警察署内部の様子を観察した。いつもは立っている見張りがいない。自分たちを会話させ、動揺を誘おうとしている。その意図を察知し、ヴェルナーは両側の房にいる二人に呼びかけた。

「耐えきろう。ひょっとしたら解放まで粘れば、間に合うかもしれないんだ」

望み薄と分かっていても、それが唯一の可能性に思えた。

レオンハルトが、ああ、と言って答えた。

「これで全員白状しようもんなら、全員殺されるよな」

「そうだろうな」とヴェルナーも答えた。「名乗り出た一人だって結局は殺されるさ」

自分たちを支えるための会話だと互いに分かってはいたが、口にするとその通りにも思えた。

だが、それが会話の最後だった。一時間。与えられた猶予を測る手段は何もなく、そしてその時間が、あまりにも長く感じられる。

再び生存への欲求が生じていることをヴェルナーは感じ取った。その純粋な欲求の前に、自分たちが処刑に耐える根拠が欲しかった。

黙っていれば、不利になる。ヴェルナーはそう思い、口を開いた。

「俺は、皆に、二人とフリーデに出会えて本当に良かったと思っている」

「そういうのは恥ずかしいからやめてくれよ。なあ」

レオンハルトが笑って答えた。その口調は、明らかに言葉の続きを待っていた。

「本当だよ。フリーデが俺に声をかけてくれたあの瞬間、俺はカール・ホフマンを刺し殺すことしか考えてなかった。別に親父の敵を討つつもりじゃなかった。そんな上等な親父じゃなかったし、むしろ、大人になったらあいつを殺してやるつもりだったのに、なんで横取りしやがった、ってことぐらいだった。ただ怒ってるだけで、それで一生が終わるはずだったけど、そうならずにここまで来られたのは、フリーデのおかげだし、彼女を導いてくれたレオのおかげなんだ。レオは俺に殴り方を教えてくれた」

「フリーデのこと、愛してるの？」

レオンハルトが唐突に尋ねた。

若干戸惑いを覚えはしたが、ああ、とヴェルナーは答えた。いっそ全部言ってしまえと、彼は開き直った。これが最期の別れになるなら、本音を隠すのは馬鹿げている。

「フリーデを愛してる。お前のことが大好きだ。ドクトルのことも大好きだよ。みんなといて、俺は初めて、居場所があるって思えたんだ」

言い切ると、ヴェルナーは自分が笑みを浮かべていることに気付いた。そうだ、と彼は思い起こす。あの日、エルフリーデが声をかけてくれなかったら、せいぜいホフマン一人を刺し殺して、それで死刑になっていた。だが、自分は怒りの根源を見つけることができた。自らの怒りを自らのものとすることができた。殴り方、とレオンハルトが言ったことを思い出した。自分は殴るべきものを殴ることができた。

すすり泣く声が隣から聞こえた。ドクトルが、ごめん、と繰り返した。

「俺はそんなに強くなれないんだよ」

ドクトル、と彼の名を呼び、ヴェルナーは励まそうとした。彼の知識なくして鉄橋を爆破することはできなかった。――それ故にドクトルの心が限界を迎えていることも、ヴェルナーには理解できた。彼は自分で言った通り、文字通りの意味で爆弾を爆破させることに人生を懸けていた。あの収容所のことを黙って見てはいられない、と口では言ったが、本心を言えば、爆破すべき目標を見つけたと感じていたのだろう。ヴェルナーも、おそらくはレオンハルトも、爆破の後に無気力に陥った。ましてドクトルが陥った虚無は、それよりもなお強烈だったはずだ。彼の生涯を懸けた爆破は、もう終わったのだから。

「ごめん、俺は死にたくない」

ドクトル、とヴェルナーは彼を大声で呼び止めた。だが、続く言葉がなかった。

彼が看守を呼び、供述書を書く、と言うのが聞こえた。

看守がやってきて、独房のドアが開く音がして、現れたドクトルが看守とともに去って行くのを、黙って見守った。

終わった……。

ヴェルナーは、己を待ち受ける運命を確信した。

立ち上がり、壁を向く。路上に接した鉄格子越しに、町並みが見える。

死を確信したとき、ヴェルナーの心は、人生で最も穏やかに凪いでいた。

鉄格子の向こうの町角。日も暮れ、夕日に照らされる見慣れた町並みが、美しく思えた。砲撃に倒れた街路樹の梢に、小鳥がとまっていた。たとえ自分が死んだとしても、何も恐れることはない。また日は昇り、光は町を照らすのだ。光の下、この町では命が生まれては死に、そしてまた生まれてゆくことだろう。自分がその一部になることに、何の不安もなかった。

町の一部、その一角から、人影が近づいてきた。

すっかり人通りの絶えた町を歩く少年。なぜここに人がいるのだろう、という疑問をよそに、人影は近づいてくる。少年ではなく少女だ。徐々に、顔が見える。その顔に、見覚えがあった。

「フリーデ」

思わず声を発してから、署内を見回した。看守が戻ってくる気配は無い。

彼女は顔を鉄格子に近づけて、ささやくように言った。

「ご、ごめん。遅くなって。今まで人がいたから近づけなくて……でも、いま声が聞こえたから」

エルフリーデは、口早に言って、背中のリュックから棒状のものを取り出した。

「これ、フランツが、ドクトルから預かってた」

先が膨らんだ、見覚えのあるものだった。

「投擲爆弾……」

破壊工作としては無用となった対戦車地雷から作製した、ドクトルの手製爆弾だった。隣の房から、レオンハルトの声がした。

「ドクトルは、こうなることを見越してたんだ」

籠城戦を決め込んだとき、自分たち三人は、捕まって以降の見通しが何もなかった。とにかく爆破できればいいのだからと、その後の展開から目をそらしていた。だが、起爆まで最長二週間という事実を知っている彼には、事態の展開がより明確に見えていた。多分、彼が想定していたのは、籠城し、信管が長期のもので起爆に至らず、自分たちは力尽き、逮捕され、処刑を待つという事態だ。

そのとき、誰かが外部から自分たちを救出する必要があった。

エルフリーデが、緊張に顔をこわばらせながら言った。

「こいつの、頭についてる紐を引っ張って投げつければ、壁でも装甲でも破壊できるんだって」

でも、と彼女は言った。

理由は分かった、爆弾は一つしかなく、自分たちは二人いる。即座にレオンハルトが答えた。

「ヴェルナーを外に出してくれ」

そんな、とヴェルナーが言うのを、彼は遮った。

「僕だって死ぬ気は無い。君とフリーデに、僕を助けてほしいんだ、歌の力で」

歌の力。その言葉に、ヴェルナーとエルフリーデはそれぞれレオンハルトの方を見た。

「このままじゃ、僕らは吊るされる。けれど、武器や爆弾で戦うのは、もう無理だ。だから市民に呼びかけて、ここを包囲してくれ。そして僕らの歌を歌ってくれ。それで、僕を助けるんだ」

そんなことが本当にできるのか。ヴェルナーの疑問を読むように、レオンハルトは言葉を続けた。

「みんな、あそこで何が起きていたかを、なんとなくは知っている。でもここで何が起きているかは知らないんだよ。未成年者の僕らが、虐待をやめさせるために強制収容所への鉄道を爆破して、そのために処刑されそうになっているんだ。それを知れば、きっと皆が処刑を止めようとしてくれるよ。……フリーデ」

レオンハルトに名を呼ばれ、エルフリーデは、びくりと肩を震わせた。

「君が作ったのは、文化なんだ。ドイツ女子青年団にもヒトラー・ユーゲントにも浸透して、敵と味方の区別を無効化して、歌の下に人を集めることができる、文化なんだよ。その力で僕を助けてくれ。文化が、野蛮に勝つところを見せつけてくれ」

エルフリーデは瞬時迷い、頷いて下がっていった。時間がない。もはや一刻の猶予もなかった。

投擲の姿勢を取りながら、彼女が言った。

「ドアの方まで下がって、頭をかばっていて」

大慌てでそれに従い、ヴェルナーはうずくまって、両腕で頭を抱える。その間際、ふと思った。

「レオ、お前が行って俺を助けるってのは、本当にダメなのか」

「いやあ、それもいいかと思ったけどさ、僕は彼女に嫌われてるところがあるし」隣の房から答えが来た。「正直、爆破されたら死ぬかもしれないと思って」

へっと声を漏らしてヴェルナーは笑った。

数秒後、からん、と何かがぶつかる音がした。

次の瞬間、全身を、見えない波が打ち付けるような衝撃が襲い、心臓をわしづかみにするような轟音に、ヴェルナーの全身が縮こまった。鉄と石とコンクリート。無数の破片が体にぶつかり、そのいくつかが手の甲を切りつけて血を流させた。レオンハルトの言ったことも、案外冗談ではなかった。

おそるおそる頭を上げる。外壁が完全に崩落し、目の高さにあった鉄格子は吹き飛んで、その先に、手を差し伸べているエルフリーデがいた。

「登って！」

その手を取って、這い上がる。

「行ってらっしゃい」

気軽に声をかけるレオンハルトに、ああ、と二人で返事をして、猛然と走った。

警察署が見えなくなるまで路地を走ると、追っ手がかかる気配はなかった。当然、署内は大混乱であろうが、この状況下では、連合軍による砲撃と誤認するだろう。自分たちが逃げたと気付くまでには、それなりの遅れが出る。

「今って、どうなってるの」

ヴェルナーは尋ねた。どうしても問いかけが抽象的になったが、エルフリーデは意味を理解していた。

「もう今にも連合軍が攻めてくるって、みんな割り当ての防空壕に隠れてるよ。私は、ヴェルナーたちに人質にされてたってことにして、彼らは虐待と処刑の現場に向かう道を塞ぐと言っていた……って言いふらした。すぐに止められたけど、でも噂にはなってる。みんな、薄々気付いてる」

　人っ子一人いない町を、防空壕に向けて走りつつ、ヴェルナーは思った。

「うまくいくかもしれない。うまくいかせる」

　エルフリーデが、思った通りのことを言った。

「だってさ、もうすぐ戦争は終わるんだよ。鉄道はどうせ破壊されたんだ。ゲシュタポだって、わざわざ危ないめに遭ってまで、子どもの一人や二人を殺すことに必死になる意味がない。あとひと押しでいいんだよ。ゲシュタポはともかく、みんなは普通の人たちじゃん。子どもを見殺しになんてしたくないよ。ヴェルナーも私も証人だ。事態さえ知れば、きっと助けようとしてくれるよ」

　そうだ、とヴェルナーは思った。きっとそうなんだ。

　何も危ないことをしろと言うわけじゃない。自分たちのように鉄道を爆破したり、兵士と戦ったりしろというわけでもない。普通の人たちが、その普通の中に潜む善良さを僅かばかりでも発揮してくれればいいのだし、ゲシュタポもまた処刑を躊躇するだけの理由が与えられれば、わざわざこの局面にレオンハルトを殺すことなどしないだろう。

　考えはまとまっていった。疑念を抱くべき時間はとうに過ぎ去っていた。

　町の外れ、地下へ通じる階段を駆け下りて、鉄製の扉を乱暴に叩く。しばらく返事がなかったが、エルフリーデが、ローテンベルガーだと名乗ると、ゆっくりとその扉が開いた。

避難していたのは、この町と、ヴェルナーたちの村に住む人たちのうち、百人ほど。皆、疲れ果てた顔をしていた。

ヴェルナーの姿を見て訝しげな顔をしたが、特に問い直すでもなく、すぐに視線をそらした。間近にいた一人の老人が、早く入って扉を閉めろ、とだけ言った。

それに従い、鉄製の防壁を閉める。

頼りないランプが防空壕内を僅かばかり照らしていた。締め切るが早いか、エルフリーデが言った。

「皆さん、いま私の友達、レオンハルト・メルダースとドクトルが、警察署で処刑されようとしています」

ドクトルの方は助かるはずだが、ヴェルナーは黙っていた。

「どうか皆さん、私たちと一緒に来てください。警察署を包囲して、抗議してほしいのです」

彼女が言い切ると、防空壕内が、しんと静まりかえった。耳鳴りがするほどの落差を感じながら、ヴェルナーは壕内の市民たちの顔を観察した。

誰一人、目を合わせようとはしない。それはエルフリーデの言葉に対する拒絶というよりも、エルフリーデの言葉が聞こえたという事実を拒絶しているようだった。

そんなはずはない。だからこそ黙ってはいけないと彼は思い直した。

「俺たちは、あの鉄道の先に強制収容所があって、そこで、無抵抗の人たちが強制労働を強いられ、殺されているのを見ました。俺たちが鉄道を爆破したのは、それを阻止するためです。それをしたために、今レオンハルトが殺されようとしているんです。皆さん、俺たちと一緒に、それを止めてください」

ヴェルナーは百人以上の反応を待った。

全く同じだった。誰も、何も言いはしない。同調はもちろん、拒絶の言葉も、否定の反応もない。ただ同じ姿勢。立った者は立ったまま、腰掛けた者は腰掛けたまま、赤ん坊を抱いたものはそれをあやし、ひたすらに自分たちの存在に反応を示すことを拒否している。

何か悪い夢を見せられているような気分になった。自分たちは、声を出してもそれが聞こえず、姿を現しても見えない存在にさせられている、そんな気がした。

誰かいないのか、誰一人として、薄々は気付いている事態について、僅かばかりの勇気を出そうという者は、本当に一人もいないのだろうか。

エルフリーデは、手近に立っていた老人の腕を摑んだ。

「一緒にきてください。私の友人を助けてください」

老人は、迷惑そうに顔をしかめてから答えた。

「お嬢さんは人質になったと聞いていたんだが」

「それは演技です。私たちは仲間として……」

「それじゃあやっぱり、信用ならんじゃないか」

老人は、エルフリーデの言葉を遮り、決死の形相と呼称すべき表情で答えた。

「なにが強制収容所だ。なにが爆破だ。大体、あそこにあるのは操車場だろう」

その顔に見覚えがあることに気付いた。訓練で一緒になった男だった。

「嘘だって知ってるんでしょう。貨物列車に乗せられた人がどんな目に遭っていたのか、分かっているんでしょう」

老人は再び口を閉ざした。

ヴェルナーは、体中の力が抜けてゆくのを感じた。忘れていた手の甲の痛みを思いだし、全身の疲労を自覚した。人間は、自分が無知という名の安全圏に留まるために、どれほどの労力を費やすことができるのだろうか。

私たちがいるここは　とても広くて狭い海
私があなたを見るときは　あなたが私を見ている

澄んだ声が、歌い出すのを聞いた。

その声は、防空壕の内側を、まるで水が容器に注がれるように満たした。

波間に舟が揺れるとき　波が世界を揺らすとき
舟が波を起こすなら　それも世界を揺らす波

ヴェルナーはそれに加わり、歌った。

この歌は皆が知っている歌だ。市街地の人も知っている。ヒトラー・ユーゲントも、ドイツ女子青年団も、この歌に魅了されたのだ。この歌は既にこの地域の文化だ。ならばその下に集ってくれ。その歌は、祈りだった。

ヴェルナーが見たところでは、確かに、歌というものに対して新たな反応が生まれていた。皆が顔を背け、舌打ちし、ある者は耳を塞いだ。誰もが、無反応を貫くことが不可能となっていた。

誰かいないのか。ヴェルナーは視線の先に、その人を認めた。

アマーリエ・ホルンガッハー。

彼女は目が合い、発見されたことにおびえたように、壁際でさらに後ずさりしようとして、いたずらに足を動かしていた。

舟の舳先は世界を割って　私はどこまでも行ける　舟の舳先に花を置いて

「ホルンガッハー先生」

努めて平静に、ヴェルナーは彼女の名前を呼んだ。

「先生は俺に、貧乏な子たちにも授業を受けさせてくれたし、親父に殴られているときも助けようとしてくれた。食糧の足りない子にはそれを分けてくれたし、いつも親切でしたよね」

ヴェルナーは彼女に訴えかけた。そうすることで、真の姿を呼び起こせると信じた。彼女が反ユダヤ主義に迎合したのは、ナチ教員連盟をはじめとする、周囲の圧力に逆らえなかったからだろう。本当の彼女はきっと優しい人なのだ。

「助けてください、先生。友達が殺されるんです。先生、一緒に来てください。それだけでいいんです。先生は、言いましたよね。いつも他人に親切な人でありなさいって」

だが、口に出すたび、ヴェルナーが彼女にかけるその言葉の一つ一つが、彼女を称賛するその言葉の全てが、どういうわけか、首を絞めあげるように、彼女を追い詰めていることも感じ取ることができた。


エーデルヴァイスは倒れない　エーデルヴァイスは挫けない

エルフリーデの歌声が終わったとき、防空壕内に再び静けさが訪れた。

「やめてちょうだい」

ホルンガッハーは目に涙を浮かべて言った。

「私はあなたたちのことなんて知らない。ここは防空壕よ。静かにしなさい」

彼女の言葉が契機となったようだった。

人々は無力さを脱して、攻撃する側へと回った。

「そうだ、敵に聞こえたらどうする。この非常時に、なにをわけの分からないことを言っている」

「静かにしろ、俺たちはそう命令されているんだ」

「出て行け」

出て行け、出て行け、出て行け……。

無数の罵声が二人に浴びせられた。それを叫ぶ人々は、皆同じ顔に見えた。群衆という集団性の中に個々人の顔は隠れ、同時に人間性もまた埋没したように見て取れた。

ここにいるのは、良心を持った個人の集まりではない。

そう理解した瞬間、ヴェルナーはエルフリーデの手を取って、叫んだ。

「行こう！」

この者たちを警察署に向かわせることなど不可能だ。そうであるならば、とにかく自分たちだけでも、彼らを救わなければならない。

鉄製の扉を開けて外へ出るとき、あたりはすでに夕闇に落ちようとしていた。

遠くから、銃声が連なって聞こえる気がした。

自分たちがなしたことは――

灰燼に帰してゆくのだろうか、この町、この国とともに。

エルフリーデが作った文化は――

忘れられてゆくのだろうか。この町の人たちが意図的に見なかった物事と同じく。

彼らは多分、皆が生きたいと思っている。自分たちもそうだ。生きたいし、友達を死なせたくない。だからみんなで助かろうと思ったし、そうできると思っていた。

それがそもそもの間違いだったのだろうか。彼らの安穏のために、自分たちは死ななければならないのだろうか。

なぜだろう、とヴェルナーは漠然と思った。思う間も、走る足は止まらなかった。大地を揺るがす砲声は、前にも増して明瞭に聞こえる。

誰もが本当は生存を望んでいるのに、なぜこうなるのだろう。

価値のある死、意味の無い生命、有害な存在、必要な措置、名誉の戦死、無力化、除去……くだらない言葉が頭の中にあふれて、それらを振り払うように、二人は走った。

広場近くの警察署前へたどり着いたとき、ヴェルナーの内側からそれら無数の言葉が消え去り、ただひとつの現実が見えた。

ロープが垂れ下がる、木製の簡易な絞首台。その上に、二人の少年がいた。

「レオ、ドクトル！」

最初に名乗り出た者は助ける。確かに彼らはそう言った。だが、絞首台にはドクトルも乗せられていた。ヴェルナーは迷った。自分が逃げたから、人数合わせに使われたのか、それとも自分自身が言った通り、最初から逃がすつもりなどなかったのか。

いずれにせよ、絞首台に乗せられているのは二人で、そこへ走り寄ろうとするヴェルナーとエルフリーデを、警官たちがたやすく組み伏せた。

その間も、執行の手順は止まらなかった。

絞首台の二人の後ろに警官が回り、ドクトルに黒い目隠しがなされる。

レオンハルトが何かを言って、それを拒絶していた。

胸が路上で圧迫される。やめろ、という声がかすれていた。

「お前も、すぐに……」

ゲシュタポが何か言っていたが、ヴェルナーの耳に聞こえてはいなかった。

レオンハルト、と僅かに声が出た。

絞首台上の彼は、こちらに視線をやる。

ヴェルナー、と彼の口が動いたのを見た。

ルール。

彼はそう言ったように見えた。

誰かの合図の声が聞こえて、絞首台の足場は蹴り落とされた。

二人は重力にひかれて僅かに落下し、首に回されたロープが、それを食い止めた。

顔が苦痛にゆがむ瞬間が見えて、二人の全身がこわばり、数秒後、それがおさまった。

レオンハルトとドクトルは、首をかしげるような格好でロープに吊り下がり、彼らを吊るそのロープがねじれ、二人の体はゆっくりと回転してゆく。

警官たちがそれをただ見ていた。彼らは時折、時計に目を落とし、ずっと、何かを待っていた。

二人がこちらに背を向ける格好になったあと、ロープはまた半回転を始めた。

再びこちらを向いたレオンハルトの顔は、眠っているように見えた。その姿から、徐々に生命の気配の消えてゆく様を、ヴェルナーはただ見つめていた。人間から生命が失われ、人が、かつて人であった遺体へと変わっていく。

ロープがよじれ、それに合わせて回転する二人の遺体を、ヴェルナーは見つめていた。あたりに爆音が響き、銃声が連なって、警官たちが逃げ惑う。

絞首台の上に残された遺体は、まだ回っていた。

ロープで吊るされた体は、時計回りに回転し、ロープがそのよじれの限界に達すると、反時計回りに回転する。その繰り返し。

ヴェルナーの視界はゆがんでいた。見知らぬ多くの人たちが見えたようにも思えたが、それに反応する余地はなかった。

エルフリーデの歌声が聞こえた。おそらく、ヴェルナーもその歌を歌っていた。

異国の言語が聞こえ、誰かが話しかけるのも聞こえたが、どの言葉も、二人の意識を現実へ引き戻すことはなかった。

二人はそのまま、ただ歌い続けた。

何時間か、何日か、何週間かが経ったとき、ヴェルナーの体を、誰かが力強く抱きしめた。

「間に合わなかったよ。ごめんよ、ああ……」

聞き覚えのある、つたないドイツ語。

ヴェルナーは、すぐ隣にある彼の顔を見る。

ハイム・キンスキー。かつて収容所から脱走したアメリカ軍人が、体を離した。

彼は涙を流していた。

「私な、必死で急いだよ。でも一度ドイツ軍に捕まった。それですぐに殺されそうになってた。拳銃でね、頭撃たれそうになった。なんでかファイアリングピン折れてるとかで弾出なくて……それで殴りかかって、相手少なかったから、倒して、また逃げた。でも方向分からなくなってた。途中で、爆発の音、聞こえたよ。味方に会ったは、その後だった。あのとき、大勢ドイツ軍そっちに行ったの聞いたよ。攻めるのチャンスだったね。でも間に合わなかったよ、ごめんね……」

エルフリーデは、ヴェルナーのすぐ隣で呆然とハイムの顔を眺めていた。

ヴェルナーは周囲を見回した。

そこにいるのは、ヘルメットを被り、カーキ色の制服を着崩すように着た男たち。多くがタバコをふかし、何人かはガムを噛んでいる。広場にいるのはアメリカ軍兵士たちだった。彼らは特に周辺を警戒する様子もなく、退屈そうにあたりを眺めたり、雑談に興じたりしていた。

どうなんだ、と短く英語で声がかかった。

声のした方を見ると、アメリカ兵の数名が、ゲシュタポを含む警官たちを整列させていた。全員、手を壁につかされて、アメリカ兵らに背を向けている。

「ヴェルナー、どうかなあ」

カール・ホフマンがそこにいて、顔だけこちらに向けて尋ねた。

「私は一応君たちを救おうとした。それは事実じゃないか。そう言ってくれないかね」

ヴェルナーは事態が飲み込めず、ハイムの顔を覗き込む。彼は、苦々しい表情で尋ねた。

「ロープで子どもたち殺したの、兵隊にして戦わせようとしたの、誰なの。上官が気にしてるね」

ヴェルナーは最後まで聞き終えるよりも早く答えた。

「あいつらは全員、俺たちを戦わせようとしたし、俺たちの友達を殺した」

英語で、ハイムが同じことを言ったのが聞こえた。

はあ、ホフマンがため息をついた。その瞬間、彼らを壁際に並ばせていた兵士の一群が、短機関銃の掃射をゲシュタポと警官、それに街区指導者のホフマンに浴びせかけた。

全員が倒れ、壁から粉塵が煙のように舞い上がった。

倒れた彼らのうち数名から、低いうめき声があがった。

「私たちを子ども殺しにしたの、みんな怒ってるよ」

ハイムは、とても疲れた顔で言った。その声が、収容所から脱走した直後よりも弱々しかった。

エルフリーデが、口を何度か動かして、やっと声を出すようにして尋ねた。

「どういうこと?」

「ドイツの兵隊、臆病よ」ハイムはヘルメットを脱いだ。「ヒトラー死んだ。大人は全然戦わなかった、このあたり。なんだかね、捕虜から聞いた話はね、敵の隊長。シェーラーというの。私たち来た、すぐ、こう言った。ヒトラー死ぬ。子どもが戦ってくる。この世の終わりだ、それで、自分の頭撃った。だからほとんど降参よ」

ルドルフ・シェーラーが自殺したことについては、あまり意外には思わなかった。

ただ、とハイムは続ける。

「一部だけ、武器持ってる素人と、ヒトラー・ユーゲントの何人かが、勝手に戦ってきた。私たち、撃たれるのダメだから撃ち返す。でも子どもを殺すのは嫌いだ。やらせた奴らを殺す」

そう言われてみて初めて、即断でゲシュタポたちを処刑した米兵たちの表情を観察した。

壁際に倒れた連中を見に行った彼らは、何人かは息があり、一方で全員が致命傷を負っていることを確認すると、特にとどめを刺すことはなく、そのまま、おのおの持ち場へ散るように去って行った。そのうちの一人が、死にゆく者につばを吐きかけた。

ドイツ兵がなし崩し的に降参する中、散発的に戦ったヒトラー・ユーゲント。子ども殺しとなった彼らの怒りは、少年たちを戦わせた者たち、殺した者たちへの侮蔑と殺意を形成していた。

それで、壁際でゲシュタポと警官と街区指導者らが死んでいる。

さらに周囲を見渡す。

防空壕で見かけた者を含む数名の男たちが、通訳の兵士を介して、何事か指示されていた。彼らは茫洋とした顔で頷き、死体となったゲシュタポたちを引きずり、粗末な馬車へと運んでゆく。

地域の市民たちは、既にある種の日常を送っている。

これで終わりか、という思いがした。

ハイムは言った。彼らが殺すのは、子どもたちを殺した者、戦わせようとした者。

「それなら、ここの大人たちを皆殺しにしないと」

ヴェルナーの呟きに、ハイムは何も答えなかったが、さりとて何かを尋ねるでもないその様子を見ていると、言いたいことのおおよそは伝わったのではないかとも思った。

「これを」

彼はヴェルナーに対して封筒を差し出した。

意味がつかめず首をかしげると、ハイムは少し辛そうな表情で説明した。

「レオ。胸元に入ってた。あなた宛ての手紙だね」

数秒、ヴェルナーはハイムを見つめた。そして奪い取るようにして、それを受け取った。

そこで、はたと気付いて、尋ねた。

「彼とドクトルは今……どこにいるの」

ハイムがそっと指をさした。

荷台を開放した小型の軍用トラック。その荷台、格子越しに、足が二人分覗いていた。

ヴェルナーとエルフリーデは、そこへ駆け寄った。

青白い顔、触れずとも分かる、冷たくなった姿。

ともに命を懸けて戦った二人は、そこに眠っていた。しばらく後に戦死者たちとともに、臨時に設けられた共同墓地へ埋葬されるのだとハイムが言った。

簡素な事務用品の封筒の表に、ヴェルナーへ、という宛て名書きがあった。封もされていないそれから、便せんを取り出す。中身に目を走らせる。

隣で迷っているエルフリーデに、一緒に読んでくれ、と彼は頼んだ。

ヴェルナーへ

絞首の前に手紙を書く時間をもらったので、奇跡的な幸運でもって、これが検閲を経ずに君のもとへ届くという前提で本音を書く。本心を書かないと意味が無いから。

僕の父さん、一度会っただろ。空っぽで何に対しても無関心。あれが父の全てだよ。彼には彼の父親の資産だけがあって、多分、それを増やすこと以外に関心がない人だった。だから軍隊に靴を納品することとか、それがどういう意味を持つか、まして強制収容所でそれを履かされた人が何をされているかなんてことは、どうでもいいことだった。

父にとっての僕というのも、成金が上流階級に入るための道具だった。

だから僕が周囲と違うと気付いたときには、僕に一切の関心を持てなくなった。

ドイツ少国民団にいたとき、僕は恋をしていた。僕がギムナジウム生でもいじめない、僕と同じくらいいじめられている、優しい子に。それで僕はつい、うっかり本音を言ってしまった。

翌日、僕はそれまでで一番ひどい袋だたきにあったよ。僕が恋した彼は叩く方に回れたから、彼はいじめから救われたみたいだね。

お前なんて男じゃねえ。これがドイツ少国民団の拳だ、金持ち野郎め、国民社会主義の団結の力だ、アーリア人の鉄槌だ。お前が金持ちかどうかなんて、総統閣下の威光の前には関係ないんだ。

あの日、僕はもう死ぬんだと思った。僕がこの世に持ってきたものの全て、自分が自分であるという理由と、自分の家が金持ちだという理由で。

そうしたら、君が現れた。本当に一瞬で、彼ら全員を叩きのめして、僕に対して言った。

胸張って生きろよ。

僕は何も言えなくて君を見上げていたけど、君は僕を見下ろして、構わずに言った。

群れてしか殴れないあいつらなんかより、お前はいつも一人で頑張ってるじゃねえか。

僕は、それでも何も言えなかったと思う。君は最後に、腕章を捨てて、こう言って帰って行った。

お前にもっと、殴り方を教えてやりたいよ。自分らしく生きるための戦い方を。

それ以来、君はドイツ少国民団をクビになってしまった。

僕は分かった。自分が自分であることを否定する人間と戦うべきなのだと。僕をいじめる連中を一人ずつ呼び出して、手段は選ばず叩きのめした。それから僕は父さんの教えに応えるふりをして、必死で自分を鍛えた。

それから君のお父さんが死刑になった、と聞いたとき、今度は僕の番だと思った。

君が僕に教えてくれたことを、僕が君に教える番なのだと。

でも、僕は結局君にいろいろなものをもらった。君は感謝していたけれど、海賊団をつくるまで居場所がないのは、僕も同じだった。

こうして手紙を書いている今も、僕は怖いんだ。君が僕を気持ち悪いと思わないかが怖い。でも許してくれ、ヴェルナー。実際に聞いただろ。今、僕が僕の気持ちを持つことにどういう意味があるか。

いつになったら許されるんだろう、いや、いつになったら……おかしいな。僕は罪を犯しているわけじゃない。

さようなら、ヴェルナー。もう時間が無い。怒られたよ。

僕らがあの鉄橋を爆破したのだということは、誰にも否定させはしない。

あ、君はルールを忘れそうなので、書いておく。

ひとつ、エーデルヴァイス海賊団は高邁な理想を持たない。ただ自分たちの好きなように生きる。

ひとつ、エーデルヴァイス海賊団は助け合わない。何が起きても自分で責任を取る。

多分、後の方を君は忘れそうだ。そうしたら、せめてもう片方は守ろうな。

愛してるよ、ヴェルナー。フリーデと元気でね。


ヴェルナーの手元に、涙がしたたり落ちた。

「ごめんよ、レオ」

彼の頬に触れ、その大理石のような冷たさに恐怖を覚えながら、もう一度彼は謝った。

どうして彼の内面を分かってやれなかったのだろう、と思い、次に、そうではないと思った。

どうして確信を持たせることができなかったのだろう。

レオンハルトが、ヴェルナーを愛していると言ったとしても、その気持ちのあり方、そして彼という存在を拒絶することなどない、と確信を与えることができなかった。

「私も、ごめん」

エルフリーデは、ヴェルナーの腕を摑んでそう言った。

「ヴェルナーが、きっとレオと友達でいられるって、分かってた。でも、それでも、私から言っちゃだめなことなんだと、信じてたんだ」

人間として言えないこともある。

エルフリーデがかつてそう言ったことを思い出した。だが、確かにエルフリーデの考えも正しいのだろうとヴェルナーは思った。

そして隣に眠るドクトルを見て、彼は最後に何を思ったのだろうか、と考えた。おそらくは彼も書き残す時間をともに与えられただろうに、何も書けなかった。それが答えなのだろうか。

ハイムが、何度か詫びてから、二人にトラックから離れるように言った。埋葬を済まさなければならない。力なくうつむいて、ヴェルナーとエルフリーデは、レオンハルトとドクトルに別れを告げた。

物言わぬ二人は、共同墓地へと連れて行かれた。

ヴェルナーとエルフリーデは、再び広場へと戻り、ベンチに腰掛けた。

再び、周囲を観察する。

アメリカ軍が設営した事務手続きの窓口に列をなして何かを記帳する人々、連合軍に何かを指示され、シャベルやつるはしを持って作業する人々。

何人かは防空壕で会った人たちもいた。

その中の誰一人として、ヴェルナーとエルフリーデに話しかける人はいなかった。

こうしてこの地域が敗戦を迎えたころ、ある日の朝方、フランツ・アランベルガーという愚かな元ドイツ少国民団員が、腕に包帯を巻いて、ふらふらとした足取りで、広場へ向かっていた。市民が聴くために外に設置されたラジオからは、ヒトラーに大統領として後継を託されたデーニッツが、国民へ徹底抗戦を貫けと叫んでいた。

フランツは愚かなりに自分の置かれた状況というものを、整理しようとしていた。

腕を撃たれたこの少年は病院へ運ばれ、それ故に戦うことはなかったし、さして警察に疑われることもなかった。病院で寝ている間に、一度だけエルフリーデ・ローテンベルガーが会いに来て、ドクトルから秘密裏に預かった「棒のようなもの」のことを尋ね、それが家にあることを教えると、住所を聞いて、すぐさま去って行った。それを託したドクトルは、自分たちが警察に捕まるようなことがあれば、それを持って鉄格子のあたりに来てくれ、と言っていたが、結局フランツの出番はなかった。

ともかくその後フランツが病院で寝ている間に、この地域における戦争は終わっていた。

そして奇妙なもので、兵隊の隊長が自殺し、連合軍が進軍してきて、敗北だということになったが早いか、徹底抗戦だの、総員戦死だの、集団自殺だのという話は、まるで最初からなかったかのように地域から消え失せた。少なくとも、大人たちは速やかに敗北を受け入れ、ナチスを意味する旗や飾り、反ユダヤ主義の本や雑誌の類い、《シュトゥルマー》や、自分の家の中にある、ロひげ男の肖像画を燃やしたりしていた。

フランツ・アランベルガーも、ほんの少し前までナチの手先として戦うつもりでいて、今はそんな気が毛頭ないわけだから、そういう意味では同様だった。だが、自分の場合は、その変化が起きたのは、病院で寝ているときであったし、そして、ヴェルナーとエルフリーデの所在を片っ端から聞いて回り、なぜか忌々しげに追い払われ、やっとの思いで彼ら二人が広場にいると知ってそこへ向かっている今、自分が粗雑な武器でアメリカ軍を相手に戦わずに済んだのは、そして生きていることは、ヴェルナーたちエーデルヴァイス海賊団のおかげだと、バカなりには理解していた。

広場のベンチに、ヴェルナーとエルフリーデは座っていた。レオンハルトとドクトルがいないな、とフランツは思った。

様々な事務手続きと会話によって、町が混沌と喧噪にまみれながらも「敗戦」という新たなる時代を迎えようとしているさなかにあって、二人だけが、その時代の推移から取り残されていた。阿呆の十二歳児から見ても、気安く話しかけられる様子ではなさそうだな、ということは理解できた。

ヴェルナーの隣に腰掛けて、彼が話しかけてくれるのを待った。

一時間ほどしても声がかかることはなかったので、フランツは呼吸を整えて、彼の名前を呼ぼうとした。

「フランツ」

その瞬間に名前を呼ばれた。

「お前は、なぜ戦って死ななかった」

聞きようによっては責められていると感じられる言葉だったが、そうではないことは、口調と、それから相手がヴェルナーであるという理由で、理解できた。

「ヴェルナーが撃ったのはなんでだろう、って、言われたこと病院で考えたら、僕が戦えないようにするためだと分かったから……それで僕、続きを聞きに来たんだ。約束したよね、ヴェルナー。教えてくれるって。ヴェルナーたちはなんなのか。何のために戦ったのかを話したいって」

ああ、とも、ううとも聞こえる声がして、しばらく十分ほど、ヴェルナーは黙った。

エルフリーデはずっと、彼の肩に頭を乗せていた。頬に流れた涙は既に乾いて、跡になっていた。

「あれは……去年の夏だった」苦しそうな息づかいで、ヴェルナーは話し始めた。「……夕方から雨が降って、その日の午後まで続いていたひどい暑さが、嘘みたいに引いていった……俺は、ナイフを構えて待っていた」

一語一語を、喉の奥から吐き出すようにして話していたヴェルナーはやがて、滑らかな口調となり、そしてそこからは、堤防が決壊したように、ただひたすらに話し続けた。

フランツはその言葉の一つ一つを忘れないように、懸命に聞き入った。ヴェルナーを支えているのが「話すこと」にあるのは分かったし、他ならぬ自分こそが、誰よりもその言葉を聞かなければならないのだ、ということも分かった。数時間にわたって話し続けた彼は、夕刻になると、フランツに帰るよう促して、自分はハイムから食事を分けてもらっていた。

翌日も同じように彼はひたすら、エルフリーデやレオンハルトと出会ってからの自分について語り続けていた。フランツは、毎日彼の元に通っては、その内容を暗記し、自宅に帰ってからノートに書き込む、という手法で記録をとり続けた。ヴェルナーに断れば、彼の話す内容をその場でノートに記録することも可能であっただろうが、そうすることで、目の前で繰り出される「生きた言葉」に、なにか変化が生じるのではないか、と危惧していた。

ともあれフランツは、彼の話すことの、およそ全てを正確に記録することができた。

もちろん、話の内容そのものにはある種の偏りがあった。たとえば彼らが最も活発に活動したのは、ドクトルが仲間に入ってから徒歩旅行に向かった日までの間だったはずだが、ヴェルナーはそのあたりを大幅に省略して話した。また、ドクトルと呼ばれた少年の本名を、ヴェルナーたちが知らなかったとは思えないが、フランツがそれを知ることはできなかったし、ヴェルナーとエルフリーデの仲がどういったものであったかも、はっきりとはしなかった。たとえばワンダーフォーゲルの最中に二人で倉庫に泊まったときに何があったのかを語るヴェルナーの傍らには、常にエルフリーデ自身がいたのだから、それは無理もない話だったし、フランツもさすがにそれを尋ねたりはしなかったのだ。

ヴェルナーの元に通う最中も、日一日と町は変化していった。アメリカ軍による占領統治を受け入れるための新たなる地方自治体が編成され、戦時下の決戦を迎えるべく組織されていたそれは、援助物資を効率よく配布するための組織に変貌していった。

土木作業に従事する人たちが行く先は、あの村の駅舎だった。かつて列車の乗務員と商人のために建てられた宿泊施設を改造し、連合軍兵士が寝起きする場所に改築するのだという。

その話を聞いたとき、ヴェルナーの顔は耐えがたい苦痛に直面したようにゆがんだ。

聞き取りを始めて数日後、彼の話の中に自分が登場したとき、フランツはヴェルナーの人生に自分自身を発見したような高揚をおぼえ、そして己の振る舞いの愚かさに失望した。ヴェルナーはフランツを責めるようなことは一度も言わなかった。むしろ、あのあと山へ逃げたとしても、連合軍の進軍は想定よりも遅かったから、自分たちは山狩りから逃げられなかっただろうし、その場合は全員死んでいたかもしれない、と言ってフランツをかばった。お前の見つけた爆弾がなければ計画は不可能だった、とも。だが、自分が爆弾の設置の際に余計なことを言わなければ、レオンハルトもドクトルも助かったのではないか、というフランツの思いは、生涯にわたって消えることはなかった。

しばらくして、ドイツが無条件降伏した、という知らせをラジオが伝え、市民はそれを無感動に受け入れた。

ヴェルナーの話を聞き取り続けたある日、広場には思わぬ人が、ランチボックスを手に現れた。

「あれ……」

ペーター・ライネッケ。その豪腕で知られる大柄な元ヒトラー・ユーゲントは、彼の生存を予期していなかったらしいヴェルナーに対して、これまでになく穏やかな笑みを浮かべてから、その隣に座って、昼食を彼に差し出した。彼の傍らには、知らない女の子が一人いた。

ペーターは少し得意げに語った。

「あの後、アメリカ軍が近づいてきたら、俺の中隊と、それにモーリッツやなんかを入れた連中、つまり一緒に爆弾を運んだ連中が、全員最前線に行けって言われてさ。それで俺、気付いたんだ。これで口封じされるんだって。おとなしく言うこと聞いて出かけるふりしてから、連中に言ったんだ。全員で逃げるぞって。あのトンネルなら大丈夫だろうから、他にも武器を持ったヒトラー・ユーゲントがうろうろしてたら、とりあえず声かけて、言うこと聞かない奴はぶん殴って、トンネルの中に立てこもってた。鉄橋の方が崩れてるから洞穴みたいになってて、籠もるのに向いてたよ。俺を恐れて逃げた奴はいたけど、橋は壊れてるし、攻撃が目の前だから、兵隊は攻めてこなかった。ただ、一人だけ兵士が説得に来たから、俺たちはヴェルナーみたいに戦うんだって言って追い返した。そうしたらそいつ、次は、軍隊は連合軍に降参するからもう帰っていいって話と、シェーラー少尉が、『総統が死に、子供が戦いを挑んでくる世界には絶望しかない』って言って自殺したって知らせを持ってきたよ。無責任だよな」

ペーターが、部分的であれ人の命を救うために行動していたのだということを聞くと、フランツはなんだか誇らしい気持ちになった。彼は元々暴力が人の形を成しているような少年であったが、それを変えたのはヴェルナーたちとの出会いにほかならなかった。

「兄さんたら、ずっとあなたたちのことばかり話しているのよ。自分よりも強い人間に会ったことが、よほどうれしかったのね」

知らない女の子が、そう言って笑った。

声につられて彼女の顔を見たエルフリーデが、久しぶりに笑顔を見せた。

エリザベトという彼女は、ペーターの妹で、フランツと同じ年齢であり、ドイツ女子青年団でエルフリーデと友達だったのだという。彼女が隣に腰掛けて、初めまして、と言ったとき、これまでろくに女の子と会話をしたことがなかったフランツは、顔が熱くなるような感じがした。妹は兄とあまり似ておらず、特に大柄でもなければ、長身でもなかった。

ペーターが、ふと心づいたようにヴェルナーに尋ねた。

「なあ、これからどうするんだ」

ヴェルナーは黙して答えなかった。

数日間、ヴェルナーの話を聞き続けたが、ペーターが現れるまで、広場には常に、がれき除去に集められた人員や物資運搬についてアメリカ軍から指示を受ける人たちがいた。

その中の誰一人として、ヴェルナーたちに声をかける者はいなかった。

ヴェルナーの話の、およそ一通りを聞き終えたとき、周囲の大人たちがヴェルナーたちをどう見ているのか、ということがおぼろげながらに分かった。

絞首刑にされる子ども二人を見殺しにした大人たち。そのことを唯一知る二人。

「どうして生きてるんだ」

不意に、背後からそんな声が聞こえた。

フランツは驚いて周囲を見渡したが、そこには、作業報酬を目当てにアメリカ軍に対して片言の英語で割り当てを要求し、自分がいかにして反ユダヤ主義から距離を置いていたかを弁明する男であるとか、教師として戦災孤児たちの生きる権利を求め、流ちょうな英語で学校の再建を求める女などがいるばかりで、その声の主は分からなかった。

これからどうするのか、どうして生きているのか。

ヴェルナーもエルフリーデも、多分分かってはいなかった。


その翌日も、フランツはヴェルナーの元へ行った。

広場には多くの見知らぬ人たちがいた。皆、ひどく痩せていた。

米兵の一人が、ドイツ語で彼らに呼びかけていた。

「避難民の方は、ここで氏名を記帳してください」

フランツが、ハイムを呼び止めて、尋ねた。

「あの人たちは、どこから来たんですか？」

「北西の収容所。移送を待っていた人たち」

ハイム・キンスキーの答えに、ヴェルナーとエルフリーデがうつろな顔を向けた。ハイムはにっこりと笑って、そう、と答えた。

「線路壊れた。それで、あの人たち待たされてたよ。私たち、保護した。もう彼ら、安全」

フランツが勢いづいてより詳しく聞いたところでは、あの日、村からさらに西の隣町の駅に到着した貨物列車は、いつも通り人をぎゅうぎゅう詰めにして出発を待っていた。しかし鉄道の爆破を知らされた車夫らは運行を停止。集まっていた被収容者らは駅舎周辺で武装親衛隊の監視の下、野宿を強いられていたが、アメリカ軍に保護された。北西の強制収容所も解放されたため、今日からはとりあえずこの広場にテントを張ってしばらくの間夜露をしのぎ、安全なキャンプ地へ移動。回復を待ってから解散する。外国籍の者は帰国させるのだという。

「爆破からこの市が占領されてあの人たちが保護されるまで、何日かかったの」

ヴェルナーが問うと、ハイムは答えた。

「一週間」

ああ、一週間か、とヴェルナーは答えた。そしてしばらく黙り込んでから、

「俺たちは、自分たちのすることに対して純粋じゃなかった。でも、よかった」

唐突にそう言った。

フランツはその意味を尋ねはしなかったが、多分鉄道を爆破した動機のことを言っているのだろう、とこれまで聞いた話から推測した。

ヴェルナーたちがそれをしなければならない動機は、四人それぞれに異なっていた。死に至る労働を止め、それを強制されている囚人や捕虜たちを救いたい、という純粋かつ強固な願望でひとまとまりになっていたわけではあるまい。

彼らは、彼らの救った人たちの姿を見て、初めてその本当の意義に気付いたのだ。

日々強制収容所へ行っては、罪なき人々を過酷な強制労働へ従事させる貨物列車を、彼らは一週間止めて見せた。

避難民の人たちを観察する。総数は四百人か、五百人か、そのぐらいだった。フランツは思った。

もしヴェルナーたちが一週間列車を止めなければ、その内の何人かは、きっと命を奪われていた。それはあの強制収容所で死んだ人たちの総数に比べれば、僅かなものであるかもしれない。だが、失われた膨大な人命、その一人一人の命が、かけがえのないものであった。そうであればこそ、救えた命が少なかったからといって、それがむなしい行為であったなどと誰が言えよう。あの爆破によって救われた人たちは、確かにいたのだ。

フランツがそう確信するとともに、ヴェルナーの目に生気が戻るのを見た。

エルフリーデは呆然とその人たちの姿を見ていたが、やがて、ゆっくりと立ち上がった。

どうしたの、とヴェルナーが尋ねるのに、答えがなかった。

エルフリーデはただひたすらに、一点を見つめていた。

彼女は信じられないものを見るかのようにしていたが、やがて目に涙を浮かべ、撥ねられたように駆けていった。

「お父さん、お母さん！」

エルフリーデは叫んだ。

そして記帳の列に並んでいた紳士に飛びつくと、大声で泣いた。

紳士と、それからその傍らにいた女性も驚いたように彼女の名を呼び、三人は抱き合って、しばし涙を流していた。

視線の先の再会をヴェルナーは無言で見つめていたが、やがて、エルフリーデが彼ら二人を連れてこちらへ戻ってきた。

「ヴェルナー、紹介するよ。私の先生……と言われていた、お父さんとお母さんだ」

驚きを隠せない様子で、ヴェルナーは返した。

「無事だったんだね」

ハイムの話を聞いたとき、ヴェルナーも、エルフリーデも、彼女の両親は死んだのだと考えていた。

ひげ面の紳士が、自分たちのいきさつをヴェルナーに説明した。

「私たちは、あの収容所に入れられてからしばらくして、別の場所への移送を命じられました。作業量が比較的軽い、収容者の区分としても、本来とは別の収容所です。到着したときは何かの間違いかと思いましたが、私が理由を質問すると、収容所の看守は、上層部からの指示だと答えました」

エルフリーデが、両の目から涙を流しながら尋ねた。

「それは、なぜ……」

彼女の母が、その涙を拭って答えた。

「ローテンベルガーさんたちの指図だったみたいね」

エルフリーデの育ての親。そして武装親衛隊将校であるローテンベルガーが、本当の親である二人を救っていた——。エルフリーデは、複雑な事態を受け入れるように苦笑して見せた。

フリーデ、と彼女の母は我が娘に語りかけた。

「でも、この市を通るレールができてから、私たちもあの収容所で働かされそうになった。あそこがどんな場所かは看守に聞かされていたわ。二人とも歳だから、もしそうなったらとても耐えられない。今度こそおしまいだと思ったけれど、いよいよ私たちを乗せて走り出した列車は止まったの。フリーデ、私たちはあなたの存在に、二度助けられたの」

エルフリーデは、その言葉をかみしめるように頷いた。そして思い切ったように尋ねた。

「これからみんなで、ここに住むの？」

「いや、ここにはいられない」エルフリーデの父が断言した。「誰も歓迎はしてくれんだろうし、ロマ人だと知れてしまったら、君も困るだろう。それに、働き口がない。遠くに音楽教師時代の知り合いがいるから、そこに行こう」

エルフリーデが、うんと答えてから、ヴェルナーに視線をやった。

フランツははらはらして見守っていた。このうえエルフリーデにも去られたら、彼は一人きりになってしまう。

だがエルフリーデは迷いも見せずに言った。

「一緒に行こう、ヴェルナー」

エルフリーデの両親も、優しく微笑んでいた。

ヴェルナーはエルフリーデの誘いに、ただ無言で頷いた。

フランツは心底安心した。エルフリーデとその両親に簡単に挨拶した彼は、今日はもう帰る、と言った。

「フランツ、これを持っていてくれ」

そう言ってヴェルナーが手渡したのは、レオンハルトからの手紙だった。

フランツは驚いて彼の顔をうかがった。こんな大切なものを、自分が預かっていいものだろうか。

ヴェルナーは心底疲れ切ったような表情で、こう言った。

「俺はもう、ここにはいられないよ。誰一人、俺が生きていることを喜んではいないもの。だから、悪いけどフランツ、お前が語り継いでくれないか。レオがいたこと、ドクトルがいたことや、俺たちがなにをしたのかについて、お前が」

フランツは躊躇を覚えつつも、ゆっくりと頷いた。

そして自宅でいつものように記録を取った彼は、ふと、エルフリーデの両親の名前を聞いていないことに気付いた。

翌日、広場へ行くと、避難民の人たちはテント生活に入っていたが、そこにエルフリーデとその両親、そしてヴェルナーの姿はなかった。

ハイムにそのことを尋ねると、彼はそこで初めて四人の不在に気付いたのか、しばらくテントを探し回っていたが、やがて戻ってきて、誰もいない、とだけ答えた。

他の避難民の人たちも、近くの病院や、新たに設立された保護のための施設に分散して収容されることになったので、数日で姿を消した。

また、ハイム・キンスキーも同時期にいなくなった。彼とその部隊は、もとより戦闘のための部隊であり、占領統治は、それを担う別の部局に引き継がれたのだった。

フランツはその後もしばらく、一人広場で彼らの姿を探した。

そして探し疲れて、ベンチに座る彼に、声をかける者がいた。

「もう、誰も来ないみたいよ」

顔を上げると、ペーターの妹、エリザベトが微笑みを浮かべて彼の目をじっと見ていた。

「今日からは、私たちの話をしましょう」

エリザベトにそう言われて、フランツはまた頬が熱くなるのを感じた。

彼女はフランツの隣に座ると、優しく、静かな声で歌を歌い始めた。

この私、つまりフランツ・アランベルガーが語ることのできる、エーデルヴァイス海賊団についての物語は以上である。

私は戦後、彼らのことを語り継ごうと決意し、それを実行し続けた。

そして、拒絶され続けた。

今に至るも、この地域の公式の記録は、末期戦の一時期において鉄道が爆破されたのは、アメリカ軍が投下した長延期爆弾の爆発によるものであり、少年たち数名は、火事場泥棒のために兵士に追われ、逮捕を恐れるあまり戦って処刑され、それを決めたゲシュタポらは、戦後の混乱のさなか連合軍兵士の手により処刑された、と簡単に伝えている。処刑された少年たちがエーデルヴァイス海賊団であったということは、何の記録にも残っていない。

私はヴェルナーに託された思いを伝えるために、彼が教えてくれたことをひたすら叫び続けた。

十二歳の頃は文字通り。大人になってからは、地元の研究者を訪ねる、市の担当者の元を訪れる、といった、もう少しはましな手段で。しかし、私の知る史実を公的なものとして訴える手段が私にはなかった。そもそも、私は何の当事者でもなかったのだ。

私の言葉に耳を傾ける者などいないまま、戦後復興は着実に進んだ。

鉄道駅は、宿舎の改築をその端緒として、戦後においても、村と、ひいては市全体を成長させてゆく要でありつづけた。出入りする人や物資の量の増大は、駅を中心とする建築ラッシュをもたらし、地域経済を発展に導いた。そしてその目玉商品こそは、メルダースブランドであった。すなわち虐待と強制労働の現場への中継地点として開通した鉄道と、そこで囚人に対して拷問に匹敵する苦役を負わせ、軍靴メーカーとして成長し雇用を生んだ靴産業こそが、戦後においても市を発展に導いたわけであるが、そのことについて、倫理的立場からの批判がなされたと耳にしたことはない。それを責めるのは酷であるかもしれない。

事実として、国策として遂行された強制労働や、ユダヤ人の大量殺戮には、多くの民間企業が、より直接的にかかわっていた。たとえば当時ヨーロッパ最大の化学産業トラストであり、戦後に分社化されたIG《イー・ゲー》ファルベンは、アウシュヴィッツ強制収容所の被収容者を使役する合成ゴム製造工場の設立を自ら提案し、それによって同強制収容所を大幅に拡張させた。さらには子会社によって開発されたガス、「ツィクロンB」を納入することで巨万の富を得ていた。言わずと知れた、絶滅収容所においてユダヤ人に浴びせられ、無数の命を奪ったあの毒ガスだ。

当時のドイツを代表する重工業会社であり現在も後進の企業が多角的産業をリードし続けるクルップとテュッセン、あるいは、現在も電子機器メーカーとして世界に名高いジーメンスも、捕虜や囚人たちの強制労働により、人件費なき大量の生産能力という、奴隷労働の恩恵に浴した。

ドイツ国外に本社がある企業においてさえ、国策としての殺戮と完全には無縁ではなかった。たとえば黎明期の電算機業者として人のファイリングと殺戮の効率化に貢献する技術を提供し、その後、世界に名だたる大企業となった会社の本部はアメリカにあったし、その企業がもたらしたさらなる技術革新は、世界の情報技術に大きな影響を与えた。

あの報復兵器、V2ロケットは、確かに爆発によって多くのイギリス市民の命を奪ったが、生産過程における強制労働により、それより遙かに多くの連合軍捕虜や囚人の命を奪った。そしてその開発の成果は米ソ両国に接収され、両国、そして世界の宇宙開発の礎となった。

メルダースがもし、自分たちは特別悪辣な企業だったわけではないのです、と自己弁護するならば、確かにそうだと言うしかあるまい。第二次大戦下に経営され、今もドイツに多少なりとも名残を示す企業があるならば、そのうちにナチ・ドイツによってもたらされた大量虐殺と強制労働という、邪悪な国家的事業の恩恵を受けなかったものを探すことは非常に困難なのだ。そしてその企業の発展や生産物を通じてある種の恩恵を受けた者の数は、文字通り無数と言える。

強制収容所の存在こそが、市の発展の契機となった。この明白な史実を前にしてなお、敗戦後四年にわたった連合軍統治下も、その後も、市民たちは、当時の自分たちは、目と鼻の先でおこなわれていた強制労働とそれによる死とはまったく無縁の存在なのだと、心底信じているようだった。ゲーリング国家元帥でさえ、ニュルンベルク国際軍事裁判では大量虐殺について知らなかったと言ってのけたのであるから、自分たちが同じような論法を用いることに何かの問題があるとは、考えてもいないようだった。

だが、占領当局に対して、自分がいかに内面において反ナチ的存在であったか、強制収容所について何も知らされていなかったかを訴えるまさにその人々が、収容所での残虐行為を止めるために鉄道を爆破し、そして市民が見殺しにした四人については何も語ろうとしない姿勢を、私は許すことができなかった。当局が住民たちを四段階に分けてナチスとの親密さを判定していると知った私は地域住民のうち、少しでもナチスに迎合的であった人物とその内容を、自分の言動も含めて、ひたすら報告した。そして自分が知る歴史上の事実を訴えかけたが、ドイツを安定的に統治する、という目的を持った彼らにとって、私は、ただ一人荒唐無稽な話をする変な子どもでしかなかった。

五〇年代に入り、鉄道の、放置されていた破壊箇所を再建する、つまりトンネルと鉄橋の再建計画が持ち上がったという知らせは、私をさらに激怒させた。それまで、強制労働と処刑の現場へと続く道のりであったそこは、当然これからも再建されないのだろうと信じていた。しかし、村の駅舎が終点である以上、そこは単に、支線の端でしかない。レールを延伸させて本線として、他の路線と接続させ、その間に新たな駅を開設してゆけば、村にある駅の価値はさらに飛躍的に増大する。そしてそのためには、戦争中に破壊されたトンネルと橋の復旧が必要なのだ。

住民たちは、その計画を、この村に鉄道がやってくるという知らせを聞いたときと同程度の熱意によって歓迎した。

この際の、鉄道の再建計画と関係の無い強制収容所は別途記念館として保存する、という話を聞かされたとき、その発想の使い分けに対して、私は炎のような怒りを覚えた。

しかし、ペーターとともに訴え出た工事差し止めの裁判は、公共事業の有効性と私たちについての裁判当事者能力の欠如を確認して速やかに結審し、たとえば私の手元に残されたレオンハルトの手紙といったものは、裁判に提出される機会すらなかった。せっかく、再び鉄道によって栄えてゆく道のりができたというのに、それを阻止しようとする厄介な住人。私が変なガキではなく、異常者と認識されたのはこの時期からだ。

そしてこの裁判を通じて無二の親友となったペーターが、交通事故により若くしてこの世を去ったことは、私に深い悲しみを与えた。私がエリザベトと結婚したのは、その翌年。互いに孤独を抱えた夫婦だった。

市内において、ヴェルナーたちの暮らした村落はもっとも寂れた地域であったが、鉄橋とトンネルが再建され、駅としての価値がさらに向上すると、その発展は加速度的に進行した。周辺に商業地区が形成され、地価は高騰し、七〇年代には、市の中心地域と化した。

ナチ体制下、市民らがレールの敷設に際して願った、ドイツ他地域への接続とそれによる郷土の価値の向上は、概ね達成されたといえる。

ドイツの、主として西部で活発に活動したエーデルヴァイス海賊団についての評価は、今もまちまちだ。当然だろう。同一の名称を名乗りながら体系立った組織を持たなかった彼らは、「現象」のような存在であり、地域や場面によって振る舞いも異なっていた。

戦後、戦うべき相手を失った彼らは、各地で自然消滅した。一部では連合国による取り込みが試みられたがほぼ全てが失敗し、そしてこの件について語るとき、よく知られるように、残党の一部はポーランド人商人に嫌がらせをするなどの、無益な行為に走った。だがもとよりナチとヒトラー・ユーゲントに反発し自由を求めた彼らに、連合国による占領統治の一翼を担えというのは、敵味方を二元論的に語る発想から生まれた筋違いな要求であっただろう。

そしてまた、彼らエーデルヴァイス海賊団がその名の下に組織的かつ徹底的なレジスタンス活動をしていた、とは言えないことと同様に、組織的な「エーデルヴァイス海賊団」なるものの全体が、ポーランド人へ嫌がらせをしたわけでもない。

七〇年代に、ケルンでは、同様に、その地域においてエーデルヴァイス海賊団を名乗り活動して処刑された子どもたちの遺族により、彼らの処刑が不当であったことと、抵抗者の遺族ならば受給可能である法的補償を受けられていない、という主張に基づく裁判が提訴された。そしてそれを端緒として、彼らがいかなる思想を持っていたのか、彼らは果たして政治的抵抗者であったのか、という激しい議論が巻き起こった。その議論に対する評価はともかくとして、これらは興味深い現象であった。

しかしこの地域においては、同じ手法による議論の提起は不可能だった。

ヴェルナーは天涯孤独のままこの地を去った。ローテンベルガー夫妻は既にこの世になく、エルフリーデには他にきょうだいもいなかった。親戚は一応いたが遺族には該当せず、また彼らが自分を警戒していたため、接触することはかなわなかった。ドクトルの家族は、私が、情報請求を通じて彼の正確な名前を知ったときには、すでに息子を死に至らしめたこの地域を去っていた。

唯一、明確な遺族がいるのはレオンハルト・メルダースであったが、彼らとの接触は、思い出したくもない不快な結果に終わった。

軍靴の生産によって一財産を築き、今もブランド化されたスポーツ用品のメーカーとして世界に名を広めた、メルダース家。レオンハルトの父トーマスにとっては、不肖の息子が非行に走って処刑されたのだ、という以外に追及すべき真実など何もなかったのだ。あの、かかしが紳士服を着たような空疎な男には、自らの息子がエーデルヴァイス海賊団を名乗る反抗少年団の一員であると認め、表裏一体の事実として、メルダースの軍靴が、強制収容所においては人体実験の道具となっていたことを深く追及しようなどとは夢にも思っていないようだった。

妻となったエリザベト以外に理解者もいないなか、私は手持ちの資料を大学の研究室に寄贈したり、当時爆弾騒ぎによって避難した人たちに聞き取りをおこなったりもした。その活動の成果は、皆無ではない。しかし私が行く先々で直面したのは、話が自らの責任に及ぶと途端に証言を回避しようとする傾向と、私自身に対する警戒の念だった。市街地の住人たちは、当時は避難命令を受けただけで事情は聞いていない、という人が大多数であったし、ペーターとともにトンネルにこもった元ヒトラー・ユーゲントの仲間たちも、自分たちはペーターに言われて戦わなかったのだ、という以上のことを語ろうとはしなかった。殊にモーリッツ・シェーラーは叔父の名誉を守るためか、ルドルフ・シェーラーは政治とは無縁で、非行少年に手を焼きながらも立派に郷土防衛のために戦ったのだと声高に主張し、私を裏切り者として中傷し続けた。

そして市民たちが欲していたのは、モーリッツの語りだった。

私が、終戦直後の未熟な年齢においてもう少し賢く立ち回っていれば、多少は証言を得られたのではないか、ということが悔やまれた。

アマーリエ・ホルンガッハー先生のことがどうしても許せず、彼女が自分に施した思想教育の中身を監督省庁に訴え出たり、その罪状を叫んだりもした。

日々、エルフリーデが作ったあの歌を歌ってまわり、地域の連中がそれを忘れないように記憶に焼き付けようとした。行動すればするほどに自分が孤立することは分かっていた。分かっていてもなお、私はそうせざるを得なかったのだ。

この地域、あるいはドイツにおいて、歴史に対する反省が虚構のものであったと言うつもりはない。確かに、戦争に対する責任を、死せるヒトラーと解体されたナチ党に負わせ、自らを無実と訴える論法についての反感は、時代が下る都度形成され、主に若い世代によって問題提起がなされていた。東西に分割されたドイツが一つとなってからは特に、その責任追及のあり方は市民社会にも向けられていった。強制収容所が住宅地から目と鼻の先にあったことについては、忘れてはならないと言われ、忘れてはいないことになっている。二〇一〇年代に入ってもなお、あの強制収容所で看守であったかつての若者が訴追された。

それは、ヴェルナーがワンダーフォーゲルの果てに垣間見た、幼い兵士であったのかもしれない。その当時は未成年者であったため、少年法に基づいて裁かれている、私よりも年上の老人は、強制収容所の内部にいてもなお、囚人に課せられた苦役とそれによる死には気付いていなかったのだと主張していたが、裁判所は彼に有罪を言い渡した。それは強制収容所に勤めていたことを立証できれば、被告が個別に残虐行為に加担していることが立証できなくとも有罪とすることができる、という新たなる判例に基づくものであった。

一般の刑法の考え方に比べれば驚きに値する論法であろうが、しかし、確かに死に至る強制労働の現場にいながらにして、虐待の存在を知らず、その責任を一切負わないという立場が存在したと主張することもまた、信じがたい論理ではあるだろう。

ならば、彼に責任を問う論理は、鉄条網のあった位置によって、完全に遮断されるものなのであろうか。

あのエーデルヴァイス海賊団について言う限りでは、ナチ時代に身を守り、戦後保身を貫いた態度を、この地域の住民たちは守ったように見える。彼らの活動に内心では気付き、少なからぬ人物が彼らを見殺しにしたと本心では気付きつつも、それを直視しないことによって、皆がその自尊心を守るという発想である。その態度、そして彼らが守ろうとした「郷土の誇り」は、世代の交代により、住民が文字通りの「知らない」人ばかりになることで完全なものとなる。

歌われなかった海賊へ　歌わなかった住民より

このプレートは、レオンハルトとドクトルが死んだ広場に、一九六〇年に設置しようと試みて当然のように阻止され、自宅の庭先に置いたものだ。自宅に置く限り、何人《なんびと》もこれを阻害することは不可能なのだから、と私はそう思った。

しかし何度も盗難にあい、そのたびにつくりなおし、そうこうするうちに盗難を阻止するための鉄条網がずいぶんな高さになってしまった。あのプレートを盗もうとする人がいる、という事実は、重大な意味を持つのではないだろうか。

私とエリザベトは子どもに恵まれることはなく、エリザベトはこの世を去った。私は孤独のうちに年齢を重ね、ついに寿命を迎えつつある。

一仕事を終えるたびに、自分は眠り、ついに敗北しつつあることを悟っている。

私が無理矢理に歌ったあの歌を、もう誰も知らなくなった。

プレートが最後に盗まれそうになったのは、二十年も前になる。

かつてエルフリーデがつくり、そしてこの地域に浸透させたものは、確かに文化だった。だが文化を支えるものとは、それに付随する意味を知る人々であり、その人たちの記憶の集合体に他ならない。

エーデルヴァイス海賊団の文化は、私が死ねば、ついに消えて無くなるのだろうか。

そう思ったとき私は、手元に残された数少ない史料と各種の証言の他に、小説という形式で彼らについて語ることが必要であると思った。隠居の身の上であるから、今更これを全国に流通させることはできないし、するべきとも思えない。ここに描かれたものは、彼らの人生の物語なのだ。

ただ、誰かがいつか読んでくれればいいのだ。文化としての彼らは、その読み手がいる限りは、途絶えることがないと信じている。

二〇二〇年八月

クリスティアン・ホルンガッハーは本を閉じた。

食卓の方で物音がした。妻が食事の準備をしている。

数日間、睡眠時間の多くを削ってこの本を読みふけった。多くの時間を削っても、なぜか読む手が進むことはなく、一頁を読むのに多大な時間を費やし、ついには土曜日の朝を迎えてしまった。

シリアルをかき込むと、彼は「出かける」と断ってフランツ・アランベルガーの居宅へと向かった。

その道すがら、祖母、アマーリエ・ホルンガッハーのことを考えていた。

アランベルガーの著作に現れた祖母の姿は、自分の知るそれとは異なっていた。自分の中での祖母は、いつも優しく、思いやりにあふれた善人だった。

彼女はアランベルガーのことを毛嫌いしていた。そしてその理由が分かってしまった、と思ったのだ。

もしもアランベルガーがアマーリエのことをひたすら悪辣な人物としてのみ描写していたならば、自分はその記述を虚偽と受け取っただろう。実際のところ、アマーリエは優しい人物であったのだから。

だが、アランベルガーの記述したアマーリエ・ホルンガッハーの姿と、自分の知る彼女の姿は、同一人物のものとして矛盾なく、そしてまた、ナチス体制下ドイツと戦後ドイツの両時代において「善人」として生きた人物像としても、矛盾が無いように思えるのだった。

私は今、アランベルガーに会って何を話すべきなのだろうか、とクリスティアンはふと思った。

この本の信憑性についてか、それとも彼の知るアマーリエの姿についてか。

だが、彼に会って話を聞いたとして、それを事実として受け取っていいものなのだろうか。

思索の間に、かつて、決して近づくなと言われていたアランベルガーの居宅へとたどり着いた。

彼と会ったら話したいことを、不意にクリスティアンは思いついた。メロディーだ。エルフリーデが考え、アランベルガーが歌い継ごうとした曲のメロディーを、聞いてみよう。

二階建てに屋根裏部屋がついた小さな一軒家。鉄条網に囲まれたあのプレート。

と、その隣に思わぬ者がいた。

「デミレル」自分の生徒、ムスタファ・デミレルが、玄関前の階段に腰掛けていた。「どうして君が、ここにいるんだ」

「今日会おうって約束してたから……でも……」

デミレルは黙ってかぶりを振った。軽くドアの方に視線をやって、建物に入るように促した。

確信的な予感がクリスティアンを貫いた。彼は静かに家へ入り、二階へと続く階段を上った。

アランベルガーの寝室の前に、見知らぬ男がいた。見たところ三十代程度。胸に公務員が使うIDカードを下げている。彼はクリスティアンに気付くと、挨拶して、市民生活担当部署のアウグストです、と名乗ってから尋ねた。

「出版社のお方ですか？」

思わぬ問いに動揺しつつも、クリスティアンは答えた。

「いいえ。フランツ・アランベルガーさんの知り合いです」

そうですか、と答えて、彼はひとつ息をついた。

「ご壮健と思っていましたが、やはりお年でしたね。もっと強く高齢者施設への入居をおすすめするべきであったかもしれません」

「アランベルガーさんは、亡くなったのですか」

若い公務員アウグストは、そこで自分が勘違いをしていたと気付いて、失礼、と詫びた。

「訃報をお聞きになったものとばかり思っていました。今朝、亡くなっておられました。ご遺体については病院に移されておりますが、老衰とみて間違いないようです」

数秒間、クリスティアンは反応を示すことができなかった。

やはり、という思いが胸にこみ上げるのを感じた。公務員はため息をついた。

「残念な話です、このような形で地元の文学者を見送らねばならないのは」

先ほどから、会話の間に挟まる奇妙な違和感があった。

「あの、フランツ・アランベルガーさんは、出版関係の方だったのですか？」

アウグストは驚いた顔をして答えた。

「ご存じなかったのですか。児童文学作家ですよ。マンフレート・ジーラントという筆名でいくつもの児童小説を発表されていたんです。ここ十年ほどはご隠居の身でしたが」

全くの初耳だった。フランツ・アランベルガーといえば「町の変人」であり、その彼が何の職業によって生活を成り立たせているのか、などという問題については、特に考えを巡らせたこともなかった。

「市民の中には、アランベルガーさんを偏屈と捉える方が大勢いらっしゃいましたが、その誤解が解けなかったことは残念です」

クリスティアンとアウグストの視線がかちあった。

アウグストは、クリスティアンを探るような目つきで見た。おそらく、公務員としての守秘義務の原則と、死者の名誉の、どちらを守るべきかについて悩んでいた。結局彼は、この場では後者を守るべきと確信したようだった。

「市職員の多くは知っていますが、大変な篤志家でした。特に人権擁護の面においては、私ども市がおこなう公共の活動についても、民間の方々がおこなっているものについても、惜しみない援助をしてくださいました。その傾向も時代とともに変化していました。戦災孤児、戦時中の反体制運動の犠牲者への支援などから、最近では国内における難民、移民支援、教育支援、ＬＧＢ

ＴＱの理解促進といった活動についてです。御年九十歳を迎えてもその傾向が変わらず、さらには価値観を常に更新されたことは驚くべきことと考えておりますし、私個人も、市職員として感謝しております。担当課にとって、市にとって理解者なのです。私は今日は休日ですが、病院からの連絡を受けて駆けつけました」

アウグストの物言いは、アランベルガーに対する心からの感謝に支えられたものであるとみて間違いはなかったが、同時に、どことなく怒りの気配があった。

そしてアランベルガーが自分に託した言葉のうち、アウグストの言い分とは微妙に異なる点があることにも気付いた。

「アランベルガーさんは、一度鉄道の再建について裁判を提起されたと聞いていますが……」

アウグストは表情を硬くして答えた。

「それは一九五〇年代における一事例に過ぎません。困窮者も多い時代において、鉄道の再建についてアランベルガーさんがそれを税金の無駄遣いとお考えになっても無理はない世相でありましたし、人は誰でも判断を誤ります。市との対立はその一回限りなのです」

アウグストの怒りが自分に向いていることに、クリスティアンは気付いた。

「アランベルガーさんに気難しい面があったことは事実です。ですがそれは、多面な芸術家の一側面というものではないでしょうか」

この公務員の中では、フランツ・アランベルガーとは私財を投じて寄付をする善人なのであり、市への訴訟という行動は「誤り」の一部なのだ。

思い違いだ、とクリスティアンは言いたくなったが、それをこらえた。この良心的な公務員は、少なくとも、昨日の自分よりはアランベルガーさんを理解しているではないか。

「私は……だいぶ最近になってからアランベルガーさんと知り合ったものですから」

クリスティアンが穏当な口調で述べると、アウグストも口をつぐんだ。

「ですが確かに、アランベルガーさんは真摯なお方であったと存じております」

そう言うと、アウグストは、気まずそうに視線を床に落とした。

彼の背後にある戸。その向こうにある、部屋を埋め尽くした資料の数々について、クリスティアンは思いをはせた。彼は自らの調査によって、様々な資料を集めたと書いていた。

「あの、アランベルガーさんの遺品はどうなるのでしょうか……」

「それが難しいところなのですが」アウグストは公務員然とした口調になって答えた。「ご遺族に引き取り手が見つかるとは思えません。遠縁を含めご親族を探すことになるでしょうが、生前にそういった方についてのお話はされていませんでしたし、連絡がついたとしても果たして引き取っていただけるかどうか。遺言のようなものがあればいいのですが」

引き取り手が見つからず、相続人も見つからない場合は、経緯はどうあれ処分される。当然といえば当然の結論に行き着いた。

クリスティアンは、そこにある資料の価値については充分に理解していたが、自分が名乗り出る根拠などなにもなかった。一応、学校の連絡先を伝えて、玄関まで戻った。

「デミレル」

再び、自らの教え子に声をかけた。

ムスタファ・デミレルは、打ちひしがれた表情でうつむいていた。

彼の隣に腰掛けて、クリスティアンは尋ねた。

「アランベルガーさんとは、どんな話をしたんだ」

「俺が最初にこの辺を通りかかったとき、俺と同じぐらいの年齢の奴がいて、あの人が、掴みかかったんだ」

それは今もって理解できない、アランベルガーさんの行動のひとつだった。

なぜ彼は、見知らぬ若者に食ってかかったのだろう。尋ねる前に、デミレルが続けた。

「……どういうつもりだ、この野郎って言って……それのせいで、どんな戦争が起きたか分かってるのか、どれだけの人が死んだのか分かってるのか、って言ってた」

「戦争？」

「俺も、走って行ってやっと分かったんだけど、坊主の奴、胸元にハーケンクロイツのタトゥーをしてた。そいつは、見せる位置に入れなきゃ違法じゃないんだとか言ってたけど、変だよな。それが見えていたわけだから」

タトゥー、という言葉を説明したときの、アランベルガーさんのジェスチャーを思い出す。胸元に、十字を切るような動き。あれはハーケンクロイツだったのか。なぜ言葉に出さなかったのかについては、容易に想像がついた。口に出すのは、あまりにも辛かったのだ。あの時代、ハーケンクロイツの意匠をいたるところで彼が目にしたことは間違いない。しかし彼が書き残した本の中にも、ハーケンクロイツという文言はほとんど現れなかった。そして現代の若者がその意匠を身体に刻んでいるのを見た彼の絶望はいかばかりであったか。

デミレルの声が震えていた。

「それでも、アランベルガーさんは殴ったわけじゃないんだ。怒って、タトゥーの意味について教えてやろうとしていたんだよ。なのにあの連中は、アランベルガーさんを、じいさんに聞いた変人だ、とか言って、平手で叩いたり、突き飛ばしたりした。それを見ていたら俺は……止めに行った。そうしたら、確かに連中は、俺にも『猿』だの『国へ帰れ』だの言ったけど、そんなのいつものことだから、それで怒ったわけじゃないんだ。ただ、あんなお年寄りを殴るのが許せなくて」

さして関心を持っていなかった、デミレルの警察沙汰の全貌が、初めて理解できた。

ハーケンクロイツのタトゥーをした、考え知らずの若者たち。それを注意した老人を殴ろうとした彼らを、デミレルは止めた。警察が彼を不問に付したのも当然だった。

「あのときに感じたことをさ、うまくレポートにまとめるなんてできなかったよ。また会うつもりだったし、俺、両親以外に、あんなに優しい人に初めて会ったんだ」

デミレルの声が震えていた。クリスティアンは思わず彼の顔を覗き込んだ。

その目に涙が浮かんでいた。

「そいつらをぶっ飛ばしたあと、アランベルガーさんが心配になったから、二階までついて行ったんだ。そしたら、何か困っていることはないかい、って言ってくれた。今日、君は私を救うために拳をふるってくれた。だが、不安なときに拳を振るいたくなることも、あるんじゃないのかな、って」

自分は、アランベルガーさんほどの誠意を持ってこの青年に向き合おうとしていただろうか。

「なんて答えたんだ」

「自分が困っていることを……」

デミレルはそう言ってから、しばらく黙っていたが、やがて意を決したように話した。

「両親が、俺が困らないように家ではドイツ語しか話さないから、俺はドイツ語しか話せないし、ドイツ語は得意なんだよ。けれど一年前、指導の機会のときにヴェーバー先生に言われたんだよ。あなたに必要なのは、自主学習の際のドイツ語の強化ですって。嫌になったよ。俺の成績を見ればドイツ語はちゃんとできてるって分かるのに、結局俺が『移民の子』である限り、お前にはドイツ語が必要だって言われ続けるんだ。俺はむしろ自主学習ではトルコと、自分の親のいた地域のことを学んだ。あまり接点がなかったトルコ人移民の、たとえば、同じ年齢で働いてる人たちはどうしてるのかを知りたいと思って、フィールドワークとして学びたいとも思った。そうしたら、今度はそれを警戒されるんだ。テロリストになる、とか言われてるのも知ってるんだ。トルコ人たちも、俺の出身地を聞くと、結局俺とは会いたくないって言い出すんだ。俺と彼らは違うから。もう何もかも嫌になったよ。俺はどうやってもだめなんじゃないかって思えた。なりたい自分と言ってもさ、俺が上る階段には、どこにも、見えない天井が張られてるんだよ」

少なからぬ衝撃があった。リナ・ヴェーバー先生は自分よりも真面目で教育熱心であるとクリスティアンは思っていたし、実際、熱意の面ではそうだったのだろう。

そして彼の言葉に、引っかかりを覚えた。

「君が、彼らトルコ人と違うというのは……？」

デミレルは僅かに逡巡を挟んで、さらに続けた。

「俺は、国籍は確かにトルコだけど、両親はともにクルド人なんだ。面倒だから、周囲にはあまり言ってないけど。俺自身はそういう意識を持つのは難しいけど、クルド民族なんだよ」

自分も、ヴェーバーも分かってはいなかった。デミレルが抱えている問題を、常に「トルコ人移民二世」という自分の知るアイデンティティに還元し、それ以外の理解を拒んでいた。

デミレルの苦悩は、むしろそのような、粗雑な「理解」によるところだったのではないだろうか。

「そういうことを全部話した。だめなんかじゃないよ、って、アランベルガーさんは言ってくれた。君が悩んでいるのは自分の正体を見つめようとしているからだ。とても真剣に生きているからだって。そして君のように、少数派である人が思うままに生きていけるかどうかによって、社会がどの程度上等かが分かるんだよ、って。俺はそれを知っているんだって……」

クリスティアンは、自分が繰り返していた過ちの正体が分かったようにも思えた。

完璧に他人を理解する人間はいない。自分を完璧に理解する他人が一人でもいるか、と置き換えてみれば容易に理解できるこの事実を、人はなぜかしばしば忘れてしまう。

人が受け取ることのできる他人のあり方などほんの断片であり、一個人の持つ複雑な内面の全てを推し量ることなど決してできない。

しかしそれができないと分かっていながら、人は、自分が受け取った他人の、断片化された一面をかき集め、空白を想像で埋め、矛盾のなさそうな「その人らしきもの」の像を組み立てる。そして自らの作り上げた虚像を眺めることで、他人を理解したつもりになる。フランツ・アランベルガーを変人としてしか理解しなかった自分もそうであったが、アランベルガーさんを篤志家として理解していた公務員アウグストも、そのアランベルガーさんが鉄道再建に反対した理由を理解することができず、誤りとして処理することで、彼の中のアランベルガー像と矛盾を来さないようにしていた。

アランベルガーさんがLGBTQについての理解促進に寄付をしていたのも、おそらく、アウグストの考える「価値観の更新」とは、また異なっていたのではないだろうか。

不意に、アランベルガーさんが、自分を見て「うれしい」と言ったことを思い出した。

デミレルは大切な時期なんです。

この口が言った……。

彼の場合はトルコ系移民の息子という事情もあって、周囲から孤立する傾向があります。

ジハーディストになられても困ると言った、同じ口で。

アランベルガーさんの目には、安心する光景であったかもしれない。アマーリエ・ホルンガッハーの孫が、孤立した生徒を慮る姿だ。

「それでアランベルガーさんは、君に殴り方を教えたいと言ったのか」

クリスティアンが尋ねると、デミレルは、うんと頷いた。

「結局、意味が分からなくなったけど……」

デミレルは涙声になり、そのまま黙った。

「散歩をしよう」

クリスティアンはデミレルと一緒に、市内を歩いた。

歩きながら、アランベルガーさんの書き残した本の痕跡を探そうとしたが、それは容易ではなかった。

村落、町、市街地。かつて三つの地域によって構成されていた市のあり方は、発展によって変貌し、今やその境界を示すものはなにもない。

鉄道の上を走る列車は、とうの昔に蒸気機関車から電車となり、デザインも洗練され、カラフルな塗装を施されて市の内外を通っている。

その先に、記念館となったかつての収容所がある。電車に乗ってこの市を走ると、一瞬ではあるが、その記念館を車窓から眺めることができる。

そのことの意味を、忘れてはならないと言われていて、忘れてはいないことになっている。

だが、最寄り駅に毎日のように貨物列車が止まっていたという事実を、本当の意味で理解しようとしたことがあっただろうか。

この市を含め、ドイツ国内、また占領地において数々の残虐行為と殺戮がなされたその責任は、ヒトラーとナチ一党のみにあったのではなく、市民の間にも存在した。そのことを学び、そう教えながらも、自分の地域、自分の知り合い、自分の肉親や親類縁者については免罪したいという思いが常にあったのではないだろうか。自分が、今もってなおアマーリエ・ホルンガッハーを断罪する気持ちになれずにいるのと同様に。

アマーリエ・ホルンガッハーは、いかなる人物であったのだろうか。

アランベルガーさんから受け取ったあの本の内容が正しいのであれば、無論、彼女の行為に許されないものが含まれていたことは間違いない。

だが、自分は同じ間違いを、形を変えて繰り返してはいないか、という疑問があった。長年、優しい人、善き人として形成された祖母の像の上に、迎合主義者、日和見主義者といったレッテルを新たに貼り付けて、それで理解したつもりになってはいないだろうか。

そもそも、小説という形式で綴られたあの本は、史料としては用いることができない。内容について、それが史実と受け止めることは危険だ。

アランベルガーさんが、作家としての立場を利用して比較的早期にあの小説をとりまとめて発表していたならば、少なくとも内容についての真贋をめぐる論争を引き起こし、そこから検証を促すことは可能だっただろう。それをしなかった理由を断定することは難しい。だが、執筆時期が最晩年であることと、記述に現れる、自らの筆で常に自分を愚かと卑下し続ける傾向を考えれば、あの小説を執筆する行為が途方もなく困難なものであったことは想像に難くない。そしてあの小説を衆目に晒《さら》すことにも、ためらいの形跡があった。無理もない。エーデルヴァイス海賊団の四人はアランベルガーさんにとって最も強く憧れた存在であったのだ。作品を広く公表することは、どうしてもスキャンダル的な意味を持たざるを得ないし、論争を期待するならば、なおのことその傾向は強まる。しかもその内容には、レオンハルトのセクシュアリティや、エルフリーデの出自といった、彼ら自身が、少なくとも当時においては秘匿していた事柄が含まれる。なにより、アランベルガーさんにとっては、彼らの姿を小説にして、それを世間に問うてもいいか、と本人たちに確認を取ることは不可能であったのだから。

自分もその手法には慎重にならざるを得ない。あの本は、アランベルガーさんの著作であり、物語でもある。

記述の内容のどの程度が史実に即していたかを検証することは、今の自分に可能だろうか。

本には、個人を特定する可能性がありそうな、いくつかの特筆すべき人物たちがいた。たとえば、ポーランドを出てアメリカ軍に所属し、強制収容所を脱走して連合軍に再合流したハイム・キンスキーは、戦時中にあっても特異な経歴の持ち主といえる。あるいは、デュッセルドルフにおけるエーデルヴァイス海賊団の面々のなかには、拉致されたポーランド人の少年、ヨーゼフもいた。彼らの多くは存命ではないだろうし、特に後者については生きて終戦を迎えたとも限らない。しかし記述をもとに調査をすすめれば、その痕跡をたどることは可能かもしれない。そして、アランベルガーさんの居室を埋めていた数々の文献や冊子。その一部は、彼が調査研究を重ねた、その結果のものだったはずだ。

二時間ほど市内を散策してから立ち止まり、クリスティアンは尋ねた。

「ムスタファ」彼は無言でクリスティアンの目を見つめた。「アランベルガーさんがどんな人だったのかを、ともに探求していかないか」

ムスタファ・デミレルは無言で頷いた。それから、ためらいがちに尋ねた。

「でも、どうすればいいんだろう。本人は亡くなってしまったし」

こういうものがある、と言って、彼にアランベルガーさんの書いた本を手渡した。

その場でぱらぱらとめくったムスタファが、そのおおよその性質を読み取ってから、驚いた表情でクリスティアンを見た。

「今のところ、アランベルガーさんの遺稿はそれだけなんだ。けれど、アランベルガーさんは資料を大学に寄贈したり、市に寄付したりしていたとも書いていた」

ムスタファの目に光が宿った。

「探そう」

力強い口調で彼は答えた。

それは、アランベルガーさんの真の姿を知りたい、という意思の表れであった。

「明日からはとりあえず、市のアウグストさんにお願いして、プレートや部屋の遺品が保存されるように頑張ろう。僕らは遺言を預かったわけじゃないから難しいけれど、彼はアランベルガーさんを尊敬していたし、市にとって大切な財産だということが分かれば、可能性はあるはずだ。アランベルガーさんの残した資料をできるだけ集め、他の資料と照合し、そこから先に、学問としての郷土史が始まる」

郷土史、とムスタファは繰り返した。

クリスティアンは頷いた。

「学問領域として、実証的に郷土史をおこなうことは難しいんだ。でも大学でそれを学ぶことはできる。ムスタファ、もし君がそれを望むなら、私は応援することを惜しまないつもりだ」

誘導するような聞き方にはためらいもあった。

だが、ムスタファの探究心を活かす道のりを提示することは、自分の義務であるように思えた。

「やってみるよ」ムスタファは答えた。あえて軽い口調を選択したようだった。「宿題だね」

「宿題とは違うかな。これは我々がともにする趣味だよ」

個人的に宿題を課す行為は州法で禁止されているし、とついでのように付け足した。

互いの携帯でメッセージをやりとりするため連絡先を交換して、その日は別れた。

クリスティアンが自宅に戻ると、妻が彼に、一通の封筒を差し出した。速達の表示があって、差出人は、フランツ・アランベルガーとあった。

自室に戻ったクリスティアンは、急いでそれを開封した。

便せんには、儀礼的な挨拶を抜きにして、一文が添えてあった。

「最近はどうも一仕事終えると眠くなるので、それがあんまり深くなる前に、念のためこれらを君に託しておきたい。住所を知っていてごめんよ。『ホルンガッハー先生』！」

便せんをめくると、二つの紙があった。

一つは、退色した一通の手紙であった。それはアランベルガーさんの遺稿の中にあった、レオンハルトがヴェルナーに宛てた、あの手紙だった。

本にあったのと一字一句違わぬ文言。鉄道を爆破した、という文字は、はっきりと読み取れた。

もう一つは、比較的新しい市販の五線紙に、手書きで記された楽譜だった。

下に、歌詞が添えてあった。

私たちがいるここは　とても広くて狭い海
私があなたを見るときは　あなたが私を見ている
波間に舟が揺れるとき　波が世界を揺らすとき
舟が波を起こすなら　それも世界を揺らす波
舟の舳先は世界を割って　私はどこまでも行ける　舟の舳先に花を置いて
エーデルヴァイスは倒れない　エーデルヴァイスは挫けない

譜面の下に、一九四〇年代作曲、作詞作曲、エルフリーデ・ローテンベルガー。譜面起こし、一九八五年、エリザベト・アランベルガー、と書き記されていた。

クリスティアンは笑みを浮かべて携帯で写真を撮り、それを知って間もないムスタファの携帯に送信した。自分には楽譜を読む能力が無かった。だが、これで間もなくメロディーが明らかになるだろう。

自分たち二人が始める歴史の探究はここから始まる。途方もない作業の第一歩が始まったのだという実感があった。地元の歴史を探るということ――

ふと、自分が生徒たちに課している課題について思い出した。

この市と戦争について調べる、という課題は、アマーリエ・ホルンガッハーが残したものだった。

彼女が自分にとって都合の悪いことについて、自らの口で語ろうとすることは無かったけれど、いずれ誰かに発見してほしいという思いがあったのではないだろうか。そのような内面について、推し量ることは、今自分たちが検証すべき事柄よりもなお難しいだろう。その断片でも分かれば、自分たちの調査もまた、空振りには終わらないのではないだろうか……。

ベッドに倒れ込むと、考えがまとまる前に、猛烈な眠気が彼を襲った。

ここ数日、睡眠時間を削ったことの反動が来ていた。

携帯が着信音で返信を告げた。

ムスタファはまず絵文字で感嘆を表現して、つぎの送信で、短文を返していた。

音楽AIに再生してもらいました。

同じメッセージに、音楽を再生するためのURLが添付されていた。

自分の知らないテクノロジーが、かつてエルフリーデ・ローテンベルガーが作曲し、この地域に根付かせ、そして忘却された音楽を蘇らせ、奏で始める。

歌わなかった住民たちだった――。確かに、自分たちは。

だが、これからだ。これから歌ってみせる。

決意に眠気がまじり、上書きしていくさなか、合成音声のやや不自然なドイツ語が、エルフリーデの歌を歌い始めた。

そのメロディーに聞き覚えがあった。

かつて自分を寝かしつけたメロディー。

アマーリエ・ホルンガッハーが自分に歌って聴かせてくれた、そして未だタイトルを知らないそのメロディーがクリスティアンを包み込み、彼に驚きを感じさせる暇《いとま》も与えず、速やかに眠りへと誘《いざな》った。

主要参考文献一覧

竹中暉雄（1998）『エーデルヴァイス海賊団——ナチズム下の反抗少年グループ』勁草書房
デートレフ・ポイカート　伊藤富雄訳（2004）『エーデルワイス海賊団——ナチスと闘った青少年労働者』晃洋書房
デートレフ・ポイカート　木村靖二／山本秀行訳（2005）『［改装版］ナチス・ドイツ　ある近代の社会史——ナチ支配下の「ふつうの人びと」の日常』三元社
ロバート・ジェラテリー　根岸隆夫訳（2008）『ヒトラーを支持したドイツ国民』みすず書房
H・フォッケ／U・ライマー　山本尤／鈴木直訳（1984）『ヒトラー政権下の日常生活——ナチスは市民をどう変えたか』社会思想社
グードルン・パウゼヴァング　高田ゆみ子訳（2012）『そこに僕らは居合わせた——語り伝える、ナチス・ドイツ下の記憶』みすず書房
平井正（2001）『ヒトラー・ユーゲント——青年運動から戦闘組織へ』中央公論新社
H・W・コッホ　根本政信訳（1981）『ヒトラー・ユーゲント——戦場に狩り出された少年たち』サンケイ出版
B・R・ルイス　大山晶訳（2001）『ヒトラー・ユーゲント——第三帝国の若き戦士たち』原書房
スーザン・キャンベル・バートレッティ　林田康一訳（2010）『ヒトラー・ユーゲントの若者たち——愛国心の名のもとに』あすなろ書房
原田一美（1999）『ナチ独裁下の子どもたち——ヒトラー・ユーゲント体制』講談社

對馬達雄（2015）『ヒトラーに抵抗した人々――反ナチ市民の勇気とは何か』中央公論新社
池田浩士（2018）『［増補新版］抵抗者たち――反ナチス運動の記録』共和国
ペーター・シュタインバッハ／ヨハネス・トゥヘル編　田村光彰他訳（1998）『ドイツにおけるナチスへの抵抗　1933-1945』現代書館
マシュー・セリグマン／ジョン・ダヴィソン／ジョン・マクドナルド　松尾恭子訳（2010）『写真で見る　ヒトラー政権下の人びとと日常』原書房
石田勇治（2015）『ヒトラーとナチ・ドイツ』講談社
芝健介（2021）『ヒトラー――虚像の独裁者』岩波書店
ウルリヒ・ヘルベルト　小野寺拓也訳（2021）『第三帝国――ある独裁の歴史』KADOKAWA
高田博行（2014）『ヒトラー演説――熱狂の真実』中央公論新社
宮田光雄（2002）『ナチ・ドイツと言語――ヒトラー演説から民衆の悪夢まで』岩波書店
林健太郎（1963）『ワイマル共和国――ヒトラーを出現させたもの』中央公論新社
池田浩士（2015）『ヴァイマル憲法とヒトラー――戦後民主主義からファシズムへ』岩波書店
芝健介（2008）『ホロコースト――ナチスによるユダヤ人大量殺戮の全貌』中央公論新社
ゲルハルト・シェーンベルナー編　栗山次郎他訳（2001）『証言「第三帝国」のユダヤ人迫害』柏書房
クリストファー・R・ブラウニング　谷喬夫訳（2019）『増補　普通の人びと――ホロコーストと第101警察予備大隊』筑摩書房
H・J・デッシャー　小岸昭訳（1990）『水晶の夜――ナチ第三帝国におけるユダヤ人迫害』人文書院

大澤武男（1991）『ユダヤ人とドイツ』講談社
リン・H・ニコラス　若林美佐知訳（2018）『ナチズムに囚われた子どもたち——人種主義が踏みにじった欧州と家族』（上・下）白水社
アロイズィ・トゥヴァルデツキ　足達和子訳（2014）『ぼくはナチにさらわれた』平凡社
イングリット・フォン・エールハーフェン／ティム・テイト　黒木章人訳（2020）『わたしはナチスに盗まれた子ども——隠蔽された〈レーベンスボルン〉計画』原書房
金子マーティン編（1998）『「ジプシー収容所」の記憶——ロマ民族とホロコースト』岩波書店
ドナルド・ケンリック／グラタン・パックソン　小川悟監訳（1984）『ナチス時代の「ジプシー」』明石書店
ダグマー・ヘルツォーク　川越修／田野大輔／荻野美穂訳（2012）『セックスとナチズムの記憶——20世紀ドイツにおける性の政治化』岩波書店
星乃治彦（2006）『男たちの帝国——ヴィルヘルム2世からナチスへ』岩波書店
エーリッヒ・フロム　日高六郎訳（1951）『自由からの逃走』創元社
伊藤亜希子（2017）『移民とドイツ社会をつなぐ教育支援——異文化間教育の視点から』九州大学出版会
ロジャー・ムーアハウス　千葉喜久枝訳（2019）『図説　モノから学ぶナチ・ドイツ事典』創元社
田野大輔（2007）『魅惑する帝国——政治の美学化とナチズム』名古屋大学出版会
上山安敏（1986）『世紀末ドイツの若者』三省堂

謝辞

本作品の執筆にあたっては、ドイツ現代史研究者の田野大輔先生より、作中全般にわたるナチ体制下ドイツについての時代考証、歴史的事実関係の確認、使用されるドイツ語の日本語表記等、全面的な監修にご協力を頂きました。

またドイツ人名、愛称、その使い分けと日本語表記については、アナレナ・ゾヴィエッキさんに多くのご助言を頂きました。

陸上幕僚監部武器・化学課、陸上幕僚監部広報室、陸上自衛隊武器学校の皆様には、第二次大戦下で使用された兵器に関する取材にご協力頂いております。また、杉山潔さんの尽力により、その取材は可能となりました。

ご協力頂いた部分を含め、作中における考証面の責任は作者である私にありますが、同時に、前述した皆様のご協力なくしては本作が完成することはありませんでした。

ここに、心より御礼申し上げます。

逢坂冬馬

この物語はフィクションであり、実在の人物・団体とは必ずしも一致しません。
本書は書き下ろし作品です。

歌《うた》われなかった海賊《かいぞく》へ

二〇二三年十月 二十日 印刷
二〇二三年十月二十五日 発行

著 者 逢《あい》坂《さか》冬《とう》馬《ま》
発行者 早川 浩
発行所 株式会社 早川書房
郵便番号 一〇一 - 〇〇四六
東京都千代田区神田多町二ノ二
電話 〇三 - 三二五二 - 三一一一
振替 〇〇一六〇 - 三 - 四七七九九
https://www.hayakawa-online.co.jp
定価はカバーに表示してあります

Printed and bound in Japan

印刷・製本／三松堂株式会社

ISBN978-4-15-210275-1 C0093

乱丁・落丁本は小社制作部宛お送り下さい。
送料小社負担にてお取りかえいたします。